KRABBENCOCKTAIL

Sina Beerwald, 1977 in Stuttgart geboren, wanderte vor zehn Jahren mit zwei Koffern und vielen kriminellen Ideen im Gepäck auf die Insel Sylt aus und lebt dort seither als freie Autorin. Von ihr sind neun erfolgreiche Romane und drei Erlebnisführer erschienen. Sie ist Preisträgerin des NordMord-Award und des Samiel Award.

Dieses Buch ist ein Roman. Handlungen und Personen sind frei erfunden. Ähnlichkeiten mit lebenden oder toten Personen sind nicht gewollt und rein zufällig.

SINA BEERWALD

KRABBENCOCKTAIL

Sylt Krimi

emons:

Bibliografische Information der Deutschen Nationalbibliothek
Die Deutsche Nationalbibliothek verzeichnet diese Publikation in der Deutschen Nationalbibliografie; detaillierte bibliografische Daten sind im Internet über http://dnb.d-nb.de abrufbar.

MIX
Papier aus verantwortungsvollen Quellen
FSC® C083411

Umschlagmotiv: istockphoto.com/Symbiont
Umschlaggestaltung: Nina Schäfer, nach einem Konzept von Leonardo Magrelli und Nina Schäfer
Umsetzung: Tobias Doetsch
Gestaltung Innenteil: César Satz & Grafik GmbH, Köln
Lektorat: Marit Obsen
Druck und Bindung: CPI – Clausen & Bosse, Leck
Printed in Germany 2018
ISBN 978-3-7408-0280-6
Sylt Krimi
Originalausgabe

Ein Projekt der AVA international GmbH Autoren- und Verlagsagentur. www.ava-international.de

Für Lauris

EINS

»Des glaubd doch dr Guggugg ned, Frieda! Camping im Winter, wie kann man nur so blöd sein wie wir zwei?«

»Du hast eben keinen Sinn für Romantik, Ernst.« Nach fünfundvierzig Ehejahren und vierundvierzig vergessenen Hochzeitstagen konnte Frieda sich dieses Urteil erlauben. Außerdem hatte ihr Ernst während dieser Zeit mehr Macken ausgebildet als das rote Autoblech ihres ebenso alten T1, der von ihm mehr gehegt und gepflegt wurde als ihr Eheleben. Und trotzdem – oder gerade deshalb – liebte sie ihn.

»Doch, Frieda, ich habe Sinn für Romantik. Für Eisenbahnromantik vor dem Fernseher. Das kann ich stundenlang anschauen – in meinen kuschelig warmen vier Wänden. Mauerwänden.«

Ihre Rede. Sie hätte es schon wissen müssen, als sie sich damals beim Tanztee Hals über Kopf in diesen stattlichen Mann mit den Terence-Hill-Augen, ihren Ernst, verliebt hatte – obwohl der erste nähere Kontakt sein Fuß auf ihrem gewesen war. Damals hatte sie ein Sommerkleidchen und Sandalen angehabt, heute trug sie drei Wollpullover übereinander und wünschte sich Moonboots an die Füße.

Letzteres würde sie jedoch niemals zugeben, denn ihr Mann würde den verschneiten Tinnumer Campingplatz sogleich fluchtartig verlassen. Jedoch nur ihr zuliebe, logisch. Es als Erster vorzuschlagen würde gegen seine Ehre gehen. Weil ein Mann niemals fror. Schon gar nicht mehr als sie. Bevor er nicht komplett zum Eiszapfen erstarrt wäre, würde er keinen Piep sagen – und dann wäre es zu spät dazu.

Natürlich wäre ihr ein Leben im mollig warmen Reetdachhäusle ebenfalls lieber, schön gemütlich in eine Decke gehüllt vor dem Kamin sitzen, ein gutes Buch und eine Tasse Tee in der Hand – ihre Ersparnisse hatten jedoch nur für ein Wohnwagendach über dem Kopf gereicht.

Es war ihr gemeinsamer Traum gewesen, zur Rente auf Sylt zu leben, und diesen Traum hatten sie im vergangenen Sommer wahr gemacht, indem sie ihr Reihenendhäusle in Bopfingen der jüngsten Tochter überlassen hatten und mit Spätzlepresse und Dackel Gustav auf den Kampener Campingplatz gezogen waren. Ein Hauch von Luxus wehte schließlich überall, auch zwischen Chemietoilette und Gemeinschaftsdusche. Selbst im Inselwinter, oder etwa nicht?

Zum Saisonende hatten sie ihren Wohnwagen denn auch frohgemut von Kampen auf den ganzjährig geöffneten Campingplatz Südhörn im Herzen der Insel nach Tinnum gezogen. Mit vier Sternen dekoriert, konnte auch im Winter nicht viel schiefgehen – dachten sie.

Gemäßigtes Inselklima, warmer Golfstrom, globale Erderwärmung. Diese Stichworte hätte sie dem deutschen Wetterdienst in der nördlichsten Station Deutschlands gern um die Ohren gehauen. Das scheiterte allerdings daran, dass sie auf den vereisten Straßen nicht bis nach List gelangen würden. Und das, obwohl es erst Ende November war.

Die Streusalzvorräte der Straßenmeisterei waren aufgebraucht, auch vom Festland kam kein Nachschub, und Syltfunk meldete allen Gehwegräumwilligen, dass dies der kälteste Winterbeginn seit acht Jahren sei und darum nicht nur das Streugut, sondern auch die Schneeschaufeln inselweit ausverkauft seien.

Ihr Mann setzte seine Brille, Modell Stubenfliege, auf und starrte fassungslos auf das digitale Thermometer im Wohnwagen. Sie konnte die Anzeige von der Küchenzeile aus ohne Brille lesen. Außen fünf Grad minus, innen fünfzehn Grad plus. Immerhin.

»In unserem Wohnwagen wäre es etwas wärmer, wenn uns nicht die Gasleitung zugefroren wäre«, gab sie vorsichtig zu und schlug mit dem Schneebesen weiter den halb flüssigen Spätzleteig, bis sich üppige Luftblasen bildeten.

Zwar hatte sie nun kein Gas mehr zum Kochen, die körperliche Anstrengung erzeugte jedoch Wärme und täuschte über ihre zitternden Finger hinweg. Zudem musste sie nachdenken, und das konnte sie am besten beim Spätzleteigschlagen machen.

»Frieda, Gasleitungen können nicht vereisen. Unsere Wasserleitung ist zugefroren – weil die Heizung nicht richtig funktioniert.«

»Siehst du, sag ich doch. Wir brauchen also nur eine neue Gasflasche, dann haben wir es wieder kuschelig warm hier drin.« In ihrem Uralt-Wohnwagen, außen türkisgelbgrün und innen mit einer Ausstattung, die auf einen farbenblinden Designer schließen ließ.

Als ihr Ernst ihr im Sommer diesen Wohnwagen präsentiert hatte – Baujahr 1978, das Geburtsjahr ihrer ersten Tochter, um ihr den heimlichen Kauf des Wagens und somit die Überraschung oder besser gesagt den Schreck ihres Lebens schönzureden –, hatte sie sich nicht entscheiden können, ob sie den Innenausstatter oder ihren Mann erschießen sollte.

»Wir haben für den Winter doch das Duo Control.«

»Deo Control?« Sie ließ den Schneebesen in der Schüssel ruhen. »Wozu brauchen wir Deo für Gasflaschen?«

»Duo, hör mir doch zu, Frieda. Eine Zweiflaschen-Umschaltanlage, dieses praktische Teil aus der Bibel, Umschaltventil und Gasdruckregler in einem.«

Ihr Mann und seine Bibel. Jetzt konnte sie sich wieder erinnern, wie er in seinem fünfhundertvierzigseitigen Einkaufsparadies für Campingbedarf aufgeregt auf dieses handtellergroße Ding gezeigt hatte, das automatisch die zweite Gasflasche in Betrieb nahm, sobald die erste leer war.

»Vielleicht liegt's ja daran, dass dieses Duodeo-Ding im Sonderangebot war?«

»Es war Sommer, als ich es gekauft habe. Und die Anzeige sagt, dass die Betriebsflasche voll ist.«

»Dann wird die Anzeige defekt sein.«

»Ach, Frieda, so eine Gasflasche muss man nur anheben, dann merkt man doch am Gewicht, wie voll sie noch ist.«

»Ach ja? Darf ich dich daran erinnern, dass du gestern, als

ich dich um einen Liter Milch für den Milchreis gebeten habe, mit dem ungeöffneten Tetrapak in der Hand den Messbecher gesucht hast?«

»Musst du mir immer alles zweimal aufs Brot schmieren?«, fragte er, während er seinen Werkzeugkoffer aus dem Vorzelt holte.

»Vielleicht liegt es daran, dass ich dir seit über vierzig Jahren das Brot schmieren muss, um schlimmere Unfälle zu verhindern«, rief sie ihm hinterher.

»Du kannst nicht behaupten, dass ich zwei linke Hände habe«, beschwerte er sich halbherzig, als er wieder zurück in den Wohnwagen kam. »Zumindest, was Technik anbelangt, und ich werde schon herausfinden, warum es in unserem Schätzchen nicht mehr richtig warm wird.« Bewaffnet mit Schraubendreher und Taschenlampe kniete sich ihr Ernst jetzt vor die Heizung und drückte wie von Sinnen auf den Zündknopf. Nichts passierte.

Mit ihrem alten »Schätzchen«, wie ihr Mann zu sagen pflegte, hatte sie sich mittlerweile angefreundet – nachdem er den Teppich mit Stroboskopeffekt durch Laminat ausgetauscht hatte und die Sitzbankpolster anstelle der ockerfarbenen und rotbraunen Streifen nun einen anthrazitfarbenen Bezug trugen. Das harmonierte wenigstens besser mit den giftgrünen Vorhängen, die ihr Ernst partout nicht abhängen wollte.

Ebenso hätte sie ihm sein nostalgieerfülltes Herz gebrochen, wenn sie ihn gezwungen hätte, über die violett gemusterte Velourstapete im Schlafbereich – Blattgräser in allen Schattierungen, von Altrosa bis Dunkellila – eine schlichtweiße Raufasertapete zu kleistern.

Immerhin sind wir nicht in Sibirien, sondern auf unserer Trauminsel Sylt gelandet, dachte sie sich im Stillen. Frieda fand Camping im Winter famos, und dass jeder Zweite hier genauso blöd war wie sie, das wussten schon … »Von wem ist noch mal gleich dieser Song mit Westerland und der Sehnsucht?«, fragte sie.

»Hör mir bloß uff mit irgendwelchen Liedern. An singende Barden mit Gitarre hab ich schlechte Erinnerungen.«

Hätte sie ihm bloß nicht das Stichwort geliefert. Auch sie wollte nicht an ihre kleine Liebelei vom Sommer erinnert werden. Aus Gründen. »Und ich bin froh, dass ich mir nicht mehr jeden Tag dieses üppige Dekolleté an der Rezeption vom Kampener Campingplatz anschauen muss, dem du verfallen warst.«

Ihr Ernst schwieg. Es gab dazu auch nichts mehr zu sagen. Nur weil sie lange verheiratet waren, lebten sie nicht wie ein Schwanenpärchen zusammen, sie hatten beide schon immer gerne geflirtet. Aber bei ihrem Umzug nach Sylt hatten sie nicht nur ihr altes Leben über Bord geworfen, sondern zum ersten Mal auch ihr Eheprinzip: Appetit darf man sich holen, aber gegessen wird zu Hause. Schuld trugen sie beide, und sie hatten einander vergeben – vergessen war die Sache noch lange nicht. Es schien ihr aber nicht der richtige Augenblick zu sein, die Geschichte wieder aufzuwärmen, das würde einzig die Stimmung anheizen und das Kälteproblem nicht lösen.

»Himmeldonnerwedder, elendichs Scheißdrecksglomb!« Die Flüche ihres Mannes wurden länger, und das bedeutete, entweder würde gleich die Heizung oder ihr Ernst in die Luft gehen. Besser, sie brachte sich in Sicherheit.

»Ich glaube, ich drehe mal lieber eine Runde mit Gustav und störe dich nicht länger. Wo ist er eigentlich?«

Gustavs Körbchen neben dem Bett war leer. Da den Dackel bei dem Wetter jedoch keine zehn Kaninchen nach draußen locken könnten und er obendrein grundsätzlich lieber spazieren getragen werden wollte, konnte er nicht weit sein.

»Gustav?«, rief sie.

Da raschelte es unter der Bettdecke, und der Hund streckte seinen Kopf gerade so weit unter dem Daunenberg hervor, dass sein Dackelblick voll zur Geltung kam.

»Da ist er ja«, sagte sie erleichtert. »Komm, Gustav. Gassi!«

Doch auch nach der dritten Aufforderung blieb er stur sitzen.

»Ja, heidabimbam, Saggzemend abberau, so a elendichs Scheißdreckshuraglomb – warum funktioniert des denn ned? Aber bitte, lasst ihr beide mich nur allein mit dem Mischd. So ein Allmachtsjenseidsdreckmischd!«

»Ich hab von der Heizung keine Ahnung, das hast du vorhin selbst gesagt. Also dachte ich …«

»Du könntest mich wenigstens seelisch, geistig und moralisch unterstützen. Stattdessen flüchtest du mit dem Hund. Vielen Dank auch! Und jetzt fällt dir nix Besseres ein, als auf deinem Handy rumzutippen, während ich mit dir rede? Oh, wie mir diese Schmartfone-Dinger auf den Geist gehen! Mir geht hier gerade alles auf den Senkel, und zwar gewaltig. Komm, Gustav, *wir* gehen jetzt mal 'ne Runde frische Luft schnappen.«

Brüskiert hob Frieda die Hände. Da konnte sie doch nichts dafür, dass er nur Telefone verwendete, mit denen man ausschließlich telefonieren konnte, weil das Smartphone, das er kurzzeitig besessen hatte, sein Leben als Wurfgeschoss an der Wand beendet hatte. Sie wollte doch nur nachschauen, welcher Techniker auf der Insel sich mit der Heizungsmarke Truma auskennen könnte, doch solcherlei Hilfe hätte ihr Mann ohnehin rundweg abgelehnt. »Bitte, gern. Wenn du meinst, dass dir davon warm wird? Ich verzichte dankend und bleibe stattdessen weiter im kalten Wohnwagen sitzen.«

»Dann geh doch ins ›Janke's‹ nebenan und trink einen Pharisäer oder eine Tote Tante. Vielleicht findest du auch einen Mann, der dir ordentlich einheizt. Ich hab jedenfalls die Schnauze voll.«

Ihr Mann grub den Dackel unter der Bettdecke aus und nahm ihn an die Leine. Der Hund schaute sie beide mit einem vorwurfsvoll-fassungslosen Ausdruck an, als wollte er sagen: Okay, wer von euch beiden ist eigentlich auf diese bescheuerte Idee mit dem Winter-Camping gekommen? Wem darf ich ans Bein pinkeln?

***

»Mama, schau doch mal!« Rechtes Bein strecken, dachte Sophie, Arme nach außen, auf die Zehenspitzen stellen, Gleichgewicht halten, rechtes Bein anwinkeln, und jetzt drehen, drehen, drehen …

»Sophie, pass auf«, gellte die Stimme ihrer Mutter aus der Küche. »Die teure Vase!«

Erschrocken hielt Sophie mitten in der Bewegung inne. Einer ihrer geflochtenen Zöpfe flog ihr ins Gesicht. Innerlich sah sie schon die kunstvoll bemalte Bodenvase in tausend Scherben zersprungen im Wohnzimmer liegen, doch sie war noch so weit von dem Heiligtum entfernt gewesen, dass gar nichts hätte passieren können.

Sophies Oma applaudierte vom Sessel aus. In der engen Jeans und dem Ed-Hardy-Shirt mit dem glitzernden Totenkopf wirkte sie im bieder-eleganten Wohnzimmer wie ein Rocker auf einem Klassikkonzert. Diesen Eindruck unterstrichen auch ihre kurzen Haare, die durch etwas Gel in alle Richtungen abstanden.

Obwohl Oma Inken in diesem Jahr fünfundsechzig geworden war, ertappte sich Sophie bei dem Gedanken, dass sie viel jünger wirkte als ihre Mutter mit dem strengen Pferdeschwanz und der grauen Stoffhose zur senfgelben Bluse und, wie immer, wenn sie in der Küche stand, der weißen Schürze.

Sophies Mutter hatte ihr den Rücken zugekehrt und war mit der Vorbereitung des Abendbrots beschäftigt. Sie hatte sich zwar um die Vase neben dem hellblauen Seidensofa gesorgt, aber offenkundig keinen Blick an ihre siebenjährige Tochter verschwendet.

So richtig perfekt ist die Darbietung ja auch nicht gewesen, dachte Sophie. Kein Wunder, dass sich Mama nicht dafür interessiert hat. Das Bein musste noch gestreckter sein, noch höher auf die Zehenspitzen, und kein bisschen wackeln beim Drehen.

Das Wohnzimmer war in seiner Größe der perfekte Tanzsaal. Und vor dem großen Ballettnachmittag am Sonntag wollte Sophie noch viel trainieren. Nicht nur, dass alle Eltern der gesamten Ballettschule kommen würden, wie jedes Jahr würde der große Kursaal bis auf den letzten Platz besetzt sein. Über dreihundert Zuschauer, die sich von rund neunzig Tänzern aller Altersklassen begeistern lassen wollten.

»Bravo, Sophie, bravo!« Oma Inken stellte ihre Kaffeetasse aus dünnem Porzellan auf der Glasplatte des Beistelltischchens ab und klatschte abermals in die Hände. »Sehr gut, sehr gut! Das wird den Leuten gefallen. Und ich bin jetzt schon stolz auf dich, meine kleine Primaballerina.«

Oma Inken ist die Beste, dachte Sophie und lief zu ihr, um ihr einen Kuss zu geben. Dabei hätte sie fast das Glastischchen übersehen. Das war ihr auf dem Weg zum Sofa schon oft passiert, aber zum Glück hatte sie es noch nie umgeworfen. In diesem Haus musste man leider auf Schritt und Tritt aufpassen, nichts zu beschädigen. Aber zwischen dem Esstisch und dem hellblauen Seidensofa war genug Platz zum Üben.

»Schaust du noch mal zu, Oma? Und du auch, Mama!«

Letztes Jahr hatte Sophie sich noch nicht getraut, auf der großen Bühne zu stehen, aber dieses Jahr wollte sie unbedingt auftreten, die Lehrerin hatte ihr sogar diesen kleinen Solopart gegeben, weil sie die Beste in der Gruppe war. Also durfte sie sich nicht den kleinsten Fehler erlauben. Sonst würden alle mit dem Finger auf sie zeigen und sie auslachen. Bei anderen Kindern passierte das nicht so schnell, bei ihr wurde jede Kleinigkeit dazu ausgenutzt – weil sie nicht wie andere Kinder war.

Obwohl, eigentlich schon. Sie fand sich selbst sogar ziemlich hübsch mit den Sommersprossen rund um die Stupsnase, ihren meeresblauen Augen mit den langen Puppenwimpern und den blonden Zöpfen. Sportlich war sie auch, dazu intelligent und außerdem nicht auf den Mund gefallen.

Aber sie war auch die Tochter des Bürgermeisters, und deshalb wurde sie gepiesackt. Gegen die Gemeinheiten durfte sie sich jedoch nicht wehren. Sie musste sich alles gefallen lassen – das war ihr von ihrem Vater so eingeschärft worden.

Bis er nach Hause kam, musste das Solostück tänzerisch

perfekt sein, nur so konnte sie ihn davon überzeugen, zum Ballettnachmittag zu kommen. Seine Zeit war knapp bemessen, auch abends hatte er oft Termine. Da musste sie schon gute Argumente haben. Denn erfahrungsgemäß interessierte er sich nicht sonderlich für das, was ihr Spaß machte. Wenn sie ihm das ab und zu vorwarf, verneinte er zwar immer, sein abwesender Blick strafte ihn jedoch Lügen.

Noch einmal sollte er sich jedenfalls nicht für sie schämen müssen wie nach ihrem Patzer bei der letzten Aufführung zur Begrüßung der neuen Erstklässler, als sie mit dem Schulchor gesungen und vor Aufregung ihren Text vergessen hatte.

Er war extra gekommen, hatte danach aber kein Wort über ihren Auftritt verloren und war nach einer knappen Verabschiedung zu seinem nächsten Termin gefahren.

Und darum: üben, üben, üben.

»Mama? Oma?« Von ihrer Mutter hörte sie nichts außer Geschirrgeklapper, doch Oma Inken saß in erwartungsvoller Haltung im Sessel und trank weiter ihren Kaffee. »Mama, herschauen!«

Als ihre Mutter wieder nicht reagierte, resignierte Sophie, spürte aber auch zunehmend Wut im Bauch. Das war so typisch! Interessierte es ihre Eltern überhaupt, was sie tat? Immer waren sie mit ihren eigenen Dingen beschäftigt.

Sophie straffte ihren Körper, richtete den Blick auf ihre Oma, konzentrierte sich auf deren Lächeln und stellte sich vor, sie stünde auf der großen Bühne, die Scheinwerfer und aller Augen allein auf sie gerichtet.

Und los. Auf Zehenspitzen und drehen, drehen, drehen!

»Stopp!« Der gellende Schrei aus der Küche drang an ihr Ohr, doch es war bereits zu spät. Sophie war zu schnell, sie nahm ihre Umgebung nur noch schemenhaft wahr und stieß im nächsten Moment gegen das Glastischchen. Wie ein Dominostein fiel es auf die chinesische Vase, die auf dem Dielenboden in tausend Teile zersprang.

Beim Versuch, die Kettenreaktion zu verhindern, hatte Oma Inken ihre Tasse fallen lassen. Kaffeeflecken zierten nun den teuren weißen Läufer und den hellblauen Seidenstoff von Sessel und Sofa.

Sophie hatte sich vom Schreck noch gar nicht erholt, als ihre Mutter bereits neben ihr stand und schrie: »Habe ich nicht gesagt, dass du das lassen sollst? Die Vase, wenn dein Vater das sieht! Und der schöne Seidenstoff – das geht nie mehr raus!«

»Ich helfe dir, Mama«, rief sie kleinlaut.

»Da gibt es nichts zu helfen und auch nichts wiedergutzumachen. Du gehst jetzt sofort auf dein Zimmer und lässt dich hier nicht mehr blicken, bis ich dich zum Abendessen rufe.« Wie ein Kuckuck, der aus der Uhr geschossen kam, rief und wieder verschwand, zog sie sich genauso schnell, wie sie gekommen war, in die Küche zurück und ging dort zum Putzschrank.

»Essen wir, wenn du die Scherben weggemacht hast?« Nicht nur Sophies Magen schmerzte, sondern auch das Herz. Sie blieb, weil sie reden wollte. Weil sie wissen musste, ob sie noch geliebt wurde.

»Nein, wir essen, wenn dein Vater zu Hause ist«, rief die Mutter aus der Küche. Ihre Stimme klang seltsam verändert, wie tränenerstickt. Weinte sie?

»Und wann kommt er? Ich habe jetzt Hunger!« Das stimmte sogar. Hinzu kam, dass sie ihrem Vater nun nicht mehr begegnen wollte, sie hatte Angst vor seiner Bestrafung. Schlagen würde er sie nicht, das hatte er noch nie getan, denn er besaß eine Waffe, die viel tiefere Wunden verursachte: Missachtung.

»Das weiß ich nicht. In einer halben Stunde, in einer Stunde, vielleicht noch später.« Jetzt hörte ihre Mutter sich wieder an wie immer. Eine Sprachmelodie aus hohen Stakkatotönen in Moll.

»Das ist unfair! Immer müssen wir uns nach Papa richten.«

»Du hast mich gehört.« Der Kuckuck war aus der Küche zurück.

»Ich will aber jetzt was essen.« Ein kläglicher Versuch, das wusste sie selbst. Sophie warf ihrer Oma, die unterdessen ihre Kaffeetasse aufgehoben hatte und nun wie ein auf seinen Einsatz wartender Schauspieler am Rand der Szene stand, einen hilfesuchenden Blick zu.

»Und *ich* möchte«, der Ton ihrer Mutter wurde schärfer, »dass hier wenigstens an zwei oder drei Tagen in der Woche für eine halbe Stunde so etwas wie ein Familienleben stattfindet. Morgen Abend hat dein Vater ein Treffen mit dem Verein der Sylter Unternehmer, und übermorgen ist Gemeindevertretersitzung, da kommt er auch nicht vor dreiundzwanzig Uhr nach Hause.«

»Wie schön, dann bekomme ich wenigstens Abendbrot, wenn ich Hunger habe.«

»Sophie.« Ihr Name aus Mamas Mund klang wie das Zischen eines Pfeils, der sie mitten ins Herz traf. »Du gehst jetzt sofort auf dein Zimmer!«

Ein Zucken um Oma Inkens Mundwinkel verriet, dass sie etwas sagen wollte, was sie jedoch unterdrückte, indem sie ihre Lippen zusammenpresste. In solchen Situationen fiel es ihr schwer, sich nicht einzumischen, doch Sophie hatte längst gelernt, in den gütigen Augen der Oma zu lesen, die so meeresblau und groß waren wie ihre eigenen, und darin stand: Meine kleine Krabbe, mein armes Mädchen. Ich kann dich so gut verstehen, und ich würde dir so gerne helfen. Aber du musst gehorchen.

Noch während Sophie die Treppe hinaufging, hörte sie ihre Mutter klagen, wie schwer sie es habe und dass ihre Tochter ihr so viel Kummer mache.

Das stimmte doch gar nicht. Entrüstet blieb Sophie auf dem oberen Absatz stehen.

»Barbara, was redest du denn da? Sophie ist doch immer lieb. Und gerade eben, das war ein unglückliches Missgeschick. Das kann passieren. Sei froh, dass du eine Tochter hast, die so ausgelassen durchs Haus tanzt. Die Kaffeeflecken sind außerdem meine Schuld. Ich habe das Tischchen umgestoßen, als ich aufgesprungen bin. Ich werde mich um die Reinigung kümmern und dir die Vase ersetzen.«

»Netter Versuch, Mutter, Sophie in Schutz zu nehmen. Ich habe nur leider gesehen, wie es passiert ist. Sophie ist schuld – und warum? Weil sie nicht auf mich gehört hat. Überhaupt ist sie sehr rebellisch geworden in letzter Zeit.«

»Und hast du dich mal gefragt, weshalb das so ist? Du brauchst mir keine Antwort geben. Erstens kenne ich sie, und zweitens möchte ich jetzt nicht streiten, die Stimmung ist so schon schlecht genug. Ich gehe besser nach Hause.«

Dort wäre ich jetzt auch viel lieber, dachte Sophie.

Oma Inken wohnte nur drei Straßen entfernt, ihr Haus stand an der schmalen Dorfstraße, die sich mitten durch Keitum zog und von hohen Kastanien gesäumt war. Im alten Kapitänsdorf war jedes weiß getünchte Reetdachanwesen so schmuck wie das nächste, mit rosenbewachsenen Vorgärten fein herausgeputzt. So unterschieden sich die Häuser kaum voneinander, was die Orientierung manchmal schwer machte. Auf Oma Inkens Dachfirst thronte aber eine Möwe als Wetterhahn, und daran orientierte sich Sophie immer. »Hüs Möskit«, stand über dem Eingang, aber lesen konnte sie das erst seit letztem Jahr.

Natürlich hatte sie mit den Umlauten zuerst Schwierigkeiten gehabt und ihre Oma sofort gefragt, was das bedeutete. Diese hatte ihr lachend erzählt, dass sie von Opa als junge Braut beim Einzug in das Haus feierlich über die Türschwelle getragen und dabei vom Schiss einer Möwe getroffen worden war. Somit war der glücksbringende Name geboren: Haus Möwenschiet.

So etwas konnte auch nur Oma Inken einfallen. Zur Belustigung der Nachbarn – und zum Leidwesen von Sophies Mutter Barbara, die dort aufgewachsen und von den Kindern deshalb gehänselt worden war, wie die Oma noch anfügte.

In Oma Inkens Haus gab es unglaublich viele kleine Zimmer, wie in einem Puppenhaus. An den Wänden, bis unters Dach, dicht an dicht, hingen Gemälde und Zeichnungen in großen und kleinen Rahmen, die der Großvater im Laufe seines Lebens gemalt hatte. Dazwischen waren überall Fotos aus dem Leben der beiden zu sehen. Es gab immer etwas Neues zu entdecken.

»Nun bleib doch noch«, hörte Sophie die beschwichtigende Stimme ihrer Mutter. Ein Funken Sympathie für sie kehrte zurück. »Du warst schon so lange nicht mehr zum Abendessen bei uns.«

»Aus guten Gründen, Barbara. Mir ist die Stimmung hier oft zu aufgeladen. Du bist sehr harsch und unnahbar geworden, seit du mit Gernot verheiratet bist. Und seien wir mal ehrlich, dein Mann sieht mich auch lieber gehen als kommen.«

»Das hat doch nichts mit dir zu tun. Er steht eben sehr unter Stress. Hast du mal in den Kalender geschaut? Heute ist der 21. November, in knapp drei Wochen steht die Neuwahl an. Ich halte meinem Mann seit sechs Jahren den Rücken frei, Entbehrungen gehören als Bürgermeisterfamilie dazu, aber uns geht es allen wunderbar.«

»Hör auf, deinen Mann in Schutz zu nehmen und dir selbst in die Tasche zu lügen. Ein Wunder, dass er von seinem eigenen Kind noch den Namen weiß. Warum muss er unbedingt noch einmal kandidieren? Es kann so nicht weitergehen. Du leidest und Sophie ebenso.«

»Wirst du jetzt auch noch aufmüpfig? Misch dich bitte nicht ein. Und außerdem, hatte ich denn eine andere Kindheit? Im Winter hat sich Papa zum Malen ins einzig helle Zimmer verzogen, und im Sommer hat er sich als Wirt der Admiralsstuben mehr für seine Gäste interessiert als für mich. Er war nie zu Hause, ist sogar hinterm Tresen gestorben. Selbst du hast dich mehr um das Wohl der Badegäste gekümmert als um mich. Oder willst du das etwa leugnen?«

»Nein, das weiß ich ja leider auch. Ich habe Fehler gemacht, es war eine andere Zeit, ich kann mich nur immer wieder bei dir dafür entschuldigen.«

»Das ist nett, aber meine Kindheit kommt deshalb nicht zurück.«

»Richtig. Und darum soll sich die Geschichte für deine Tochter, für meine kleine Krabbe, wiederholen?«

Schweigen.

Was meinten die Erwachsenen damit? Ein Gedanke durchzuckte Sophie. Ohne zu realisieren, dass sie sich damit verriet, rief sie nach unten: »Was soll sich für mich wiederholen? Muss Papa etwa bald sterben?«

»Du sollst auf dein Zimmer gehen, Sophie! Man lauscht nicht. Dann reimt man sich auch keinen Quatsch zusammen. Und Mutter, ich glaube, es ist doch eine gute Idee, wenn du jetzt gehst.«

Weglaufen.

Es würde nicht auffallen, wenn sie ihren Schulranzen wieder ausräumte, nachdem ihre Mutter ihn am Abend gepackt hatte, und stattdessen alles Wichtige für ihr Vorhaben hineinlegte. Ihr Teddy Alfons, der nach ihrem früh verstorbenen Opa benannt war, musste unbedingt mit. Und Anna, ihre Puppe.

Das war ein guter Plan. Die beiden würden dann ihre neue Familie sein. Eine Familie zu haben war wichtig.

Sophie schaute sich weiter in ihrem Zimmer um. Es war groß, mit zartrosa gestrichenen Wänden, einer Rosenbordüre und darauf abgestimmten, mit Rosen bedruckten Übervorhängen an ihrem Fenster, vor dem sich das Wattenmeer ausbreitete. Schön fand das Zimmer allerdings nur ihre Mutter, nach deren Meinung ein Mädchenzimmer so auszusehen hatte – Sophie hasste Rosa. Wenn sie bestimmen dürfte, wären die Wände knallgelb, die Übervorhänge dunkelblau, und die weißen Möbel würde sie alle rot streichen. Ballettröckchen gäbe es dann nur noch in Orangerot. Vor allem aber sollten Zöpfe verboten werden. Das Kämmen und Flechten war immer eine schmerzhafte Prozedur, viel lieber hätte sie kurze Haare. Oder wenigstens halblang, so wie ihre beste Freundin Hannah, in deren Zimmer es viel gemütlicher war, weil auch mal Unordnung herrschen durfte.

Hannahs Vater war im Keitumer Ortsbereit oder Ortsberat oder wie auch immer das hieß. Aber er hatte viel mehr Zeit für seine Tochter und war fast jeden Abend zu Hause. Jedenfalls verbrachten Hannah und sie seit einem Jahr nahezu jeden Nachmittag zusammen – immer bei Hannah, weil im Hause Sörensen Besuch unerwünscht war. Sophie hatte aufgegeben zu fragen, ob sie ihre Freundin nicht mal mitbringen dürfe. Es könnte ja getratscht werden, hieß es dann.

Worüber? Auf diese Frage hatte Sophie nie eine Antwort erhalten. Dabei hätte sie Hannah so gerne mal ihr Zimmer gezeigt, nicht weil sie es schön fand, sondern weil es hier aussah wie in einem Spielzeugladen. Genauso neu und dekorativ standen die Sachen herum, weil man oft nur zu zweit richtig gut damit spielen konnte.

Seit vier Wochen hatte sich dieses Thema allerdings sowieso erledigt. Seither hatte sie keine Freundin mehr. Sophie erinnerte sich nur zu gut an den Abend, als ihr Vater wütend von einer Sitzung nach Hause gekommen war und beim Abendbrot unvermittelt verkündet hatte, dass er ihr in Zukunft jeglichen Kontakt zu Hannah untersagte.

Auf Sophies Frage nach dem Warum folgte keine Erklärung, sondern der nächste Griff zum Brotkorb, mit dem Kommentar: »Ich verbiete es. Punkt. Das ist meine Entscheidung. Ich bin doch meiner Tochter keine Rechenschaft schuldig.«

Was hatte das denn mit Rechnen zu tun? Hier ging es um alles. Um ihre beste Freundin, um die Sonne, die jeden Nachmittag schien, auch wenn der Himmel grau war, um die Schnee-Engel in Hannahs Garten, um das Schlittenfahren den steilen Wattweg bei der Kirche hinunter, um das Wärmen der kalten Hände an einem Kakao und vor allem um das stundenlange Gekicher, mit dem sie alles Nörgeln, alle Ermahnungen vergessen konnten. Hier ging es um sie, um Sophie Sörensen – aber das spielte ja keine Rolle.

Weglaufen!

Nur wohin? Sophie setzte sich auf die Kommode unter dem Fenster, auf die sie eigentlich nicht raufdurfte, weil man nicht auf Möbel kletterte. Schließlich gab es Stühle zum Sitzen. Aber eben nicht an ihrem Lieblingsplatz am Fenster, wo ihre Gedanken bei Ebbe durch das Wattenmeer bis in weite Ferne waten oder, wenn die Flut kam, bei starkem Ostwind auf den kleinen Schaumkrönchen tanzen konnten.

Seit zwei Wochen schon brachten dicke, aufgeworfene Eisschollen den Gezeitenstrom in der Nordsee vor Sylt zum Erliegen. Die See sah aus, als sei ein Riese durch das Eisfeld getrampelt und hätte dabei seine Trittspuren hinterlassen. Im Ort standen viele Ferienwohnungen leer, erst kurz vor Weihnachten würden wieder Gäste anreisen. Dann herrschte kurzzeitig Hochsaison, doch bis dahin sah man in so manchen Straßen kein einziges erleuchtetes Fenster. Die Laternen schienen nur, um den Schnee auf den Friesenwällen zum Glitzern zu bringen.

In so ein leer stehendes Haus würde sie nicht reinkommen, aber vielleicht konnte sie in einem Gartenschuppen Unterschlupf finden? Fraglich. Wo würde sie denn leichter Zugang finden und trotzdem ein Dach über dem Kopf haben?

Eine Tiefgarage. In Westerland gab es verschiedene Tiefgaragen rund um das Rathaus, dort könnte sie sich verstecken. Aber wie lange? Man würde sie bestimmt bald finden. Im Wald wäre es besser, im Friedrichshain in Westerland zum Beispiel, da kannte sie sich aus. Sie hatten dort mit der Waldgruppe vergangenen Sommer Baumhäuser gebaut, doch ob das warm genug sein würde? Viel zu gruselig war es auf jeden Fall.

Ein Heuboden wäre gemütlich und ein ideales Nachtlager. In Morsum gab es einen Bauernhof, dort waren sie zur Erntezeit mit der Klasse gewesen, den würde sie wiederfinden. Und beim Gedanken an ihre Schule fiel ihr ein, dass es in Hörnum seit Jahren eine nicht mehr benutzte Grundschule gab. Das Gebäude stand einsam auf der Düne direkt am Hafen. Das wäre auch eine Idee. Oder sie suchte beim Hörnumer Yachtclub Unterschlupf in einem der Boote, die dort in der Halle standen.

Am anderen Ende der Insel, am Lister Hafen, lagen auch Boote zum Überwintern, das hatte sie gesehen, als sie kürzlich mit der Schule das Zentrum für Naturgewalten besucht hatte.

Während sie die verschiedenen Möglichkeiten abwog, wurde ihr bewusst, dass sie die Insel nur durch die Schule kannte, mit ihren Eltern machte sie keine Ausflüge. Denn wo ihr Vater in seiner Freizeit auch auftauchte, wurde er angesprochen und in eine Diskussion verwickelt. Das mochte er nicht. Was sie wollte, war gleichgültig.

Daran musste sich unbedingt etwas ändern. Wenn sie erst verschwunden und wie vom Erdboden verschluckt war, würden ihre Eltern sich endlich mal Gedanken um sie machen. Dann würde sich alles um sie drehen. Richtige Sorge sollten sie haben.

Dazu musste sie allerdings lange genug durchhalten. Ein paar Tage auf jeden Fall. Zu essen und zu trinken brauchte sie also auch. Und Geld.

Entschlossen ging Sophie zum Regal und nahm ihre Fisch-Spardose heraus. Ihr Lieblingstier. Weil Fische bunt waren, flink und wendig, und weil sie gut mit dem Strom schwimmen konnten – manche hatten aber auch gelernt, sich in die Gegenrichtung zu bewegen.

Sophie zählte ihr Geld. Zweiundvierzig Euro und siebenundsiebzig Cent. Das war viel. Nun hatte sie endlich was davon, dass ihre Mutter sie zur Sparsamkeit angehalten und ihr kaum erlaubt hatte, sich vom eigenen Taschengeld etwas zu kaufen.

Sie war vorbereitet. Nur um Oma Inken tat es ihr leid. Die Arme würde sich unendliche Sorgen machen. Doch sie in ihr Vorhaben einzuweihen war unmöglich.

Der Wind nahm zu, er brachte neue Schneeflocken mit und trieb diese heulend und pfeifend ums Haus. Letztes Jahr hatte es gar keinen Schnee gegeben, und Sophie war sehr enttäuscht gewesen. Jetzt war es zu viel, und es war eigentlich deutlich zu kalt für die Umsetzung ihres Plans.

Sollte sie wirklich weglaufen?

»Sophie! Abendessen! Dein Vater ist jetzt zu Hause.«

Überrascht horchte Sophie dem versöhnlichen Klang der Stimme ihrer Mutter nach. Vielleicht hatte sie ihr inzwischen verziehen? Womöglich hatte sie beschlossen, Sophies Vater die Version von Oma Inken als Wahrheit zu verkaufen, um den Familienfrieden zu wahren.

Wenn dem so wäre, wurde sie von ihrer Mutter vielleicht doch geliebt, und diese konnte es ihr nur nicht so richtig zeigen. Und wenn Sophie ihrem Vater erst erklären würde, wie wichtig ihr sein Kommen zur Ballettaufführung war, dann könnte ein Traum wahr werden.

Wirklich weglaufen? Vielleicht war das doch keine so gute Idee.

»Sagst du deinem Vater nicht Guten Abend?«

Sophie hatte gar nicht bemerkt, dass sie schon am Esstisch angekommen war, so sehr war sie in Gedanken versunken die Treppe hinuntergegangen, jeder Schritt ein imaginäres Blütenblatt, das sie von einer Blume zupfte. Weglaufen, hierbleiben, weglaufen, hierbleiben, weglaufen – bei der letzten Stufe hatte das Orakel gesagt, dass sie bleiben sollte.

Ihr Vater saß am Tisch und trug noch seinen Anzug mit der gestreiften Krawatte, die streichholzkurzen blonden Haare ordentlich gescheitelt und gekämmt, so als ob er gleich noch einmal fortmüsse. Aber das täuschte. In einer Jogginghose hatte sie ihn noch nie gesehen, selbst Jeans zog er nur zu Terminen an, bei denen es zu seiner Aufgabe gehörte, sich lockerlässig zu präsentieren. An jedem anderen Esstisch hätte er mit seiner Kleidung fehl am Platze gewirkt, jedoch nicht im Hause Sörensen, wo Tischdecken, gestärkte Stoffservietten und ein mehrarmiger Kerzenleuchter zur alltäglichen Dekoration zählten und wo man sich auf weißen Stühlen mit Seidenpolstern und elegant geschwungenen Holzbeinen zum Essen niederließ.

»Guten Abend, Papa.«

Er lächelte sie an. Sein Mund war dabei so seltsam verzogen, als hätte er in eine Zitrone gebissen. Das kannte sie nicht anders. Er lächelte immer so, es gehörte zu seinem Beruf. Jegliche Natürlichkeit war verloren gegangen, weil er sich das Lächeln antrainiert hatte. »Gute Miene zum bösen Spiel«, hatte er es genannt, als sie ihn einmal danach fragte, und sie war mal wieder mit dem Gefühl zurückgeblieben, etwas verstehen zu müssen, ohne es begreifen zu können.

In der Welt der Erwachsenen gab es viele seltsame Dinge, neben dem zitronensauren Lachen gehörte vor allem das Keinezeithaben dazu.

»Setz dich doch, Sophie. Möchtest du Mineralwasser oder Apfelsaftschorle?«, fragte er.

Da war kein Groll in seiner Stimme. Misstrauisch schaute sie zu ihrer Mutter hinüber, die ihr gerade ein Schälchen mit gemischtem Salat füllte. Ob sie die kaputte Vase tatsächlich verschwiegen hatte? Aber die Kaffeeflecken müssten ihm doch längst aufgefallen sein?

Die Miene ihrer Mutter hatte gerade große Ähnlichkeit mit der von Sophies Puppe Anna. Nur die Augenbrauen waren etwas höher gezogen und die rotblonden Haare zu einem strengen Zopf zusammengebunden.

»Hast du dir die Hände gewaschen, Sophie?«, fragte sie.

»Ja«, sagte Sophie reflexartig, obwohl es natürlich nicht stimmte. Ihr stieg die Hitze ins Gesicht. Bemerkten sie, dass sie gelogen hatte?

Offenkundig nicht. Sophie bestrich eine Scheibe Brot mit Butter und angelte sich etwas Schinken von der Wurstplatte.

Besteckgeklapper ersetzte das Tischgespräch. Ob der Vater wirklich noch nichts von der Vase wusste? Erwartete er, dass sie von sich aus eine Entschuldigung vorbrachte? Nur was, wenn sie damit ihrer Mutter in den Rücken fiel? Besser schweigen.

Sophie nahm einen Bissen vom Brot und pikte in ihr Salatschälchen.

Igitt, Tomaten. Angewidert ließ sie die Gabel sinken. Ihre Mutter wusste ganz genau, dass sie sich davor ekelte. Normalerweise landeten auch keine Tomaten in ihrer Portion, denn im Hause Sörensen gab es eine eiserne Regel: Alles, was auf dem Teller lag, musste gegessen werden. Heute hatte sie ihr welche aufgetan. Absicht? Eine indirekte Bestrafung? Und jetzt?

Noch während Sophie darüber nachdachte, wie sie einen Weg aus dem Dilemma finden könnte, hörte sie ihren Vater in sachlicher Tonlage fragen: »Sophie, möchtest du mir nicht etwas sagen?«

Doch, schon, dachte Sophie. Tomate, Vase, Kaffeefleck, Ballettnachmittag. Wie Flipperkugeln rollten die unausgesprochenen Worte in ihrem Kopf durcheinander. Holterdiepolter wollte die Frage heraus, ob er am Sonntag zur Aufführung kommen würde, doch sie kniff gerade noch rechtzeitig die Lippen zusammen, denn sie wusste, was er von ihr erwartete.

Sie schluckte und sagte mit einem Seitenblick auf ihre Mutter: »Entschuldigung, ich habe die Vase kaputt gemacht. Es tut mir sehr leid, Papa.«

Seine Augenbraue zuckte, dann wandte er den Blick von ihr ab. Kein Nicken, keine Geste des Verzeihens. Stumme Missachtung.

»Das war ein Tag heute, Barbara! Meiner Meinung nach ist das Konzept für das neue Parkraumbewirtschaftungssystem sehr gut. Aber dann fährt mir der Nicolaisen von den Sylter Unternehmern in die Parade. Die neuen Gebühren seien um teilweise einhundert Prozent erhöht worden, das wäre Wucher. Außerdem seien solche Kosten nicht zumutbar. Wildem Parken würde ich damit Vorschub leisten, und die Anwohner in den Nebenstraßen hätten das Nachsehen. Ob ich das wirklich wollen würde? Unglaublich!«

»Papa?«, fragte Sophie zaghaft, als er kurz Luft holte. Von ihrer Mutter erntete sie dafür einen mahnenden Blick. Sie sollte ihren Vater nicht unterbrechen. Dabei hörte die Mutter ihm gar nicht zu, das wusste Sophie. Er hätte auch von einem Wintersturm, einer drohenden Überflutung oder sogar vom bevorstehenden Untergang der Insel erzählen können – ihre

Reaktion wäre dieselbe gewesen, nämlich keine. Denn Sophies Vater redete nicht, um eine Antwort zu erhalten. Er wollte sich selbst hören und dabei nicht unterbrochen werden. Das war das gewünschte Prinzip, und Sophie war sich sicher, dass ihre Mutter, die sich stets nach seinen Wünschen richtete, in Gedanken ganz woanders war, das sah man in ihren Augen. Irgendwo, wo es schön war.

»Dabei rühren die einhundert Prozent nur daher, dass das Parken bislang sehr günstig war. Zwölf Stunden kosteten am Morsumer Bahnhof doch beispielsweise bisher nur fünfzig Cent. Das war natürlich ein Schnäppchen für alle Unternehmer, die dort ihre Firmenwagen für ihre vom Festland pendelnden Mitarbeiter abstellten.«

»Papa?« Die Frage lag ihr so sehr auf dem Herzen, dass sie ihn unterbrechen *musste*. Wenigstens für einen Moment wollte sie, dass er ihr Aufmerksamkeit schenkte. Damit sie wusste, ob er sie noch lieb hatte und zu ihrer Aufführung kommen würde – oder ob sie weglaufen sollte.

»Und dann kommt mir der Nicolaisen tatsächlich mit dem Vorschlag, die Parkgebühren ganz abzuschaffen und stattdessen die Kurtaxe zu erhöhen. Schließlich würde es auch den Finanzhaushalt der Gemeinde deutlich entlasten, wenn man die Politessen entlässt und die Parkautomaten abschafft. Ich dachte, ich höre nicht richtig. So ein Unsinn. Wir erzielen ja wohl einen deutlichen Nettoertrag.«

»Mhm«, machte die Mutter, während sie kaute.

Sophie nahm all ihren Mut zusammen. »Papa, kommst du am Sonntagnachmittag zu meiner Aufführung?«

»Die Krönung war dann die Einlassung von Lorenzen, der als Grüner natürlich gern eine autofreie Innenstadt und einen kostenlosen ÖPNV hätte. Für Westerland absolut utopisch.«

»Papa?«

»Hast du etwas gesagt, Sophie?«

Endlich! Sie hatte seine Aufmerksamkeit. Gleichzeitig war sie so überrascht, dass ihr Kopf sich ganz leer anfühlte und sie stotternd hervorbrachte: »Ich … habe gefragt, ob … ob du zum Ballett … also, zu meiner Aufführung … ich meine, am Sonntagnachmittag, ob du da kommst? Ich habe einen Solopart.«

»Nein, Sophie.«

Das Nein stach ihr wie ein Messer ins Herz. Er liebte sie also nicht mehr, weil sie die Vase auf dem Gewissen hatte. Es wäre ihr lieber gewesen, wenn er mit ihr geschimpft hätte. Und anschließend wäre alles wieder gut gewesen. Was sollte sie nun tun? Sie musste versuchen, um seine Liebe zu kämpfen, ihn zu überzeugen.

»Bitte, Papa. Wenigstens kurz, solange ich meinen Auftritt habe?«

»Nein, Sophie, ich sagte es bereits. Ich muss am Sonntag zur Weihnachtsfeier des Sozialverbands der Ortsgruppe Sylt. Der langjährige Vorsitzende des Sozialausschusses verabschiedet sich aus Alters- und gesundheitlichen Gründen aus allen Ämtern. Ihm wird auf dem Fest die Freiherr-von-Stein-Medaille für seine kommunalpolitischen Verdienste und ehrenamtliche Tätigkeit verliehen. Ich selbst habe ihn beim Landrat vorgeschlagen, und stell dir vor, Barbara«, jetzt richtete er das Wort wieder allein an Sophies Mutter, »man ist meinem Vorschlag gefolgt, und ich halte die Laudatio. Das gibt gute Presse auf den letzten Metern vor der Wahl, zumal gerade die Gunst der älteren Wählergruppe in diesen Tagen besonders wichtig ist.«

Sophie wagte noch einen letzten Versuch, auch wenn sie ihren Vater damit provozierte. Aber vielleicht wollte sie genau das. Aufmerksamkeit, Ärger, Anerkennung. »Ich habe auch ganz viel geübt, Papa, ich kann es perfekt.«

»Das Ergebnis habe ich gesehen«, gab er schmallippig zurück. »Sophie, ich kann nicht kommen. Das musst du verstehen.«

»Warum denn nicht?«

Er legte sein Messer klirrend auf den Teller. »Hast du nicht zugehört? Der andere Termin ist wichtiger.«

Wichtiger als der Ballettnachmittag, wichtiger als ihr innigster Wunsch, wichtiger als sie. Heiße Tränen stiegen in ihr auf, brannten hinter den Lidern. Sie schluckte, und dabei schmerzte es in ihrer Kehle, als steckte ein scharfkantiger, großer Stein in ihrem Hals. Dieser Stein war ein Gedanke, der sich unwillkürlich zu Worten formte und nun hinausmusste, ehe sie daran erstickte: »Dann möchte ich einen anderen Papa!«, schrie sie.

»Sophie!«, rief ihre Mutter entsetzt.

»Sophie, Sophie. Ich bin nicht mehr eure Sophie!« Unter Tränen stürmte sie hinauf in ihr Zimmer und kauerte sich mit angewinkelten Knien auf ihren Lieblingsplatz am Fenster. Dorthin, wo sie in bunten Farben träumen konnte, Alfons und Anna fest an sich gepresst.

Weglaufen.

Sie musste nur mutiger sein als ihre Angst.

ZWEI

»Na, Gustav, da haben wir uns ja ganz schön was eingebrockt«, murmelte Ernst dem Dackel zu, der seinen Sturkopf aus der dicken Daunenjacke seines Herrchens streckte und sich spazieren tragen ließ. Mit seinen dreizehn Hundejahren durfte Gustav sich diesen Luxus gönnen, wobei er garantiert noch nicht so altersschwach war, wie er aus reiner Faulheit heraus gerne mal vorgab, denn sobald ein Kaninchen den Weg kreuzte, wurden seine müden Knochen munter.

Das Heizungsdilemma war noch immer nicht gelöst. Die letzte Nacht hatten sie mit einem Radiator, den der Platzwart freundlicherweise aus einem Lagerraum für sie ausgegraben hatte, halbwegs unverfroren überstanden. Garniert mit der amüsierten Frage, ob Ernst denn genügend Geld auf dem Konto habe, hatte er ihnen den rostigen Stromfresser geschenkt. Die ungewohnte Aktivität war vermutlich der Grund dafür gewesen, dass er in der Nacht an Altersschwäche verstorben war. Der Heizkörper, nicht der Platzwart.

Daher standen sie nun wieder vor demselben Problem wie gestern. Nur mit dem Unterschied, dass Frieda sich heute Morgen lautstark beschwert hatte, er käme nicht in die Puschen, um die Ursache herauszufinden, und würde stattdessen unbeweglich hinter der Zeitung hocken. Natürlich, schließlich befand er sich bereits in Phase drei seines Problemlösungsprozesses. Wahrscheinlich konnte sie einfach nicht verstehen, wie er als echter Mann eine schwierige Aufgabe löste: die Sache erst mal ignorieren, dann in blinden Aktionismus verfallen, anschließend totstellen und schließlich, falls das nicht akzeptiert wurde, weglaufen. Das klappte immer.

Schritt um Schritt entfernte sich Ernst vom Campingplatz und damit auch von der Schmach, nicht zu wissen, warum diese dämliche Heizung nicht funktionierte. Die Tinnumer Wiesen, auf denen im Sommer die Galloway-Rinder grasten und die Pferde mit ihren Fohlen über die Weide tobten, waren schneebedeckt. Durch diese weithin flache Landschaft führte ein Feldweg, der offiziell den passenden Namen Strandweg trug, bis zur Dünenkette, hinter der das Meer lag. Die Sonne hatte sich zwischen den Wolken hervorgekämpft, und der Wind zog seine eisigen Klauen ein. Die gefühlte Temperatur lag um null Grad, was im Vergleich zu den vergangenen Tagen fast schon frühlingshafte Gefühle in Ernst hervorrief. Abgesehen davon war ihm mit Wollmütze, Handschuhen und den gefütterten Stiefeln wärmer als eben noch im Wohnwagen.

Frieda war wirklich ungewohnt gereizt gewesen. Natürlich hätte er Karl-Heinz wegen des Heizungsproblems fragen können. Sein Platznachbar wusste alles, so zum Beispiel auch, dass man darauf achten musste, auf welcher Seite sich die Tür des Wohnwagens befand, wenn man selbigen auf den Platz zog, damit man hinterher nicht durchs Fenster des Nachbarn einsteigen musste und wie geplant noch ein Vorzelt aufbauen konnte. Niemals dachte Ernst hierbei gerade an sich als lebendes Beispiel, niemals nicht.

Noch mal würde er sich als Camping-Anfänger keine Blöße vor diesem alten Hasen geben. Zumindest wollte er jetzt wenigstens noch eine Spazierrunde lang in Ruhe nachdenken, wo die Ursache liegen könnte, später könnte er sich immer noch an Karl-Heinz wenden. Irgendwann. Kurz vor dem Erfrierungstod. Bestimmt würde seine Frieda ihn dann wieder seufzend mit dem guten Moses vergleichen, der auch nur deshalb vierzig Jahre durch die Wüste geirrt sei, weil er nicht nach dem Weg fragen wollte.

Wenn es nach dem Hundewillen ginge, würde der Spaziergang nach zehn Schritten bereits wieder enden – gleich rechts vom Eingang des Campingplatzes am ersten Baum. Oder besser gesagt an diesem westwindschiefen, kümmerlichen Gewächs, das in Gustavs Augen aber immerhin einen bepinkelungswürdigen Stamm besaß.

Der Hund hatte sich an die insularen Gegebenheiten anpassen müssen, denn das, was die Sylter bereits mit Stolz als Wald bezeichneten, würde auf dem Festland nicht mal als Baumschule durchgehen. Auf Sylt war eben alles ein bisschen anders, und man musste sich schon eine gewisse friesisch herbe Gelassenheit zu eigen machen, vor allem, wenn man einen Campingwinter durchstehen wollte.

Ernst genoss die wärmende Nähe seines Tieres, die ihn langsam zur Ruhe brachte, doch wirklich zu sich finden würde er nur an einem Ort: am Meer. Er musste die Wellen sehen, das Salz riechen und sich wieder bewusst vor Augen führen, warum er sich für ein Leben auf der Insel entschieden hatte. Von Camping im Jahrhundertwinter war nämlich nicht die Rede gewesen.

Die Sonne schien erstaunlich kraftvoll, als er zur Mittagsstunde die vereiste Landstraße bei der Kreuzung Bäderstraße und den großen Parkplatz des Restaurants Oase zur Sonne überquerte, das am höchsten Punkt der Düne gelegen seinem Namen alle Ehre machte.

Vielleicht sollte ich mal wieder mit Frieda essen gehen, dachte Ernst. Obwohl er da schon weit über den breiten Schatten springen müsste, den seine Sparsamkeit warf – aber vielleicht würde das die Stimmung zwischen ihnen etwas auftauen. Schließlich wusste er, wie sehr Frieda so einen Restaurantbesuch liebte, zum Hochzeitstag gönnten sie sich diesen Luxus jedes Jahr, allerdings immer nachträglich, weil er sich das Datum einfach nicht merken konnte. Das tat ihm seiner Frieda gegenüber immer furchtbar leid, denn verdrängt hatte er den Tag keinesfalls.

Jenseits des Restaurants, am Fuße der Dünen, stand eine Grillhütte, und Ernst folgte dem Pfad dorthin. Hier mit Frieda einen schönen Abend zu verbringen, das wäre doch viel günstiger. Viel romantischer, korrigierte er sich innerlich. *So* musste er ihr die Überraschung präsentieren. Das war ein guter Plan.

Hinter der Grillhütte stieg Ernst den hölzernen Pfad hinauf. Ein weiteres kleines Dünental trennte ihn noch vom Meer, doch schon von diesem Punkt aus hatte er zur Landseite hin eine grandiose Aussicht über die Insel. Westerland lag zum Greifen nah, er konnte sogar den rund fünf Kilometer entfernten Turm der Keitumer Kirche St. Severin sehen, und am östlichsten Zipfel leuchteten erstaunlich gut erkennbar die kräftigen Farben des Morsum-Kliffs, von wo der Hindenburgdamm als Nabelschnur zum Festland führte.

»Das Festland«, murmelte Ernst, und ihm wurde ganz warm ums Herz. Doch wie von unsichtbarer Hand geführt, wandte er sich ab und ging weiter auf dem Steg durch die winterliche Dünenlandschaft. Der Schnee knirschte unter seinen dicken Sohlen, wo er sonst barfuß auf warmen Holzplanken lief und den Sand unter seinen Füßen spürte. Mit jedem Schritt nahm die Vorfreude zu, und ihm war, als würde Brausepulver durch seine Adern strömen.

Endlich. Das Meer. Angekommen. Er stand auf der Dünenkuppe, und seine zusammengekniffenen Lippen öffneten sich wie durch einen Reflex zu einem breiten Lachen.

Wenn er den Strand entlangschaute, fühlte er sich zu Hause. Nur den Schnee musste er sich wegdenken. Im Norden die Westerländer Skyline, bestehend aus den drei Siebziger-Jahre-Hochhäusern direkt am Meer, daneben als Kontrast das ehrwürdige, über einhundert Jahre alte Hotel Miramar und im Süden die einsame Weite, in der man nur schemenhaft die Reetdächer des Ortes Rantum erkannte, der an der Wespentaille der Insel lag.

Vorhin, als er seiner Frieda gegenübergestanden hatte, war er nur einen Zungenschlag davon entfernt gewesen, zu kapitulieren. Er hätte bloß den Mund aufmachen müssen. Denn irgendwann, eher früher als später, musste auch Frieda einsehen, dass sie für ein Leben in der Antarktis nicht geschaffen waren.

Doch was wäre dann gewesen? Zurück in ihr altes Leben? Zurück in ihr Reihenendhäusle in Bopfingen, zurück in die eintönige Bequemlichkeit?

Ja.

Nein.

Vielleicht.

Für diese eisigen Temperaturen war er einfach nicht der Richtige. Wenn schon gefroren, dann als Meersalz-Karamell-Kugel von der Lister Eismanufaktur. Er war eben mehr der Typ Beachboy, auch wenn sich das nicht jedem auf den ersten Blick erschloss. Jedenfalls war er nur bei Eiswaffelwetter richtig genießbar.

Es gab außerdem drei Dinge, die er neben seinen erwachsenen Töchtern auf der Insel sehr vermisste: Brezeln, Brezeln und Brezeln. Oder wenigstens einen Lkw mit ABS. Doch wenn er in der Metzgerei in der Friedrichstraße ein solches »Leberkäsweggle mit a bissle Senf« orderte, schaute er nur in ratlose Gesichter.

Wenigstens brachte seine Frieda fast jeden Tag schwäbische Gerichte auf den Tisch, auch wenn die Zutaten dafür nicht immer einfach zu bekommen waren, und er wertete es als Erfolg, dass er dem Campingplatzbäcker beigebracht hatte, was ein schwäbisches Bäckerdutzend war, sodass er nun jeden Samstagmorgen seine dreizehn Sylter Brezeln fürs Wochenende zum Preis von zwölf Stück bekam. Und schlussendlich, dessen Brezeln schmeckten auch lecker – wenn man sie in den Kaffee eintunkte. Dann schmeckte einem echten Schwaben nämlich jedes Gebäck. Für Gustav war ebenfalls erst Sonntag, wenn sein gefüllter Napf mit den geliebten Brezelstückchen garniert war. Allerdings stürzte er sich, seit sie auf Sylt angekommen waren, zunächst zwar wie immer auf die heiß begehrte Garnitur, kaute dann aber mit einem missmutigen Blick darauf herum, als ob er fragen wollte, ob er dem Bäcker mal seine Meinung bellen dürfe.

Gustav wurde unruhig. Verständnisvoll streichelte Ernst seinem Dackel über den Kopf. »Du hast recht, es ist ganz schön kalt, wir machen uns gleich wieder auf den Heimweg. Wenn ich am Meer bin, vergesse ich immer die Zeit.«

Zugegeben, er hatte immer noch keine Idee, warum die Heizung nicht mehr lief, jedoch machte ihn die Vorstellung, seine Frieda länger allein und der Gesellschaft von Pharisäern und Toten Tanten zu überlassen, nun etwas nervös. Sie hatte ihm angedroht, heute schon zum Mittag zu »Janke's« zu gehen, wenn er nicht bald zurückkommen würde.

Ob nun Kaffee oder Kakao mit Rum und Sahnehaube, seine Frieda begann ja schon nach einem Gläsle Most bei der Hocketse in Bopfingen »Uff dr schwäbsche Eisebahn« zu singen. Am Ende der neun Strophen und bei einem weiteren leeren Gläsle angelangt, war sie stets in bester Flirtlaune. Wollte er sich ausmalen, wie sich der warme Rum bei Frieda auswirken könnte? Er wollte nicht – aber er konnte es. In den schillerndsten Farben. Mit einem breiten Pinsel fuhr er gedanklich quer durch einen großen Tuschkasten, gefüllt mit den Erfahrungen aus fünfundvierzig Ehejahren.

Diese Bilder trieben ihn dazu an, sich umgehend auf den Rückweg zu machen. Nachdem sie die Landstraße überquert hatten, setzte er den in der Jacke strampelnden Gustav ab, damit sich der Hund am Baum und nicht in die Baumwolle erleichterte.

Gustav zog in Richtung Wald beziehungsweise in das Gebiet, das sich als schmaler, aber dicht bewachsener Streifen an der Straße entlangzog, und Ernst ließ ihn gewähren, weil es kein Umweg zurück zum Campingplatz war.

Die Nase auf dem Boden ging Gustav voran. Ernst wiederum musste auf dem von Wurzeln durchzogenen Trampelpfad aufpassen, nicht auf der Nase zu landen.

Plötzlich blieb Gustav stocksteif stehen. Er knurrte, als hätte er einen Bären, einen Wolf oder wenigstens einen großen Hund gewittert, vor dem er natürlich die Klappe aufreißen musste, solange er sich bei Herrchen an der Leine sicher fühlte.

Ernst schaute sich um, doch er entdeckte nichts, was Gustav so in Rage gebracht haben könnte. »Was ist denn los?«, fragte er und folgte Gustavs Blick ins schneebedeckte Unterholz.

Dort, hinter dem Baumstamm, blitzte etwas Rosafarbenes auf.

»Ruhig, Gustav.«

Nach ein paar Schritten hatte Ernst Gewissheit. Ein Schulranzen. Und ein Mädchen, das vorsichtig seinen Kopf hinter dem Baumstamm hervorstreckte. Unter der rosafarbenen Mütze mit Glitzerbommel schauten zwei geflochtene Zöpfe hervor. Aus großen Puppenaugen starrte sie ihn an, ihr Kinn zitterte, ihre Lippen bebten.

»Hallo, du. Keine Angst, das ist Gustav, er hat sich gerade genauso erschreckt wie du. Was machst du denn hier so allein und noch dazu bei der Kälte?«

Keine Antwort.

»Wie heißt du denn? Ich bin Ernst und wohne auf dem Tinnumer Campingplatz.«

»Ich darf nicht mit fremden Männern reden.«

Oha. Ihre Stimme klang erstaunlich kraftvoll, doch die vereinzelten hohen, schiefen Töne verrieten ihre Unsicherheit.

»Da hast du natürlich recht. Aber ich muss doch wissen, ob du dich verlaufen hast?«

»Weglaufen?« Jetzt stand Panik in ihrem Blick. »Ich wollte nicht weglaufen! Ich habe mich verirrt.«

»Ist ja gut«, sagte er beruhigend, »genau danach habe ich doch gefragt. Bist du gerade aus der Schule gekommen? Dann müsstest du den Weg doch eigentlich kennen?« Er hielt ja nicht viel von Helikoptereltern, aber die Kinder sollten ihren Schulweg schon sicher beherrschen, ehe man sie allein gehen ließ.

»Ich bin in Westerland in den falschen Bus eingestiegen. Ich habe geträumt. Meine Mama sagt oft, ich soll nicht so viel träumen, weißt du? Deshalb ist das passiert. Ich finde den Weg schon.«

Immerhin, nun war sie ihm gegenüber doch recht schnell aufgetaut, und sie wirkte ziemlich aufgeweckt.

»Wo wohnst du denn?«

»Ich darf keinem fremden Mann sagen, wo ich wohne.«

Er seufzte innerlich. So leicht würde es also doch nicht werden. »Okay, okay. Das musst du auch nicht.« Wie konnte er nur ihr Vertrauen gewinnen, damit sie sich von ihm nach Hause bringen ließ? Jetzt müsste Frieda an seiner Seite sein. Er holte sein Handy hervor. »Ich rufe mal meine Frau an, Frieda heißt sie, wir haben auch drei Kinder, drei Mädchen.«

»Sind sie so alt wie ich?«, fragte die Kleine hoffnungsvoll, während Ernst auf einem Ohr bereits das Freizeichen hörte. Er wusste, warum sie das fragte. Würde er sie anlügen und ihr sagen, dass er drei Kinder in ihrem Alter hätte, würde sie wahrscheinlich mit ihm gehen. Doch er entschied sich für die Wahrheit.

»Nein, sie sind schon erwachsen, aber meine Frau könnte dir sagen, dass ich kein böser Mann bin. Ich möchte dir nur helfen. Es ist doch so kalt.« Er ließ das Handy sinken. »Nur leider geht sie nicht ans Telefon.«

»Ich glaube dir, dass du nett bist«, sagte das Mädchen und kam zwei Schritte durch das Unterholz auf ihn zu. Gustav hatte sein Knurren längst eingestellt und lief ihr schwanzwedelnd entgegen, so weit die Leine es ihm erlaubte.

»Das freut mich.« Erleichterung machte sich in ihm breit. »Verrätst du mir jetzt deinen Namen?«

Abrupt blieb sie stehen. »Nein, ich darf keinem fremden Mann sagen, wie ich heiße.«

Ja, Herrgottsackzementaberau. Fast wäre ihm dieser Fluch über die Lippen gerutscht. Geduld war eben nicht seine Stärke. Er war mehr so der Typ, der die Schraube ins Holz klopfte. Doch in dieser Situation war Feingefühl gefragt. »Ich würde dich gern bis zur Haltestelle begleiten und mit dir warten, bis der Bus kommt. Ist das in Ordnung?«

Das Mädchen zögerte.

»Da vorne ist gleich die Straße. Wir gehen ja raus aus dem Wald und nicht weiter rein. Ich möchte nicht, dass dir etwas passiert oder du hier draußen erfrierst, verstehst du?«

Keine Reaktion. Doch. An ihrer Miene konnte er erkennen, wie es in ihr arbeitete, wie sie mit sich rang. Er fühlte sich nicht wohl in der Rolle, krampfhaft um ihr Vertrauen zu werben, doch ihm blieb nichts anderes übrig. Sein Plan war, mit ihr nach Westerland zu fahren. Bis sie dort ankamen, wollte er herausgefunden haben, wie sie hieß und wo sie wohnte. Andernfalls würde er mit ihr ins Polizeirevier direkt am Bahnhof gehen.

Gustav zog an der Leine, weil er zu dem Mädchen wollte, und Ernst ließ ihn gewähren. Auf die Idee, sich als ärmster Hund auf der ganzen großen weiten Welt auszugeben, der sein Leben lang noch nie gestreichelt worden war, hätte der Dackel auch schon früher kommen können – die Nummer beherrschte er nämlich ziemlich gut.

»Armer kleiner Hund, du bist ja so süß.« Gustav rieb seinen Kopf am Bein des Mädchens und ließ sich kraulen. »Deine Pfoten sind ja voller Eisklumpen, dir ist bestimmt ganz kalt.«

»Möchtest du vielleicht die Leine von Gustav nehmen und ihn aus dem Wald führen?«

Ihr verhaltenes Nicken war an der kaum merklichen Bewegung ihrer Zöpfe zu erkennen, und er reichte ihr die Leine. Da sah er ein Lächeln auf ihren Lippen, und sie machten sich auf in Richtung Bushaltestelle.

Gedanklich servierte Ernst seinem Hund bereits einen Napf voll Linsen, Spätzle und Saitenwürschtle – Gustavs Leibgericht, für das dieser sogar seinen Sturkopf vergaß. Mit seinen sonst so geliebten Butterbrezelstückchen als Belohnungshäppchen musste man ihm ja auf der Insel nicht kommen.

»Gib mir deinen Schulranzen, ich trage ihn«, sagte Ernst, nachdem sein Dackel ein Tempo vorlegte, das jedem Windhund Konkurrenz gemacht hätte. Er schien die Wichtigkeit seiner Aufgabe zu spüren und sah wohl bereits den vollen Napf vor sich.

»Nein«, wehrte das Mädchen ab, doch er ließ sich nicht beirren und nahm ihr den Ranzen vom Rücken.

»Ja, Heidaschtuagert, der isch aber schwer. Hast du da Backsteine drin?«

Das Mädchen legte fragend den Kopf schief. »Backsteine? Wozu brauche ich Backsteine? Da sind nur Alfons und Anna drin, das sind meine besten Freunde, mein Teddy und meine Puppe, und dann habe ich ...«

»Natürlich noch jede Menge Hefte und Bücher drin. Schlimm, was ihr Kinder heutzutage alles mit euch herumschleppen müsst. Ein Ranzen so schwer wie ein Koffer, wenn man verreist.«

Das Mädchen schwieg. Sie kannte ja auch nicht die Zeiten, als er zur Grundschule gegangen war und im Ranzen nur ein Federkasten aus Holz, das Tintenfässchen und ein Butterbrot lagen.

Sie erreichten die Haltestelle Westerland FKK-Strand. Im Winter fuhren die Busse auf der Strecke von Hörnum nach Westerland nur alle halbe Stunde, aber der nächste müsste um dreizehn Uhr dreiunddreißig, also schon in gut fünf Minuten, kommen. Gott sei Dank, andernfalls hätte er ein Taxi gerufen.

»Darf ich Gustav auf den Schoß nehmen?«, fragte das Mädchen, als sie sich in dem reetgedeckten Wartehäuschen auf die Holzbank setzten.

»Ja, natürlich.« Er säuberte Gustavs Pfoten mit einem Taschentuch und setzte ihn auf den Knien des Mädchens ab. Nun sah er zum ersten Mal ein Leuchten in ihren Augen.

Versonnen kraulte sie Gustav das Fell, sie achtete auf jede seiner Regungen, um zu sehen, wo es ihm am besten gefiel, und hatte schon bald seine Lieblingsstelle unterm Kinn entdeckt. Gustav leckte ihr aus Dankbarkeit für die Streicheleinheiten die Hand. »Er hat eine ganz warme Zunge. Ach, ich hätte auch so gerne ein Haustier.«

»Darfst du denn keines haben?«

»Nein«, gab sie zurück, und in diesem einen Wort lag ein solcher Schmerz, dass Ernst zusammenzuckte.

»Einen Hund? Oder was möchtest du gerne haben?«

Sie zuckte mit den Schultern. »Einfach einen Freund zum Kuscheln, den ich lieb haben könnte und der immer bei mir wäre. Ich würde ihn auch gut pflegen. Ein Hund wäre toll, aber mit ihm dürfte ich ja noch nicht allein Gassi gehen. Also vielleicht ein Kaninchen oder ein Meerschweinchen, aber die wollen ja wenigstens zu zweit sein, da wäre ein Hamster besser, die mögen das Alleinsein, stimmt's? Den Käfig könnte ich jedenfalls sauber machen, wenn ich einmal weiß, wie das geht, und ich würde das auch regelmäßig machen.«

»Dann sag das doch deinen Eltern. Bestimmt glauben sie, dass du nur zum Spaß ein Haustier möchtest und die ganze Arbeit an ihnen hängen bleibt. Wenn sie merken, dass es nicht so ist, erlauben sie es dir vielleicht. Ich finde, das sind sehr vernünftige Gedanken, die du dir machst.«

Wieder zuckte sie mit den Schultern.

»Du könntest sparen und deinen Eltern anbieten, dass du den kleinen Nager von deinem Taschengeld kaufst.«

»Ich habe Geld! Zweiundvierzig Euro und siebenundsiebzig Cent. Würde das für einen Hamster reichen?«

»Und ob. Unsere jüngste Tochter hatte zwei, der erste hieß Mumsine, der zweite Fiffi. Lustige Namen, oder? Einen Goldhamster bekommst du für rund zehn Euro, und das Futter, inklusive Leckerlis und frischem Gemüse, kostet dich ungefähr noch mal so viel im Monat. Mit deinem Geld könntest du einen Hamster drei Monate lang verpflegen.«

»Das ist lange! Ein Mensch kann von so viel Geld vielleicht zwei Wochen leben, oder?« Gustav stupste sie an, weil sie, den Kopf voller Gedanken, ihre Hand im Fell hatte ruhen lassen.

»Zwei Wochen, na ja, das wird schon sehr knapp. Kommt ganz darauf an, was man sich kauft. Es gibt billige und teure Lebensmittel. Ich komme übrigens aus dem Schwabenland, und die Küche dort ...«

»Ach, deshalb redest du so komisch. Wo ist dieses Land denn? Noch weiter weg als Afrika?«

Ernst musste lachen. »Das liegt in Deutschland, genauer gesagt in Baden-Württemberg, knapp tausend Kilometer von Sylt entfernt.«

»Also doch weit weg. Vermisst du deine Eltern nicht?«

»Meine Eltern leben schon lange nicht mehr, ich bin ja selbst bereits ein Opa. Und meine Kinder führen ihr eigenes Leben, eine Tochter wohnt mit ihrer Familie sogar in England.

Letztes Jahr haben meine Frau und ich uns unseren Traum vom Leben auf Sylt erfüllt, und weil wir uns kein Häusle leisten konnten, wohnen wir in einem Wohnmobil auf dem Campingplatz.«

Das Mädchen machte große Augen, und man sah, wie es hinter ihrer Stirn arbeitete. »Jetzt, im Winter? Ist das nicht zu kalt?«

»Im Moment schon, weil die Heizung nicht richtig funktioniert«, gab er zu, »schon seit gestern nicht, und deshalb muss ich auch zurück auf den Platz, um sie zu reparieren – sobald ich dich nach Hause gebracht habe. Möchtest du mir jetzt sagen, wo du wohnst?«

Sie schüttelte den Kopf, dass die Zöpfe flogen. »Ich finde allein nach Hause.«

Er beschloss, ihren Protest zu übergehen und es später, in Westerland angekommen, noch einmal zu versuchen. »Na ja, bei Minusgraden mit Windstärke zehn wie in den vergangenen Tagen ist es ganz schön ungemütlich, wenn man zum Waschhaus laufen muss, weil die Wasserleitungen im Wohnwagen eingefroren sind – aber man hat wenigstens ein festes Dach über dem Kopf. Komm uns doch mal mit deinen Eltern besuchen, dann kannst du mit Gustav Gassi gehen. Wir wohnen auf dem Platz 62, unser Haus auf Rädern ist türkisgrün, gar nicht zu verfehlen. Ansonsten frag an der Rezeption nach uns, Frieda und Ernst Schmälzle. Meine Frau macht übrigens die besten Herrgottsbscheißerle der Welt.«

»Die besten was?« Jetzt lachte das Mädchen, glockenhell und befreit, wie er es sich nicht hätte vorstellen können.

»Maultaschen. Das ist Fleisch mit Teig drum herum, in einer Brühe gekocht. Erfunden wurde das Gericht vor langer Zeit in einem Kloster. Damit die Mönche auch am Karfreitag nicht auf Fleisch verzichten mussten, wurden sie erfinderisch und dachten sich, wenn sie es in Teig einwickeln, könne es der Herrgott ja nicht sehen. Daher der Name.«

»Das ist eine lustige Geschichte, die muss ich mir merken!« Das Mädchen strahlte.

Ein Auto näherte sich; einer dieser schwarzen SUVs, wie man sie auf der Insel zuhauf sah, fuhr mit bei diesen Straßenverhältnissen unangemessener Geschwindigkeit die Straße entlang. Der Fahrer bremste auf ihrer Höhe stark ab, weil er den Abzweig nach links in Richtung Innenstadt nehmen wollte. Dass er dabei nicht ins Schleudern kam, lag wohl neben dem ABS auch daran, dass dieser Typ augenscheinlich so breit und schwer wie sein Auto war.

Wesentlich gemächlicher rollte die Linie 2 heran. Die Kühlerfront des Busses zierte ein großer Kranz mit roter Schleife, passend zur Weihnachtszeit.

»Auf geht's«, sagte Ernst, als der Bus zum Halten kam und die Vordertür aufging. Er nahm Gustav auf den einen Arm, mit der anderen Hand griff er nach dem Schulranzen, während das Mädchen ihm vorausging.

»Na, min Sophiechen, nach der Schule 'ne lütte Tour gemacht?«, fragte der Busfahrer mit friesischem Akzent.

»Sie kennen das Mädchen? Sie hat sich verlaufen.«

»Na klar, das ist doch die Lütte vom Bürgermeister. Die gehört nach Keitum. Wohl zu viel geträumt, was, min Mädel, und in die falsche Linie gestiegen? Na, denn mal rinn mit dir in die warme Stube. Wollen Sie nicht auch mit?«

Der Busfahrer hatte sein Zögern bemerkt. »Ich wollte das Mädchen begleiten, aber ich muss eigentlich zurück zum Tinnumer Campingplatz.«

»Oh herrje, da sind Sie von hier aus zu Fuß aber schneller. Und wenn Sie von Keitum aus dorthin wollen, müssen Sie sich angesichts des Winterfahrplans und der Lücke in der Mittagszeit auf eine Weltreise einstellen.«

»Hm«, machte Ernst und dachte dabei an Frieda, die Toten Tanten, die Pharisäer – und nicht zuletzt an die Heizung sowie an Friedas ausnehmend schlechte Laune.

Sophie setzte sich auf den Platz direkt hinter dem Busfahrer und lächelte. »Ich schaffe das schon. Danke schön.«

»Könnten Sie am Bahnhof dafür sorgen, dass Sophie in den richtigen Bus einsteigt?«, bat Ernst den Busfahrer.

»Aber sicher doch, mein Herr. Auf Sylt geht keiner verloren.«

***

»Dront' in dr grüne Au, schtoht a Birnbaum, schau, schau – juhee! Und was ist in dem Nest? In dem Nest ist ein Vogel. Vogel im Nest, Nest am Zweig, Zweig am Ast, Ast am Stamm, Stamm am Baum – dront' in der grüne Au, schtoht a Birnbaum, schau, schau, juhee!«

Oha. Frieda hatte die Ziege auf der schwäbischen Eisenbahn also bereits geköpft und war in ihrem Repertoire bei den Aufführungen von »Hannes und der Bürgermeister« in der Mäulesmühle angelangt. Das bedeutete, es war für ihn höchste Zeit, sie ins Bett zu bringen, ehe er sie tragen musste.

Am Tresen schien sich mitten am Tag der halbe Campingplatz versammelt zu haben – also alle, die noch nicht erfroren waren. Linker Hand saß Karl-Heinz auf seinem Stammplatz. Natürlich. Neben Frieda hockte das Paar vom Platz 20, zwei Männer, die so aussahen, als seien sie beim Wacken-Festival übrig geblieben. Beide waren um die fünfzig, trugen lange Haare, schwarze Kleidung und einen Dreitagebart. Ein Wunder, dass sie sich auf dem Platz, wo an jedem Waschbecken ein Putzschwamm lag, zwischen dem konservativen Publikum wohlfühlten.

Seit zwei Wochen wohnten Klaus und Klaus in einem dunkelblauen Offroad-Wohnmobil, mit dem sie in der Wüste richtig gewesen wären, in einer der äußersten Ecken der dreieckig angelegten Campingwiese und ließen verlauten, hier wie alle anderen überwintern zu wollen. Im »Janke's« hatten sie sich allerdings noch nie sehen lassen, überhaupt hatten sie den Kontakt zu anderen Campern bislang vermieden, wodurch sie als merkwürdig galten und sich selbst zu Außenseitern gemacht hatten. Auch Ernst konnte eine gewisse Skepsis Klaus und Klaus gegenüber nicht verhehlen. Allerdings nicht, weil die beiden schwul waren. Die Chemie stimmte einfach nicht.

Nun jedoch ließen sich Klaus und Klaus von Frieda, die den beiden noch vor Stunden mit großem Argwohn gegenübergestanden hatte, »Dront' in dr grüne Au« beibringen.

Der Stuhl neben seiner Frau war unbesetzt, nur ein leeres Sektglas stand noch da, also schob er sich in die Lücke, um Frieda zu begrüßen. Ihm entging nicht, dass ihn ein junger Mann vom Format eines Gartenzwergs, dessen lange Nase er noch nie hier gesehen hatte, über den Rand seines Duckstein-Glases hinweg misstrauisch musterte. Er beschloss jedoch, ihn zu ignorieren. Keine Provokationen jetzt, hier war eindeutig schon zu viel Alkohol geflossen. Dagegen war jeder Frühschoppen im Schwabenland eine englische Teeparty.

»Hallo, Frieda«, sagte er, während Gustav aufgeregt bellte und mit dem Schwanz wedelte, »ich bin wieder da. Ich glaube, du solltest ...«

»Ernst! Wo warst du denn so lange? Es wurde wirklich Zeit, dass du endlich wiederkommst.«

»Das stimmt. Ich bringe dich jetzt ins Bett, Frieda.«

»Bist du verrückt geworden? Mitten am Tag? Wir feiern hier ganz wunderbar! – Ein Bier bitte für meinen Mann. Und schau mal, wer hinter dir steht.«

Er hatte sich kaum umgedreht, da fiel ihm eine junge Frau in die Arme, die offenkundig gerade von der Toilette wiedergekommen war.

»Überraschung!«

Ernst riss erstaunt die Augen auf. »Kathrin!«

Seine zweite Tochter. Aus England. Hier, auf Sylt. Er schnappte nach Luft. »Die ist dir gelungen! Mein Mädchen, wie kommst du denn hierher?«

Sie lachte und schüttelte den Kopf, dass ihr blonder Pferdeschwanz hin und her flog. »Mit dem Zug.«

»Aus Birmingham?«

»Nein, aus Hamburg, wir hatten dort etwas zu erledigen, und wo wir schon mal in der Nähe waren, mussten wir natürlich vorbeikommen!« Sie strahlte. Die unverschämt blauen Augen hatte sie von ihm geerbt, alles andere stammte eher vom

Postboten ab. Während seine älteste Tochter nach Frieda kam und die jüngste nach ihm, war die mittlere Marke Eigenbau und auch sonst entsprechend eigenwillig im Hinblick darauf, wie sie ihr Leben führte, nicht erst seit sie zum Studium der Forstwirtschaft nach England gegangen war.

»Wir? Dann hast du Mary dabei?«

Seine siebenjährige Lieblings-, weil bisher einzige Enkeltochter war in England geboren worden, und sie sahen die Kleine nur ein- oder zweimal im Jahr.

»Ja, sie liegt in eurem Wohnwagen und schläft eine Runde nach der anstrengenden Fahrt. Das Babyfon passt auf sie auf.«

Ernst wollte gerade zu bedenken geben, dass die Heizung doch nicht richtig funktionierte, da redete seine Tochter schon weiter. »Darf ich vorstellen, das ist Alfie.«

Der Duckstein-Gartenzwerg? Als sie sich neben den kleinen Kerl mit der langen Nase stellte, der zwar keine typische Mütze trug, dafür aber lange rotbraune Haare und einen ebensolchen üppigen Bart besaß, der ihm bis auf die Brust reichte, wäre ihm die Frage beinahe laut herausgerutscht. Als seine Tochter den haarigen Gnom auf den Mund küsste, bewahrheitete sich seine schlimmste Befürchtung.

Mit dem Männergeschmack seiner Tochter war er ja noch nie konform gegangen, er hatte ehrlich gesagt auch nicht besonders getrauert, als Kathrin ihm vor ein paar Jahren mitgeteilt hatte, dass er ein Ex vor den Schwiegersohn setzen könne. Dass nun aber ausgerechnet dieser zu kurz geratene Rübezahl das Dasein seiner Tochter als alleinerziehende Mutter beendete, machte ihn sprachlos.

Er nahm einen großen Schluck von dem Bier, das ihm die Bedienung gerade hingestellt hatte, und bemühte sich um Fassung. »Guten Tag, ich bin der Vater von Kathrin. Mein Name ist Schmälzle, Ernst Schmälzle. Sie heißen Elfie? Ist das nicht ein Frauenname?«

»Mit Ä gesprochen, Papa, geschrieben mit A, wie Alf.«

Natürlich, jetzt wusste er auch, an wen der haarige Typ ihn neben einem Gartenzwerg noch erinnerte. An Alf, den haarigen Außerirdischen aus der gleichnamigen Fernsehserie. Der war mit seinem Raumschiff in die Garage der Tanners und damit ebenso plötzlich in deren Leben gekracht wie dieser hier jetzt in seins. Rein äußerlich betrachtet schienen sich auch die Lieblingsbeschäftigungen beider Alfs zu gleichen: Essen und Faulenzen.

Der Freund seiner Tochter erhob sich, um ihn zu begrüßen, sein Händedruck hinterließ das Gefühl einer Pranke. »Hello, Mr. Smelsle, nice to meet you.«

Ernst zog die Stirn kraus. Sein Englisch reichte bei der Übersetzung dieses Satzes gerade mal bis »Hello«, doch was sein Gegenüber über den Vater seiner neuen Liebe dachte, stand ihm deutlich ins Gesicht geschrieben: biederer alter Mann mit schütterem grauweißen Haar und Hornbrille, mit Rentierpulli überm Feinkostgewölbe und einem Dackel an der Leine. Alfs Blick nach zu urteilen, schien sein persönlicher Schwiegervater-Alptraum soeben wahr geworden zu sein – dabei waren sie doch gerade erst dabei, sich kennenzulernen.

»Sie sind also Engländer …«

Alf verzog das Gesicht, als hätte man ihm Sauerbier angeboten. »Ich bin Schotte, Mr. Smelsle.«

So viel zur Bemühung um Konversation, die nun Gott sei Dank Frieda übernahm, in deren glasigem Blick sich mindestens vier Tote Tanten spiegelten. »Die Kinder bleiben über Nacht, ist das nicht wundervoll?«

»Wundervoll«, echote Ernst aus alter Gewohnheit, während er sich die Nacht mit seiner betrunkenen Frieda und einem schnarchenden Außerirdischen in einem Wohnwagen ausmalte.

»Ich finde den Älfi ja so nett! Ich freu mich so für dich, Kathrin, mein Herz! Und dass ihr gekommen seid, ist einfach wundervoll. Lasst uns die Zeit genießen. Die fahren mit Mary nämlich schon morgen Nachmittag nach Hamburg zurück, um dann am Abend nach Birmingham zu fliegen.«

»Meine Güte, was für ein Aufwand!« Ernst meinte gar nicht die Reise, sondern den Umbau der Sitzgruppe zum Bett für eine Nacht, aber das ahnte keiner. Für seine Tochter würde er ja alles tun, aber bei diesem Alf klappte ihm das Taschenmesser auf.

Kathrin schaute ihn entrüstet an. »Na, wenn Mamas Geburtstag kein Anlass für ein bisschen Aufwand ist, dann weiß ich auch nicht.«

»Mamas ...« Ernst verschluckte sich an seinem Bier und bekam einen Hustenanfall.

»Sag bloß ...«, begann seine Tochter ahnungsvoll und funkelte ihn an.

»Frieda! Warum hast du denn nichts gesagt?« Nun war ihm klar, dass es heute Vormittag nicht nur wegen der Heizung so in ihr gebrodelt hatte. »Herzlichen Glückwunsch, mein liebes Entchen, alles, alles Gute ...«

Er wollte seiner Frau einen Kuss geben, doch sie wehrte ihn ab. War sie wirklich sauer, obwohl sie doch wusste, dass selbst wichtige Daten leider nicht seine Sache waren, oder war es wegen des Kosenamens in aller Öffentlichkeit? Den trug sie seit nunmehr fünfundvierzig Jahren, seit sie sich kennengelernt hatten, denn da hatte Frieda eine Ente gefahren. Zumindest glaubte sie, dass er sie deshalb so nannte – in all der Zeit war sie nämlich noch immer nicht dahintergekommen, dass er nur dann liebevoll Entchen zu ihr sagte, wenn sie sich aufplusterte und in Schnatterlaune war.

Frieda seufzte. »Ich habe morgen Geburtstag, Ernst, morgen. Es gibt Dinge im Leben, die ändern sich nicht. Dazu gehören unser Hochzeitstag, mein Geburtsdatum und deine Vergesslichkeit.«

Eins zu null für Frieda, und das vor versammelter Mannschaft.

»Entschuldigung, meine Liebe, es tut mir wirklich leid. Ich gehe dann mal zum Wohnwagen, schaue nach meiner süßen Enkelin und bringe die Heizung wieder in Gang.«

»Das habe ich doch längst gemacht«, sagte Frieda und bestellte noch eine Runde – für alle.

»Was hast du gemacht?« Er zog die Augenbrauen zusammen. Sein Unverständnis bezog sich allerdings weniger auf ihren Kommentar als auf die Lokalrunde. Es waren immerhin rund dreißig Leute anwesend.

»Ich habe die Heizung repariert. Die hat eine Batterie für die Zündung. Eine stinknormale, handelsübliche Batterie. Und die war leer. Kleine Ursache, große Wirkung.«

»Ja, Heidaschtuagert, da wäre ich in hundert kalten Wintern nicht drauf gekommen«, gab er zu. »Woher wusstest du das?« Er beugte sich näher zu seiner Frau. »Hast du etwa Karl-Heinz gefragt?«

»Das musste ich nicht. Siri hat es mir gesagt.«

»Wer zum Henker ist Siri, und auf welchem Stellplatz wohnt sie?«

»Sie wohnt in meinem iPhone. Ich habe ihr nur die Problemstellung ›Truma zündet nicht‹ zugerufen, und schon hatte ich die Lösung. So, und jetzt wird gefeiert!«

»Genau«, rief Kathrin. »Wir wollen reinfeiern. Wir haben jede Menge Fleisch und Würstchen mitgebracht. Das reicht für alle!« Ihre Lautstärke machte klar, dass auch sie das gesamte Lokal meinte.

»Für alle?«, fragte Ernst, als könnte es doch noch den Hauch eines Zweifels geben.

»Natürlich! Bestes Galloway-Rind aus der Landschlachterei in Keitum. Und alle hier sind eingeladen. Du grillst für uns, Papa.« Das war keine Frage, das war eine Feststellung.

Alf brabbelte etwas auf Englisch, und Kathrin übersetzte: »Genau, das war Alfies Idee, er hat die Schlachterei am Keitumer Bahnhof entdeckt, als wir mit dem Zug durchfuhren.«

Ernst hatte sich bereits gedacht, dass es die Idee dieses schottischen Clowns gewesen war – mehr musste er auch nicht wissen.

»Die Tiere stammen aus Älfies Heimat«, sagte Frieda, »aus Galloway in Schottland. Ich wusste gar nicht, dass der Name daher kommt. Wie wunderbar sich die Dinge doch manchmal zusammenfügen.«

Frieda wusste bestimmt auch nicht, was das Kilo Fleisch

kostete. Und wer bezahlte das alles? Am Ende natürlich wir selbst, dachte Ernst. Er wollte die Partykosten keinesfalls seiner Tochter aufbürden, und sie diesem Alf zu überlassen, das ließ seine gute Kinderstube nicht zu.

Hängten die Engländer nicht zu Weihnachten ihre Strümpfe für den Weihnachtsmann am Kamin auf? Den Brauch könnte er dieses Jahr auch einführen und mit seinem leeren Sparstrumpf anfangen.

»Habt ihr nicht gesehen, dass von Westen her bereits der nächste Schneesturm aufzieht?«, wandte er ein – zugegeben ein eher halbherziger Versuch, ein Fest unter hartgesottenen Wintercampern zu verhindern.

»Grillen im Schnee, Papa, das wird richtig cool! Jetzt komm schon, verdirb uns nicht die Überraschungsparty.«

»Yeah, it's cool, man!«, rief Alf und schlug ihm auf die Schulter, dass er glaubte, ein Baumstamm habe ihn erwischt. Und zwar einer, der im Schwarzwald und nicht auf Sylt gefällt worden war.

Ernst nickte ergeben. Nur nicht seiner Frau den Geburtstag verderben. Aber den schottischen Gartenzwerg würde er schon jetzt am liebsten irgendwo in den Weiten der Tinnumer Wiesen aussetzen. Im Schneesturm. Bei den Galloways. Die Tiere würden ihn bestimmt ohne zu zögern in ihrer Herde aufnehmen.

DREI

Sie hat sich bestimmt nur verspätet, redete sich Barbara Sörensen ein, während sie zwischen Küche und Wohnzimmer hin- und herlief und ihr verschiedene Szenarien durch den Kopf spukten, die Sophies Ausbleiben erklären könnten.

Vom Küchenfenster aus konnte sie die Straße entlangschauen, bis zu der Ecke, um die Sophie normalerweise um zwölf Uhr vierzig bog. An jedem Schultag. Nur heute nicht. Dabei hatte der Bus trotz der winterlichen Straßenverhältnisse höchstens fünf Minuten Verspätung gehabt, weil er zwar langsamer fahren musste, dafür aber an den Zwischenhaltestellen selten Fahrgäste warteten. Touristen schon gar nicht. Wer nicht unbedingt etwas zu erledigen hatte, blieb im warmen Haus.

Es ist sicher nichts passiert, es wird eine ganz einfache Erklärung geben, setzte sie ihr Mantra fort und ging wieder zurück ins Wohnzimmer. Dort schaute sie auf die Standuhr mit den verschnörkelten goldenen Zeigern. Ungefähr zum hundertsten Mal, weil sie es nicht glauben wollte. Es war jetzt fünf Minuten nach eins, und Sophie war immer noch nicht da. Ihr Mädchen war sonst immer pünktlich, auf Sophie war Verlass.

Und nun? Ein ungutes Gefühl kroch in Barbara hoch. Es suggerierte ihr, dass etwas Schlimmes passiert war, obwohl es dafür außer der kleinen Verspätung noch keinen Anhaltspunkt gab. Doch mit ihren Vorahnungen hatte sie im Leben bisher leider immer ins Schwarze getroffen.

Kurz entschlossen zog Barbara ihren Wintermantel an und griff nach Handy und Schlüssel, um Sophie bis zur Bushaltestelle in der Dorfmitte entgegenzugehen. Zweihundert Meter. Zu Beginn des ersten Schuljahres hatte sie mit Sophie jeden Zentimeter dieses Weges geübt. Denn im Grunde war es ganz einfach. Von der Bushaltestelle aus musste sie nur in den Weidemannweg einbiegen und sich bis zur Straße Am Kliff auf diesem schlangenförmig verlaufenden, schmalen Weg halten. Dort musste sie rechts abbiegen. Dann waren es lediglich noch ein paar Meter bis zum Haus.

Das klappte auch gut, sofern Sophie sich auf den Weg konzentrierte, ansonsten konnte sie schnell in einen falschen Abzweig geraten. Die verästelten Sträßchen machten es insbesondere den Touristen schier unmöglich, sich nicht zu verlaufen. Doch gerade das liebten die Gäste an Keitum, dieses Sichverlieren zwischen schmucken Kapitänshäusern unter alten Kastanienbäumen, dieses ziellose Wandern durch eine bezaubernde Welt und Sich-dennoch-geborgen-Fühlen. Denn die Wege waren kurz und das Dorf klein genug, dass man sich nicht heillos verirrte, sondern schnell und vor allem überraschend wieder an seinem Ausgangspunkt landete.

Der Ort lag im Wintersonnenglanz. Eine Märchenwelt, in der es keine bösen Wölfe gab – nicht geben durfte. Der böige Wind wehte die oberste Schneeschicht von den Dächern, die Flocken wirbelten so wild vor Barbaras Gesicht herum, dass sie zeitweise die Augen schließen musste.

Wenn Sophie das auch gemacht hatte, könnte sie nicht richtig auf den Weg geachtet und sich deshalb verlaufen haben. Das wäre gut möglich. In diesem Fall würde Barbara ihre Tochter jedoch bald finden, zudem kannte fast jeder im Ort das Mädchen, und man würde ihr Sophie nach Hause bringen.

Zwar wäre der Vorfall dann tagelang Inselgespräch, aber das hielt sie für das kleinste Problem. Vorausgesetzt, dass es bei der Wahrheit bleiben würde. Wenn nämlich zum Beispiel im Norden der Insel, in List, ein Autofahrer einen leichten Unfall hatte, dann war dieser Mann, bis die Geschichte in Hörnum, im Inselsüden, angekommen war, meistens bereits tot – und der Autofahrer wiederum ordentlich verblüfft, wenn ihn das Gerücht von seinem Ableben erreichte. Alles schon vorgekommen. Beliebt waren auch angebliche Trennungen, Schwangerschaften, Bankrotterklärungen und schwere Erkrankungen. Dazu genügte es, allein in der Kneipe, beim Frauenarzt, auf der Bank oder wegen eines Krankenbesuchs in der Nordseeklinik gewesen zu sein.

Dieser ewige Tratsch, die ständigen Gerüchte und Verleumdungen hatten Barbara dazu bewogen, Sophie allein in die Schule gehen zu lassen und sich nicht zweimal täglich beim Gang zur Haltestelle einen Spießrutenlauf anzutun. Denn in der Politik beziehungsweise im Rathaus war immer etwas am Gären, worauf sie nicht angesprochen werden wollte, und außerdem war sie es leid, ständig irgendwelche Sachverhalte zurechtrücken zu müssen, die schon am nächsten Tag in den Köpfen der Leute wieder verdreht waren.

Barbaras leise Hoffnung, der Bus könne Verspätung haben, zerschlug sich, als sie die Haltestelle erreichte und beim gegenüberliegenden Herrenausstatter nachfragte. Der Verkäufer entgegnete, der Bus sei wie immer pünktlich gewesen.

Vielleicht hatte Sophie getrödelt und den Bus verpasst? Dann kam sie vielleicht mit dem nächsten. Fünfzehn Minuten noch. Barbara beschloss, sich in einem der drei reetgedeckten Wartehäuschen unterzustellen, die im Sommer von wartenden Touristen bevölkert waren und zudem ein beliebtes Fotomotiv darstellten. Jetzt stand Barbara allein da, gebeugt, die Arme vor dem Körper verschränkt und frierend. Jede Sekunde hoffte sie auf den erlösenden Moment, da der Bus in Sichtweite kommen und ihre Tochter darinsitzen würde.

Die alte Frau Petersen, eine entfernte Nachbarin aus dem Melnwai, die bekannt dafür war, schneller als die Presse zu sein, kam vorbei. Sie machte ein irritiertes Gesicht, als sie Barbara an der Haltestelle erblickte, grüßte und ging an ihrem Stock langsam weiter. Zum Glück.

Barbara kannte Frau Petersen noch aus Zeiten, als sie die kleine Barbara mit den langen Zöpfen und nicht »die Frau Bürgermeisterin« gewesen war. Oh, wie sie diese Anrede doch hasste. Wie jeder Mensch besaß sie einen Vor- und Nachnamen, aber den schienen die Leute vergessen zu haben.

Sie kehrte Frau Petersen den Rücken zu und schaute wieder in die Richtung, aus der der Bus kommen sollte: den Gurtstig hinunter, eine schmale Straße, in der zwei Autos nur knapp aneinander vorbeipassten und die dennoch die Hauptader des Ortes war, gesäumt von kleinen Reetdachhäusern mit Boutiquen in Wohnzimmergröße. Sophie liebte es, mit ihrer Oma in die »Kleine Teestube« zu gehen, weil es dort gemütlich war und es so leckere Waffeln mit roter Grütze gab.

Der Wind trieb ihr eine Träne, die sich in ihrem Augenwinkel gebildet hatte, ihre Wange hinunter. Schnell wischte Barbara sie fort. Wenn jemand sehen würde, dass sie weinte … Sie schwor sich, noch heute Nachmittag, sobald der Schrecken ein Ende hatte und Sophie wieder da war, mit ihr in die »Kleine Teestube« zu gehen.

Früher hatte sie so etwas gern getan, doch mit dem Amt ihres Mannes war es ihr lästig geworden. Den Leuten schien nicht bewusst zu sein, dass sie eine eigenständige Person war und nicht das politische Leben ihres Mannes führte. Wenn sie ehrlich war, hatte sie selbst das aber eigentlich auch schon vergessen.

Ihren Beruf als Bistroleiterin im gediegenen Hotel Stadt Hamburg gegenüber dem Rathaus hatte sie kurz vor Sophies Geburt aufgegeben. Dort hatte sie Gernot kennengelernt, der, als er noch nicht Bürgermeister gewesen war, im Hotel-Bistro öfter eine Kleinigkeit zu Mittag gegessen hatte, besonders gern die einfache, aber köstliche Kartoffelsuppe. Sie waren immer wieder miteinander ins Gespräch gekommen, bis er sie schließlich in den Salon 1900 in Keitum zum Abendessen eingeladen und sie sich auf dem Heimweg entlang dem Wattenmeer zum ersten Mal geküsst hatten.

Damals hatte sie noch nichts davon geahnt, dass sie eines Tages Frau Bürgermeisterin sein und in erster Reihe am Wattenmeer in einem Kapitänshaus aus dem 18. Jahrhundert wohnen würde, das beinahe ebenso lange im Besitz der Familie Sörensen war. Vielmehr hatte sie geplant, mit ihren dreißig Jahren endlich von zu Hause aus- und aufs Festland zu ziehen, da sie nicht gewillt war, die inselüblichen fünfhundert Euro Miete für ein Wohnklo hinzublättern. Kaltmiete, versteht sich.

Ihre Kündigung schrieb sie ein halbes Jahr später, als sie Tag und Nacht nur noch damit beschäftigt gewesen war, ihren Gernot im Wahlkampf zu unterstützen. Da wohnte sie bereits im Kapitänshaus und glaubte, unter Stress zu leiden, woraufhin ihr die wahre Ursache für ihre morgendliche Übelkeit mittels des Tests vor Augen geführt wurde, den ihre resolute Mutter aus der Apotheke mitgebracht hatte.

Aus der lebenslustigen Barbara mit dem feschen Bob war »die Frau Bürgermeisterin« mit gestrengem Zopf und Schürze geworden, die sich statt mit spritzigem Elan um ihre Gäste nunmehr mit preußischem Pflichtbewusstsein um das Wohl ihrer Familie kümmerte. Oder besser gesagt um das Wohlergehen ihres Mannes.

Endlich rollte die Linie 3 langsam aus dem Gurtstig heran, wendete in dem eigens für die Busse vorgesehenen Kreisel und kam vor ihr zum Halten. Die Türen öffneten sich.

Barbara breitete unwillkürlich die Arme aus, um ihre Tochter zu empfangen, doch es stieg nur ein Mitarbeiter des Keitumer Heimatmuseums aus, der kurz grüßte, seine Wollmütze aufsetzte und dann in Richtung seiner Arbeitsstätte ging.

Ihr gefror das Lächeln im Gesicht.

»Moin, Frau Bürgermeisterin«, tönte der Busfahrer. »Heute mal nicht mit dem Auto unterwegs? Na, was ist, wollen Sie nicht einsteigen? Im Bus wird es nicht wärmer, wenn ich die Tür noch länger auflasse.«

Barbara schluckte ihren Groll hinunter. »Nein, ich …« Sie zögerte. Doch es half nichts, sie musste mit der Wahrheit rausrücken und damit ein Holzscheit in das Feuer der Gerüchteküche werfen. »Ich dachte, meine Tochter wäre bei Ihnen mitgefahren.«

»Sophie? Aber die müsste doch schon im Bus davor gewesen sein, es ist ja längst Schulschluss.«

Barbara verspürte ein leichtes Schwindelgefühl und fasste nach der knallgelben Haltestange im Eingangsbereich. »Das wissen Sie nicht genau? Sind Sie die Tour nicht auch gefahren?«

»Nein, ich habe gerade erst meinen Dienst angetreten. Mittags ist Schichtwechsel. Der Kollege hat Feierabend.«

Ausgerechnet, dachte Barbara. Jetzt verfluchte sie sich dafür, ihr Kind nicht wie viele andere Eltern sogar noch bis zum Sitzplatz in der Klasse gebracht und von dort wieder abgeholt zu haben.

Der Busfahrer musste die Not an ihrem Gesicht abgelesen haben, denn er legte einen beruhigenden Ton in seine Stimme: »Bestimmt ist Ihre Tochter wie immer hier angekommen und dann statt nach Hause mit zu einer Freundin gegangen. So sind die Kinder doch manchmal.«

Aber nicht meine Tochter, dachte Barbara. Sie geht nie ohne meine Erlaubnis irgendwohin. Laut sagte sie: »Das wäre natürlich möglich.« Der Busfahrer konnte ja nicht ahnen, dass Sophie ohnehin nur eine einzige Freundin hatte – beziehungsweise gehabt hatte.

Mit einem bekräftigenden Nicken sagte er: »Sehen Sie. Auf der Insel kommt doch kein Kind weg.«

»Sophiechen ist verschwunden?«

Barbara drehte sich nach der kratzigen Stimme um. Frau Petersen. Sie war vorhin offenkundig nur fünf Schritte weiter ins nächste Wartehäuschen und damit keinesfalls außer Hörweite gegangen. Ausgerechnet Frau Petersen, dachte Barbara resigniert. Sie ist kein weiteres Holzscheit aufs Feuer der Gerüchteküche, ihre Wirkung ist die einer Flasche Spiritus. »Nein, nein, alles gut«, beeilte sie sich zu sagen. »Sophie ist nur zu einer Freundin gegangen.«

Kein Wort glaubte Frau Petersen davon, das war ihr anzusehen, als sie in den Bus einstieg. Aber womöglich würde das Lauffeuer ja sein Gutes haben und ihr ihre Tochter schnell wieder zurückbringen.

Oder war Sophie doch schon mit dem letzten Bus gekommen, in Gedanken eine Zeit lang durch den Ort geirrt und inzwischen zu Hause?

Barbara machte sich voller Hoffnung auf den Rückweg. Sie malte sich aus, wie Sophie ungeduldig, vielleicht auch weinend vor der Haustür warten und ihr erleichtert in die Arme fallen würde. Auf dem glatten Kopfsteinpflaster kam Barbara mehrfach ins Rutschen, dennoch ging sie schnell. Ihr Puls raste, als würde sie die Treppen zur Uwe-Düne hinaufrennen.

Vor der Haustür die Ernüchterung: Sophie war nicht da, auch nicht da gewesen. Es gab keine frischen Spuren von kleinen Stiefeln im Schnee, nur ihre eigenen Abdrücke waren zu sehen.

Wäre es möglich, dass sich Sophie über das Kontaktverbot hinweggesetzt hatte und zu ihrer Freundin gegangen war? Allein der Gedanke entsetzte Barbara, denn sie traute ihrer Tochter nicht zu, ein so deutlich ausgesprochenes Verbot zu ignorieren. Andererseits war ihr natürlich nicht entgangen, wie groß Sophies Sehnsucht nach ihrer besten Freundin war. Und wenn sie darüber nachdachte, war diese Möglichkeit mit die harmloseste von allen und Grund genug, bei Hannahs Mutter anzurufen, auch wenn sie dafür über ihren Schatten springen musste.

Barbara schämte sich insgeheim für die überbordende Reaktion ihres Mannes, der nicht gewillt war, Politisches und Privates zu trennen, und das auf seine gesamte Familie ausdehnte. Doch Gernot zu widersprechen war so aussichtslos, wie sich einer Flutwelle entgegenzustellen – und wenn er merkte, dass man ihn hintergehen wollte, war sofort Land unter.

Hannahs Mutter ging sofort ans Handy. Barbara hatte eben erst die Haustür aufgeschlossen und trug ihr Anliegen im Flur stehend in mehr oder weniger zusammenhängenden Sätzen vor. Am Ende sagte sie: »Ich bin so durch den Wind, Evelyn, ich habe gar nicht Hallo gesagt, entschuldige bitte.« Sie hatte ja gehofft, Evelyn Kirchberger würde sie sogleich mit einer guten Nachricht unterbrechen.

»Frau Sörensen.« Evelyn sagte das mit einer Entrüstung, durch die jede Silbe Betonung fand. Noch vor wenigen Wochen waren sie beim Du gewesen, aber das schien sie nun anders handhaben zu wollen. »Wie kommen Sie auf die Idee,

Sophie könnte hier sein? Darf ich Sie daran erinnern, dass Ihr Mann ein Kontaktverbot zwischen unseren Kindern ausgesprochen hat?«

»Es hätte ja trotzdem sein können, dass Sophie bei dir … bei Ihnen ist.«

»Nein, ganz und gar nicht. Es fiele mir nicht im Traum ein, mich darüber hinwegzusetzen. Ihre Tochter ist nicht hier, da muss ich Sie leider enttäuschen.«

Welche Kaltschnäuzigkeit! Barbara blieb die Spucke weg. Wie schnell sich das Blatt doch wenden konnte, erst kürzlich hatte sie noch gedacht, aus ihnen könnten ebenso gute Freundinnen werden wie aus den Kindern. Zumindest hatte sich das so angefühlt, nachdem Evelyn sie zunehmend ins Vertrauen gezogen und zuletzt sogar von den finanziellen Problemen erzählt hatte, die die Familie belasteten. Aber da hatte sie sich wohl geirrt. »Hast du … haben Sie tatsächlich gar kein Mitgefühl mit mir?«

Wie grotesk diese Situation doch war, wie fremd sich alles anfühlte. Sie stand in Mantel und Schuhen im Wohnzimmer und betrachtete die Seidencouch und das Glastischchen so, als stünde sie im Möbelhaus. Einzig die Erinnerung an die kaputte Vase führte ihr vor Augen, dass dies ihr Zuhause war. Sie war so real, als wäre es gerade eben passiert, und nun wünschte sie sich nichts mehr, als dass Sophie mit fliegenden Zöpfen durchs Wohnzimmer wirbelte.

»Ich wüsste nicht, wieso. Ich glaube nicht, dass Sophie etwas passiert ist. Ich denke eher, dass Ihre Tochter gerade aufmüpfig wird, und das geschieht Ihnen ganz recht. Ehrlich, wie kann man ein Kind nur so gängeln und unterdrücken?«

»Wie reden Sie denn mit mir?« Nun war auch Barbara weit davon entfernt, das vertrauliche Du zu benutzen. Das war ja wohl eine Frechheit. Aufgebracht ging sie durchs Wohnzimmer, von einem Fenster zum nächsten, in der Hoffnung, Sophie irgendwo zu erspähen.

»So, wie es dringend einmal jemand tun muss, damit Sie verstehen, was Sie Ihrem Kind antun. Sie verbieten Ihrer

Tochter von einem Tag auf den anderen jeglichen Umgang mit ihrer allerbesten Freundin, nur weil sich die Väter im politischen Zwist befinden? Sind Sie eigentlich noch ganz bei Trost?«

Nun reichte es Barbara endgültig. »Was erlauben Sie sich?«, brüllte sie ins Handy und hatte das Gefühl, dabei ihren gesamten Schmerz und die Verzweiflung über das Verschwinden ihrer Tochter hinausschreien zu müssen.

»Das frage ich Sie«, entgegnete Evelyn Kirchberger ruhig. »Ahnen Sie eigentlich im Entferntesten, wie meine Hannah leidet? Aber das ist Ihnen ja noch gleichgültiger als die Gefühle Ihrer Tochter. Arme Sophie, kann ich da nur sagen.«

Barbara holte tief Luft. Sie wollte entgegnen, wie herzlos Evelyn war, dass sie gar nicht begreifen konnte, wie schlimm es war, nicht zu wissen, wo das eigene Kind abgeblieben war, doch Hannahs Mutter hatte ziemlich nahe an einer Stelle gerührt, die ihr die Worte nahm. Dort, wo die Wahrheit lag.

»Könnten Sie Hannah bitte fragen«, sagte sie stattdessen mit dünner Stimme und dem Gefühl, sich über eine löchrige Hängebrücke, die über einen tiefen Abgrund führte, zurück zur sachlichen Ebene tasten zu müssen, »ob Sophie heute mit ihr zusammen nach Keitum gefahren ist und ob die Kinder mit dem üblichen Bus angekommen sind?«

»Hannah ist krank, sie war heute gar nicht in der Schule.«

Barbara schloss die Augen. Wieder ein Strohhalm, der im Meer ihrer aufsteigenden Tränen davontrieb. Sie wollte etwas erwidern, doch ihre Stimme brach.

»Nun bleiben Sie ruhig, Sophie passiert schon nichts. Sie wird bald wieder auftauchen, aber vielleicht lassen Sie sich ihr Verschwinden eine Lehre sein.«

»Bitte? Das muss ich mir wirklich nicht länger anhören, du … du herzloses Miststück!«, rief Barbara und legte auf.

Sie weinte. Um Sophie, um sich und um die vielen falschen Wege, die sie seit ihrer Hochzeit mit Gernot gegangen war. Mit ihm, aber gegen ihren Verstand. Und dann, schemenhaft, so als ob sich ein Schleier heben würde, entdeckte sie die Kreuzungen entlang dieses Weges, die sie bislang übersehen hatte. Oder nicht hatte sehen wollen.

In letzter Zeit war sie sehr streng mit Sophie gewesen. Zu viele Dinge hatte sie ihr genommen oder nicht gegeben, die zu einer unbeschwerten Kindheit gehörten. Wäre es möglich, dass Sophie weggelaufen war? Nicht unbedingt wegen Hannah, die sie ja schon seit längerer Zeit nicht mehr treffen durfte, sondern weil es ihr gestern so wichtig gewesen war, dass ihr Vater zu dieser Ballettaufführung kam?

Nein, dazu würde Sophie nicht den Mut haben, erst recht nicht bei dem Wetter, außerdem konnte ihre Verzweiflung nicht so groß sein. Viel eher war sie von der Schule aus zum Rathaus gegangen und wartete nun darauf, dass ihr Vater zu sprechen war. Sophie wusste, dass sein Abend lang werden und sie ihn vor dem Zubettgehen nicht mehr sehen würde. Vielleicht wollte sie deshalb jetzt die Chance nutzen, ihn doch noch zu überzeugen.

Wie elektrisiert griff Barbara zum Telefon, wählte und wartete. Sie überlegte, was sie sagen sollte. War es klug, ihren Mann in Alarmstimmung zu versetzen? Sie entschied sich dagegen und bemühte sich um innere Ruhe, als sie die Vorzimmerdame in der Leitung hatte. Trotzdem war die gute Frau einigermaßen irritiert, weil Barbara so selten anrief.

»Ihr Mann? Der ist außer Haus bei einem Termin. Und Sophie? Nein. Sie ist doch auch sonst nie hier. Kann ich etwas ausrichten?«

Bloß nicht, wäre es fast aus Barbara herausgeplatzt, stattdessen verneinte sie höflich, wünschte noch einen schönen Tag und legte auf. Sie ließ sich in den Sessel sinken und stützte ihr Gesicht in die Hände. Wenn doch alles nur ein Alptraum sein könnte, aus dem sie gleich aufwachen würde.

Das diffuse Gefühl, dass etwas Schlimmes vorgefallen sein musste, war nun stärker denn je, es umschloss ihr Herz und verursachte solche Schmerzen in ihrer Brust, dass sie es noch mehr mit der Angst zu tun bekam. Messerstiche bei jedem Herzschlag. Panik. Sie fühlte sich hilflos, schutzbedürftig, allein. Sie wurde selbst wieder zum Kind, und in solchen Fällen gab es nur eine Person, die ihr helfen konnte.

Ihrer Mutter musste sie nicht lange erklären, was los war, nach ihrem Anruf dauerte es keine fünf Minuten, bis sie zur Stelle war und beruhigend auf Barbara einwirkte. Ihr Verhältnis mochte in den vergangenen Jahren schlechter geworden sein, doch in solchen Krisenmomenten waren alle Zwistigkeiten vergessen.

Barbara hielt sich mit zitternden Händen an ihrem Glas Wasser fest und ließ sich von ihrer Mutter auf der Couch umarmen und sanft den Arm streicheln. Wann hatte es zuletzt eine solche Geste zwischen ihnen gegeben?

»Wir müssen jetzt besonnen und systematisch vorgehen. Hast du schon in den umliegenden Geschäften gefragt, ob Sophie gesehen wurde? Bei der Bäckerei Speck vielleicht oder nebenan im Buchladen?«

Barbara schüttelte den Kopf und lehnte ihn danach an die Schulter ihrer Mutter. Wie lange sie das schon nicht mehr getan hatte.

»Dann übernehme ich das für dich, ich weiß doch, dass du dir dabei vorkommst wie bei einem Spießrutenlauf.«

»Danke, dass du da bist. Ich kann überhaupt nicht mehr klar denken. Ich würde alles tun, alles, wenn ich nur Sophie schnell wieder bei mir haben kann.«

»Ich bin an deiner Seite und werde dir helfen. Wir müssen jetzt auch die Polizei verständigen.«

»Oh Gott, meinst du wirklich? Dann wird die Presse davon Wind bekommen. Und das kurz vor der entscheidenden Wahlphase. Das wird nicht gut für Gernot sein.«

»Barbara! Du machst dir jetzt nicht ernsthaft Gedanken um die Wiederwahl?« Ihre Mutter war so entrüstet, dass ihr der Mund offen stehen blieb und sie das Streicheln vergaß.

»Mutter, überleg doch mal, was das für Konsequenzen hat – ein Bürgermeister, dessen Kind verschwunden ist. Die Presse wird die Geschichte ausschlachten! Noch dazu, wenn Sophie nicht gleich gefunden wird. Manche werden bestimmt Mitleid haben, doch in den Augen der meisten Leute wird Gernot zu einem schwachen Kandidaten werden. Und du weißt, wie kurz entschlossen die Wähler sind.«

Ihre Mutter rückte ein Stück weit von ihr ab, um sie von oben bis unten zu mustern, so als müsste sie prüfen, ob die Frau, die da vor ihr saß, wirklich ihre Tochter war. »Du weißt nicht, was du da redest, Barbara. Ich bin fassungslos, wie du in dieser Situation an Gernots Karriere denken kannst. Er wird vor Sorge um Sophie durchdrehen und sowieso nicht arbeitsfähig sein, egal, was die Presse schreibt. Er wird bei keiner Diskussionsrunde mehr dabei sein, keine Interviews mehr geben, bei der entscheidenden Podiumsdiskussion fehlen …«

Barbara erhob sich, obwohl sie nirgends hingehen wollte. Aber sie musste Distanz zwischen sich und ihre Mutter bringen. »Von der Wiederwahl hängt schließlich unsere Existenz ab.«

»Es geht hier um Sophie! Sie ist das Wichtigste für eure Existenz! Wann begreifst du das endlich? Wenn sie nicht mehr da ist, zerbricht alles. Eure Familie, Gernots Erfolg, eure Ehe und deine Seele, die mit keinem Geld der Welt oder beruflichem Erfolg zu heilen ist!«

Getroffen kehrte Barbara ihrer Mutter den Rücken zu. Ihr fehlte die Kraft für solche Diskussionen. Vor allem, weil ihre Mutter recht hatte. »Lassen wir das«, sagte sie leise, ging in die Küche und dort ans Fenster.

Schnee, Wind und Kälte. Keine Spur von Sophie. Die Angst kroch ihr in den Nacken und flutete von dort aus ihren Körper. Barbara suchte Halt an der Küchenplatte.

»Ich werde jetzt ein aktuelles Foto von Sophie raussuchen«, hörte sie ihre Mutter im Wohnzimmer sagen, »und dann verständige ich die Polizei.«

»Ich mache das, ich fahre aufs Revier nach Westerland!«, rief Barbara entrüstet. »Ich bin die Mutter. Zum Rathaus werde ich auch gehen, Gernot muss wissen, was los ist, und mir suchen helfen. Ich werde mich bei ihrer Lehrerin vergewissern, dass sie in der Schule gewesen ist. Alle Wege werde ich abgehen, die Sophie genommen haben könnte, überall nach ihr fragen. Du hältst hier die Stellung und rufst mich sofort an, falls Sophie nach Hause kommt.«

***

»Gab es nicht mal eine Wette bei Thomas Gottschalk, wie viele Leute in einen Smart passen?«, überlegte Frieda laut und lachte, während sie versuchte, alle ihre Gäste im Wohnwagen unterzubringen.

So einen lustigen und chaotischen Geburtstag wie diesen hatte sie in ihrem ganzen Leben noch nicht gehabt. In der wohlüberlegten Spontanität, mit der hier gefeiert wurde, hatten die Nachbarn ihre Kühlschränke ausgeräumt, das Hochprozentige samt Tellern und Besteck unter den Arm geklemmt und ihren Kohlegrill mitgebracht.

In Grüppchen hatten sie um die Grills herumgestanden wie sonst um ein Lagerfeuer, windgeschützt zwischen den Wohnwagen, auf deren Dächern sich die Schneeberge türmten, jeder eine Tasse mit einem wärmenden Getränk in der Hand. Die Vorzelte waren mit armlangen Eiszapfen behangen, die von den Grill-Lagerfeuerstellen zum Leuchten gebracht wurden. Bessere Lampions konnte es nicht geben.

Doch als Ernst gerade das erste Stück Fleisch auf seinen Grill legen wollte, hatte der Schneesturm eingesetzt. Das hatte allerdings nur seiner Stimmung einen Abbruch getan. Wobei, wie ein schlecht gelaunter Igel verhielt er sich schon seit seiner Rückkehr vom Spaziergang.

Stellte er sich nur so an, weil sie das Heizungsproblem gelöst hatte, oder gab ihm Kathrins neuer Freund den Anlass für sein Verhalten? Er versuchte, sich nach außen hin nichts anmerken zu lassen, doch genauso gut gelang es einem Pferd, auf Asphalt nicht mit den Hufen zu klappern.

Sich davon beeindrucken und ebenfalls die Stimmung vermiesen lassen wollte Frieda allerdings nicht. Zu Scherzen aufgelegt, hielt sie ihren nach drinnen strömenden Gästen die Plane vom Vorzelt auf. Ihr einziges Problem war, dass der Boden unter ihr schwankte, weil sie nicht nur in ihrem Leben bisher kein so grandioses Fest gefeiert, sondern auch schon lange nicht mehr so viel Alkohol getrunken hatte. Und bis Mitternacht waren es noch vier Stunden.

Klaus und Klaus schüttelten sich den Schnee aus den langen Haaren, als sie hereinkamen, drückten ihr lachend einen Kuss auf die Wange und gingen direkt durch in den Wohnwagen, wo sie sich in die Rundsitzgruppe auf der linken Seite quetschten. Dort saßen bereits die kölsche Quasselstrippe Herta und ihr Mann, außerdem die Putzfee des Platzes, Oma Fanny, nach der sogar ein Weg auf dem Campingplatz benannt war, sowie Kathrin, Alfie und die kleine Mary. Die Siebenjährige war nach ihrem Mittagsschlaf wieder putzmunter und unterhielt die Erwachsenen in einem Mischmasch aus Englisch und Deutsch mit Geschichtchen aus ihrer Heimat.

Der Seniorchef des Platzes, der sich die Party ebenfalls nicht nehmen ließ, staunte nicht schlecht, als er nach Klaus und Klaus das große Vorzelt betrat. Über die Menge an Leuten und über das ungewöhnliche Umlaufmaß von zehn Metern. Anderswo reichte der Platz gerade für eine kleine Essgruppe mit Küchenzeile, hier drin gab es dazu noch ein Sofa samt Holztisch und zwei Sesseln, die längst bevölkert waren.

»Wozu zahlen wir eigentlich alle Standgebühren, wenn doch der ganze Campingplatz in unseren Wohnwagen passt?«, scherzte Frieda, und der Platzwart lachte.

Ihm folgte Karl-Heinz, der dank seiner feuerfesten Handschuhe einen der einfachen Dreibeingrills hereintrug, die für kleines Geld gute Dienste leisteten.

»Gugge romm, gugge nomm, laudr Daggl om me romm«, brummelte Ernst vor sich hin, während er auf dem Fußabtreter aufstampfte. »Grilla em Vorzeld. Ihr send doch älle zsamma blöder wie zwoi Reihen Kopfsalaad!«

Frieda seufzte innerlich. Ihr Mann, wie er leibte und lebte. Wenn er mal nicht schimpfte, war er krank – und ihr würde etwas fehlen. Aber manchmal war es wirklich nicht leicht mit ihm.

Die Gäste hatten zum Glück nichts mitbekommen oder nicht verstanden, dass Ernst sie für bescheuert erklärt hatte. Und zugegeben, hätten ihr die Toten Tanten das nicht eingeflüstert, wäre auch sie nicht auf die Idee gekommen, im Zelt weiterzugrillen. Ein bisschen riskant war das schon, aber wenn selbst der Platzwart nichts dagegen sagte – wobei das wiederum an den Pharisäern liegen könnte, die er sich einverleibt hatte –, sprach nichts dagegen, dass die Party drinnen weiterging, es wäre ja auch schade um das viele gute Fleisch.

Gustav, der genau wusste, wo selbiges lag und wer die Hoheit darüber hatte, wich seinem Herrchen keinen Zentimeter von den Füßen – der Begriff »hinterherdackeln« kam gerade zu seiner wörtlichen Bedeutung. Vergeblich versuchte Frieda, ihn auf sein ruhiges Hundebett im Wohnwagen zu lotsen.

In der Mittelsitzgruppe hatten sich der Platzwart, Karl-Heinz und zwei weitere Herren mit Besteck und Tellern häuslich eingerichtet. Soweit Frieda es bei dem Geräuschpegel, der hier drinnen herrschte, heraushören konnte, fachsimpelten sie über die Vor- und Nachteile vom Grillen mit Kohle oder Gas, darüber, welcher Hersteller der beste war und ob ein Lavasteingrill nicht doch die ideale Lösung wäre. Ein unter Campern wiederkehrendes und stets abendfüllendes Thema, von dem Frieda sich lieber abwandte.

In der Rundsitzgruppe wurde Uno gespielt, neben dem Kartenhaufen stapelten sich, ebenso bunt gemischt, Tüten mit Erdnüssen, Salzstangen und Chips, die irgendjemand mitgebracht hatte.

Was hatte sie sich im Vorfeld für Gedanken um ihren Geburtstag gemacht, nicht gewusst, wen sie einladen, geschweige denn in welcher Größenordnung sie feiern sollte, und schon befürchtet, am Ende allein dazusitzen, weil ihr Mann den Geburtstag vergessen hatte. Zumindest mit Letzterem hatte sie recht behalten.

Und nun waren sie alle da. Sogar die Tochter mit ihrem

neuen Freund. Wobei sie den Schotten seit der Unterhaltung vorhin am Lagerfeuer-Grill schon etwas nüchterner betrachtete. Kathrin hatte zwischen ihnen übersetzt, wobei sie Alfies Wortkargheit merklich zu kaschieren versuchte und wohl einiges ausschmückte. Dabei war herausgekommen, dass sie sich vor einem halben Jahr bei der Forstarbeit im strömenden Regen im Wald zum ersten Mal begegnet waren, woraufhin es sofort gefunkt habe. Die Romantik dieser Situation, die von Kathrin beim Übersetzen erneut heraufbeschworen worden war, hatte von Alfie geäußert eher wie ein mehrfaches knappes Grunzen geklungen. Auf Friedas klassische Frage hin, was Alfie denn beruflich mache, drehte sich der Spieß um, und er wurde plötzlich redselig, während Kathrin nur etwas von alternativem Leben und Waldhütte vor sich hin genuschelt hatte.

Frieda schwante nichts Gutes, doch der Schneesturm hatte das weitere Gespräch unterbrochen, und so musste sie auf eine andere Gelegenheit zum Nachhaken warten.

Die kleine Mary saß zwischen Klaus und Klaus und ließ sich von beiden in die Karten schauen.

»Na, hat euch meine Enkelin schon adoptiert?«, erkundigte sich Frieda amüsiert.

»Klar, wegen uns hat sie ja auch schon einmal gewonnen. Außerdem lieben wir Kinder. Wären die Gesetze in Deutschland anders, hätten wir längst eines adoptiert. Wir sind jetzt seit zwölf Jahren ein Paar.«

»Komm, Oma, play with us.«

»Habt ihr alle noch genug zu trinken, ja? Also gut. Ist denn für mich noch ein Eckchen frei?«

»Na klar, Klaus, rutsch mal«, forderte Klaus.

»Geht nicht mehr«, sagte der andere Klaus.

»Here, by my side«, hörte sie Alfie sagen.

Frieda zögerte. Sosehr sie sich auch für ihre Tochter freute, die wenigen Synapsen, die in ihrem Hirn noch geradeaus liefen, signalisierten ihr nach dem ersten Überschwang ein gewisses Unbehagen dem Mann gegenüber. Nicht weil er offenkundig in einer Waldhütte von der Hand in den Mund lebte und sie sich nicht vorstellen konnte, wie sich das mit dem bürgerlichen Leben von Tochter und Enkelin vereinbaren ließ. Es war seine Aura, die sie vorhin nicht bemerkt hatte – die sie nun aber unwillkürlich Abstand halten ließ. Daher war sie froh, als sie Karl-Heinz sagen hörte: »Die Heizung funktioniert schon wieder nicht mehr.« Erst danach wurde sie sich der Tragweite seiner Aussage bewusst.

Karl-Heinz kniete vor der Truma und damit auch vor ihr, denn die Heizung befand sich unterhalb des Wandschranks zwischen Mittelsitzgruppe und Eckbank. Er hatte die Verkleidung abgenommen und den Sitz der neuen Batterie geprüft. »Ich hab gehört, wie es hinter mir klack, klack, klack gemacht hat. Das Geräusch hat mich alarmiert. Und tatsächlich, das Ding ist aus. Die Batterie sitzt, aber die Heizung zündet trotzdem nicht mehr.«

Frieda schüttelte unablässig den Kopf. »Das kann doch nicht wahr sein, vorhin ging alles wieder. Und die zweite Gasflasche ist zwar nicht mehr ganz voll, aber es ist genug drin, das habe ich überprüft.«

»Hm«, machte Karl-Heinz – und dass er sich ratlos zeigte, bereitete ihr Magenschmerzen.

»Ich schau trotzdem mal nach dem Gas und gebe Ernst Bescheid«, sagte Karl-Heinz und ging hinaus.

Verdammtes Ding! Frieda hätte der Truma am liebsten einen Tritt verpasst. Noch eine ganze Nacht ohne Heizung, undenkbar. Wo aber sollten sie, wenn Karl-Heinz die Ursache nicht fand, so kurzfristig mit vier Erwachsenen und einem Kind unterkommen? Außerdem wollte sie jetzt unbeschwert reinfeiern und sich nicht um das warme Bett kümmern müssen, in das sie nachher fallen durfte.

Noch während sie sich so ihre Gedanken machte, kehrte Karl-Heinz zurück. Wer ihm nachfolgte, konnte Frieda hören.

»Scheißdreckselendsglombs, verregeds!«

»Dein Mann will sagen, dass ich jetzt weiß, woran es liegt. Ihr habt euer Wohnwagendach zu lange nicht vom Schnee befreit. Inzwischen ist der Kamin bedeckt, und vermutlich ist Schnee reingefallen und hat den Abzug verstopft. Deshalb geht die Heizung nicht mehr an.«

»Do you have a hairdryer?«, fragte Alfie im absolut unpassenden Moment und bat Kathrin um Übersetzung, weil er sich als Waldschrat offenbar weniger um die Kälte an sich sorgte als darum, wie er seine Haarmatte morgen nach dem Duschen trocken bekam. Natürlich, von einem nassen Schopf bekam man leicht eine Erkältung, das wussten schon die Großmütter.

»Einen Fön?« Ernst zog die Stirn kraus und machte eine abwehrende Handbewegung. »Ich hab grad wirklich andere Sorgen. Die Heizung ist kaputt.«

Alfie erhob sich, ging zum Kleiderschrank und schob die Sachen beiseite, um sich nach hinten durchzuwühlen.

»He!«, erregte sich Ernst, der auf das Eindringen in seine Privatsphäre verständlicherweise sehr empfindlich reagierte. »Jetzt langt's aber. Da isch kein Fön drin!«

Doch Alfie ließ sich nicht beirren und präsentierte das Abzugsrohr, das durch den hinteren Teil des Schranks von der Heizung zur Decke lief. »Your father isn't the sharpest tool in the shed, I guess«, sagte er an Kathrin gewandt und erklärte ihr im Anschluss wohl, was seiner Ansicht nach zu tun war.

»Was hat er gefaselt?«, fragte Ernst, der genau wie Frieda kein Wort von dem schottischen Kauderwelsch verstanden hatte.

Noch ehe Kathrin übersetzen konnte, bemerkte Karl-Heinz mit süffisantem Unterton: »Dein potenzieller Schwiegersohn ist der Meinung, dass du nicht gerade die hellste Kerze auf der Torte bist, und schlägt vor, einen Fön zu nehmen, um das Rohr zu erwärmen. Da muss man erst mal drauf kommen. Gar nicht so dumm, der Bursche.«

Frieda beobachtete ihren Mann. Es brodelte in ihm, das sah sie deutlich, und wäre er ein Wasserkocher, würde es wohl gleich klick machen. Doch bei Ernst gab es keine Abschaltautomatik, leider. Er war das Modell Pfeifkessel.

Allerdings ging er nun mit erstaunlicher Contenance ins

Bad, holte den Fön und steckte ihn beim Kleiderschrank in die Steckdose. Dann drückte er dem überraschten Alfie in aller Seelenruhe das Ding in die Hand.

Nur Frieda ahnte, dass Ernst nicht wirklich ruhig, sondern das Auge des Sturms war.

»Papa, ich bitte dich, Alfie ist unser Gast«, wandte Kathrin entrüstet ein. Alfies Bemerkung schien ihr gar nicht peinlich zu sein, sie war ganz auf der Seite ihres Freundes. Frieda zog unwillkürlich den Kopf zwischen die Schultern. Wie auch immer ein Tornado entstand, bei Ernst war das die Formel dafür.

»Ja, Himmelkreizdonderwedderabberau. Soll I denn älles alloi macha?«, wetterte er. »Dein Gschbusi will doch heit Nacht au em Wohnwaga schlofa. Oder will der etwa bloß dort sein, wo scho gschafft, aber no ned gässa isch?«

»Ernst, ich bitte dich! Halte an dich!«

»Isch doch wahr! Der schaut doch aus, als hätt man ihn beim Beddenmacha gfunda. Dem muss man ja s' Deggele vom Häfele lupfa.«

»Was hat Opa Ernst gerade gesagt?«, wollte Mary wissen.

Kathrin funkelte ihren Vater böse an, denn sie hatte bestimmt nicht vor, ihrer Tochter zu übersetzen, dass Alfie seiner Meinung nach aussah wie frisch aus dem Bett aufgestanden, so faul wirkte, dass man ihm morgens das Marmeladenglas aufmachen müsse, und er sich wohl immer nur da aufhalten wollte, wo die Arbeit schon getan, aber noch nicht gegessen worden war.

»Nichts, Mary, dein Opa hat nur Blödsinn geredet.«

»Du hast aber nicht gelacht, Mama.«

»Nein, das Lachen ist mir im Hals stecken geblieben.«

»Was bedeutet das?«, fragte die Kleine und angelte sich eine Handvoll Chips.

Wie immer, wenn der Familienfrieden in Gefahr war, schaltete sich Frieda ein. »Nichts Wichtiges, mein Mäuschen. Wollen wir noch eine Runde Uno zusammen spielen?«

»Ja, und Opa Ernst soll auch mitmachen!«, rief Mary.

Ernst schüttelte den Kopf. »Der Opa geht jetzt lieber wieder ins Vorzelt und kümmert sich um den Grill. Nicht dass das teure Fleisch womöglich noch zäh wird.« Den letzten Satz hatte er mit Nachdruck an Alfie gerichtet, der mit dem Fön in der Hand immer noch dastand, als wüsste er auf einmal nicht mehr, was er damit tun sollte. Dann machte er sich jedoch widerspruchslos an die Arbeit.

Als das Essen vorbei war und sich alle die zum Bersten gefüllten Bäuche rieben, hatten sich auch die Gemüter wieder beruhigt. Nur Alfie war noch hungrig, weil er mit dem Föhnen nicht nachgelassen hatte, bis er die Heizung im wahrsten Sinne des Wortes dazu erwärmen konnte, wieder zu funktionieren. Und jetzt war kein einziges Stück Fleisch mehr übrig.

Das hatte Ernst doch nicht mit Absicht gemacht? Alfie winkte nur ab und behauptete, er habe ohnehin keinen Hunger mehr, weil er so viele Chips gegessen habe.

Frieda war im Zweifel, ob sie das glauben sollte. Er wollte wohl eher kein Aufhebens um sich machen. Doch auch vom Brot und den Salatresten wollte er sich nicht nehmen, und nach mehreren erfolglosen Überzeugungsversuchen mit Händen und Füßen beließ Frieda es dabei und widmete sich wieder den anderen Gästen.

Um Mitternacht war es dann so weit. Frieda überkam ein Gefühl wie an Silvester, als mit Sekt angestoßen und sie von allen Seiten umarmt und geherzt wurde. Dazu passte, dass Kathrin ein kleines Tischfeuerwerk organisiert hatte, das sie im Vorzelt abbrennen ließ, wo sich die meisten versammelt hatten.

In den daran anschließenden Applaus hinein klopfte Kathrin an ihr Glas und begann, nachdem es ruhiger geworden war, mit ihrer Rede. Wie selbstsicher das schüchterne Mädchen von einst doch geworden war – das »Sandwichkind« zwischen den beiden Geschwistern, das um seine Position innerhalb der Familie hatte kämpfen müssen, das sich oft verloren, verkannt und vernachlässigt gefühlt hatte. Ausgerechnet sie trug vor allen Anwesenden mit Stolz in der Stimme vor, dass sie als Tochter mit ihrem Dickkopf sicher nicht immer einfach gewesen sei und nicht nur die beste Mutter, sondern die besten Eltern der Welt habe.

Frieda wurde ganz warm ums Herz, und sie stellte sich zu ihrem Mann.

»Es gibt aber neben Mamas Geburtstag noch einen Grund, warum Alfie und ich heute hier sind. Der wiederum hat etwas mit dem zu tun, was wir in Hamburg zu erledigen hatten, liebe Eltern. Wir möchten euch nämlich etwas Wichtiges mitteilen: Alfie und ich wollen heiraten. Am 15.5. wird der große Tag sein.«

»Na, Prost Mahlzeit!« Ernst war so geschockt, dass er im allgemeinen Jubel und Applaus einen Schritt rückwärts machte und den Grill umstieß. Die Kohlen sollten Wärme spenden, jetzt ergoss sich die Glut auf den Vorzeltteppich, genau vor den Eingang. Es gab kein Hinaus und kein Hinein mehr.

Unter dem vielstimmigen Aufschreien der Gäste lief Karl-Heinz geistesgegenwärtig mit einer leeren Schüssel in den Wohnwagen, um Wasser zu holen. Bei Ernst dauerte es, bis er seine Fassung wiedererlangte und zu reagieren vermochte.

Dann sagte er angesichts der glühenden Kohlen gleich einem Kapitän auf einem sinkenden Schiff: »Fakire und Außerirdische zuerst. Frauen mit Kindern bleiben bitte zurück.«

Alle lachten, doch Frieda kannte die Gedankengänge ihres Mannes gut genug, um zu wissen, wen er als Außerirdischen bezeichnet hatte und wer mit der Frau gemeint war, die mit ihrem Kind zurückbleiben sollte.

In den frühen Morgenstunden verspürte Frieda ein unsanftes Rütteln an ihrer Schulter.

»Mama, wach auf. Alfie ist verschwunden.«

Schlaftrunken richtete sie sich auf. Ihr Gehirn tanzte noch mit den Toten Tanten Samba, sodass sie sich erst orientieren und vor allem konzentrieren musste, bevor sie überhaupt reagieren konnte. »Wie, verschwunden?«

Ernst ließ sich neben ihr derweil nicht dabei stören, weiter den Schwarzwald abzuholzen. Und aus Dackel Gustav würde in diesem Leben auch kein Wachhund mehr werden. Wenn der mal schlief, war er wie sein Herrchen.

»Alfie ist weg, nicht mehr da!«

»Nun beruhige dich doch, Kathrin. Er ist bestimmt nur zur Toilette gegangen.«

»Das dachte ich auch, als ich hörte, wie er aufsteht. Aber dann konnte ich nicht gleich wieder einschlafen, und als er nach einer Weile nicht wiederkam, habe ich mir Sorgen gemacht. Ich bin zum Waschhaus, habe nach ihm gerufen, jede Ecke des Platzes mit der Taschenlampe abgeleuchtet, aber er ist weg – einfach verschwunden.«

»Ach Mäuschen, wahrscheinlich hat ihn das Schnarchen von Papa gestört, und er ist spazieren gegangen, vielleicht zum Meer.«

»Bei dem Wetter? Das glaubst du doch selbst nicht, Mama. Ich weiß nicht, ich habe kein gutes Gefühl.«

»Na ja, er hat viele neue Eindrücke zu verarbeiten, und so ganz reibungsfrei lief das Kennenlernen zwischen ihm und seinem künftigen Schwiegervater schließlich nicht ab, da sind wir uns wohl einig. Gib ihnen ein bisschen Zeit, du weißt doch, wie Papa ist.«

»Und ich weiß, wie Alfie sich normalerweise verhält. Er sagt mir immer Bescheid, wenn er länger weggeht. Und erreichen kann ich ihn auch nicht. Sein Handy hat er ausgeschaltet, seitdem wir in Deutschland sind.«

»Wahrscheinlich hat er es gut gemeint und wollte dich nach der langen Party schlafen lassen. Mach dir keine Sorgen, zum Frühstück taucht er bestimmt wieder auf.«

VIER

Nur ein böser Traum. Alles nur ein böser Traum.

Das wünschte sich Barbara, obwohl sie wusste, dass sie so wach war, wie man nur sein konnte. In der Nacht hatte sie kein Auge zugetan. Jedes Geräusch im Haus ließ sie hochschrecken und glauben, Sophie sei wieder da, bei jedem Laut von draußen meinte sie, ihre Stimme zu hören, und bei jedem sich nähernden Auto war sie aufgesprungen, in der Hoffnung, die Polizei würde ihr ihre Tochter wiederbringen.

Bis weit nach Einbruch der Dunkelheit waren die Suchtrupps der Polizei und der Freiwilligen Feuerwehr Keitum gestern unterwegs gewesen, auch viele Einwohner, selbst Urlaubsgäste hatten dabei geholfen, den Ort systematisch zu durchkämmen. Ein Hubschrauber hatte mit seinem Scheinwerfer die Umgebung in ein gespenstisches Licht getaucht, das Dröhnen der Rotorblätter tönte ihr jetzt noch in den Ohren.

Bis zur absoluten Erschöpfung war Barbara durch ganz Keitum gelaufen – rufend, schreiend, weinend, frierend, manchmal aber auch ganz still, wie mechanisch, weil es ihr so unwirklich vorkam, dass ihr Kind verschwunden war. Vom Bahnhof bis zur Kirche, von dort aus den Kliffweg hinunter und am Wattenmeer entlang bis zum Harhoog, überall hatten sie Sophie gesucht.

Der Harhoog war ein magischer Ort, an den Sophie gerne mit ihrer Oma spazierte, nicht zuletzt, weil sich die tonnenschweren Steine des jungsteinzeitlichen Hünenbettes wunderbar zum Verstecken- und Fangenspielen eigneten. Sophie wollte von ihrer Oma, die als sechsjähriges Mädchen dabei gewesen war, dann jedes Mal die Geschichte hören, wie die Findlinge nach einer in den zwanziger Jahren erfolgten ersten »Wanderung« über die Insel aufgrund der Flughafenerweiterung 1954 erneut weichen mussten und ans Grüne Kliff transportiert worden waren, wo sie so abgelegt wurden, dass es aussah, als seien sie noch nie woanders gewesen.

Wie gerne tobte sich Sophie auch nebenan auf dem Tipkenhoog aus, indem sie den Pfad auf den großen Grabhügel hinaufrannte und sich dann durchs Gras wieder hinunterrollen ließ. Unvorstellbar, dass es solche Momente in Zukunft vielleicht nicht mehr geben könnte. Und wie schrecklich, dass sie so viele davon verpasst hatte, weil sie sich aus dem Ortsleben zurückgezogen und mehr Zeit für ihren Mann als für ihr Kind aufgewandt hatte. Niemals, dachte Barbara, hätte sie Sophie die Schuld an ihrem eigenen Kummer geben dürfen.

Ein Telefonat mit Sophies Lehrerin hatte ergeben, dass ihre Tochter in der Schule gewesen war – in ihrem Schulranzen hatte sie jedoch nur drei Kinderbücher, eine Puppe und einen Teddy gehabt. Frau Dorsten hatte zwar mit Sophie geschimpft, sich aber nichts weiter dabei gedacht. Kindliche Flausen eben.

Als die Suche abgebrochen und auf den nächsten Morgen vertagt worden war, hatte Barbara ohne ihr Kind nach Hause zurückkehren müssen und die Nacht im Wohnzimmersessel zugebracht, weil sie Gernots Schnarchen nicht ertragen konnte. Erschöpft von der Suche, war ihr Mann ins Bett gefallen und sofort eingeschlafen. Doch wie konnte er auch nur ein Auge zukriegen, wenn er doch annehmen musste, dass Sophie irgendwo dort draußen im Schneesturm umherirrte, vielleicht verletzt auf dem eiskalten Boden lag oder, noch furchtbarer, sich gar nicht mehr …

»Barbara, hör auf, dir immer das Schlimmste auszumalen.« Gernot stellte ihr einen Kaffee und ein Brot mit Marmelade auf den Esstisch. »Und nimm etwas zu dir.«

»Ich bekomme mit dieser schrecklichen Ungewissheit keinen Bissen hinunter.« Barbara starrte auf den Stuhl ihr gegenüber. Was, wenn dieser Platz für immer leer bleiben würde?

»Du musst«, sagte Gernot, der an seinem Wurstbrot kaute, »damit du bei Kräften bleibst.«

Barbara machte vage eine ablehnende Geste und beobachtete ihren Mann mit tränengefüllten Augen beim Frühstück. Erschreckend, wie unterschiedlich sie mit dem Verschwinden ihrer Tochter umgingen. Gernot sah zwar müde aus, aber das war an anderen Tagen auch der Fall, und ansonsten machte er einen vollkommen gefassten Eindruck. »Einen kühlen Kopf bewahren«, nannte er das. Man konnte meinen, für ihn würde jetzt wie jeden Morgen ein ganz normaler Arbeitstag beginnen, während Barbara noch nicht mal begriff, wie sich die Uhren seit gestern überhaupt weiterdrehen konnten. Immer vorwärts, kein Zurück, nur ein Weiter in eine ungewisse Zeit. Das wurde ihr schmerzhafter denn je bewusst.

Gernot schaute auf die Uhr. »Halb acht, schon so spät.«

»Ja, wir sollten gleich mit der Suche weitermachen.« Zwar wusste sie nicht, woher sie die Kraft dafür nehmen sollte, doch der Polizei die Arbeit zu überlassen, während sie zu Hause saß und wartete, war für sie unvorstellbar.

»Ich meinte damit eigentlich, dass ich mich jetzt schleunigst für die Arbeit anziehen und aufs Rathaus fahren muss.«

»Du willst was?« Barbara hielt inne. Nur noch anstarren konnte sie ihren Mann, und in diesem Moment zerbrach etwas in ihr. Es war, als ob noch einmal eine Vase zu Boden fallen würde, nur hatte dieses Mal Gernot sie umgestoßen. Und eine der Scherben bohrte sich direkt in ihr Herz.

»Arbeiten gehen. Sagst du nicht immer, dass unsere Existenz von meiner Wiederwahl abhängt? Barbara, warum schaust du mich denn so entsetzt an? Glaub bitte nicht, dass mir die Sache nicht genauso zu Herzen geht wie dir.«

»Die *Sache*?«, echote Barbara, und ihre Stimme überschlug sich dabei. »Unsere Tochter hat einen Namen! Du sprichst von ihr wie von einem Tagesordnungspunkt.«

Gernot erhob sich, schob den letzten Bissen Brot in seinen Mund und trank auf dem Weg in die Küche seinen Kaffee aus. Über die Schulter hinweg sagte er: »Du bist nervlich sehr angespannt, Barbara, das kann ich verstehen, aber davon darf und will ich mich nicht anstecken lassen. Es haben sich zwei ernst zu nehmende Gegenkandidaten herauskristallisiert, die mir die Wiederwahl durchaus streitig machen können. Darauf muss ich mich konzentrieren.«

»Was hast du da gerade gesagt?«, fragte sie, als Gernot zurückkam und die Treppe hinaufgehen wollte. Natürlich hatte sie ihn genau verstanden, aber sie konnte nicht fassen, was sie gehört hatte.

Auf dem Absatz drehte er sich um. »Zwei Gegenkandidaten, ja, du hast richtig verstanden. Das wird eine heiße Podiumsdiskussion morgen Abend. Den einen kennst du, er ist unser Hauptausschussvorsitzender. Günther von Wechlem, ein Topbürokrat, vor zehn Jahren noch unter Ministerpräsident Rüttgers parlamentarischer Staatssekretär in der nordrhein-westfälischen Staatskanzlei in Düsseldorf. Bis zur vorgezogenen Neuwahl 2012 war er in NRW im Landtag, ist dann aber hierhergezogen, in seine Wahlheimat Sylt, wo er bei der letzten Kommunalwahl natürlich direkt Spitzenkandidat der CDU wurde. Dem trauen die Wähler was zu. Der andere Kandidat, Boysen, kommt ursprünglich von der Insel, was natürlich Pluspunkte gibt. Mit dem war ich bis vor zehn Jahren, da kannten wir beide uns noch nicht, sogar mal längere Zeit zusammen in einer wöchentlichen Pokerrunde in der Spielbank. Seinen Eltern gehört die …«

»Immobilienfirma in Kampen?« Eigentlich wollte sie gar nicht nachfragen. Doch sie musste sichergehen, dass er tatsächlich von dem Hans-Boy Boysen sprach, den sie damals für Gernot verlassen hatte. Dieser Narzisst, den sie möglichst schnell hatte vergessen wollen – was leider zunächst nicht möglich gewesen war. Zwar hatte er der Insel schnell den Rücken gekehrt, nachdem sie die Trennung ausgesprochen hatte, seiner Kränkung jedoch mittels Nachrichtenfluten und nächtlichem Telefonterror Ausdruck verliehen. Da es ihr damals wenig attraktiv erschienen war, Gernot von ihrem Stalker zu erzählen, hatte ihr Mann davon bis heute keine Ahnung. Genau genommen hatte er von diesem Vorgänger überhaupt nichts erfahren. Niemals hätte sie geglaubt, dass Hans-Boy Boysen noch einmal in ihr Leben treten würde.

»Genau, von der Familie spreche ich. Hans-Boy Boysen, wir waren uns schon in der Pokerrunde nicht grün. Der hatte immer ziemlich schnell einen hohen Puls, wenn er verlor, und zumindest damals ein leichtes Koksproblem. Trotzdem oder vielleicht gerade deshalb hat er in Rekordzeit sein Jurastudium absolviert und war dann im Familienbusiness als Immobilienmakler für Luxusobjekte eigentlich recht erfolgreich, hat sogar noch nebenbei promoviert, ehe er vor gut zehn Jahren ziemlich überstürzt die Insel verließ, nach Berlin, wo er es bei irgendeiner internationalen Law-Firm bis zum Juniorpartner gebracht hat. Nun ist er zurück.«

»Oh Gott«, entfuhr es ihr.

»Na also, jetzt verstehst du, warum ich mich auf die Arbeit konzentrieren muss. Jedes Interview muss vorbereitet, jede mögliche Frage bedacht sein, damit meine Auftritte sitzen. Für unsere Tochter kann ich im Moment nichts tun außer hoffen, dass sie gefunden wird. Die Suchtrupps, die Rettungshundestaffel, der Hubschrauber, alle sind im Einsatz, und die Polizei wird …«

»Gernot«, unterbrach sie ihn. »Ist dir eigentlich klar, dass du deinen Beruf andauernd über deine Familie stellst? Dass dir nichts wichtiger ist als deine Wiederwahl?«

»Meine Güte, jetzt redest du schon wie deine Mutter. Das ist nicht fair, das habe ich dir vorhin schon versucht deutlich zu machen. Mein Beruf erfordert gewisse Opfer oder besser ausgedrückt viele Entbehrungen – für alle Seiten. Das war dir von Anfang an klar, und du hast immer hinter mir gestanden.«

Gewisse Opfer, dachte Barbara, wie sehr er doch recht hat. Ein treffendes Lehrstück in Freud'scher Denkweise.

»Heute Abend ist Gemeindevertretersitzung, morgen die entscheidende Podiumsdiskussion, am Sonntag muss ich zur Verleihung der Freiherr-von-Stein-Medaille auf der Weihnachtsfeier des Sozialverbands der Ortsgruppe Sylt und die Rede auch noch vorbereiten.«

»Niemand wird dir verübeln, wenn du unter diesen Umständen einige Termine nicht wahrnimmst. Zur Gemeindevertretersitzung kannst du deinen Stellvertreter schicken, dafür hast du ihn schließlich, und eine Weihnachtsfeier ist doch jetzt nicht wichtig! Dafür wird jeder hier Verständnis haben.«

»Vordergründig ja. Aber unterbewusst wird man mich sofort für schwach erklären, du weißt, wie schnell das geht. Dadurch können sich meine Gegenkandidaten auf meine Kosten profilieren. Das darf ich nicht so einfach zulassen. Außerdem muss ich zu der Veranstaltung gehen, weil viele der älteren Leute dort sein werden, eine entscheidend wichtige Wählergruppe, die bei zu geringer Aufmerksamkeit schnell ihr Fähnlein umschwenkt, vergiss das nicht.«

»Natürlich nicht, wie könnte ich das vergessen«, entgegnete Barbara.

Gernot war gerade zur Tür hinausgegangen, als ihr Handy klingelte. Es war die Westerländer Polizei. Die Nummer kannte sie auswendig, und Barbara war so durcheinander, dass die nette Polizistin am anderen Ende der Leitung zuerst nachfragen musste, ob sie mit Frau Sörensen verbunden war.

Barbara löste mühsam ihre Zunge vom trockenen Gaumen. »Sophie?«, krächzte sie anstelle der Bestätigung und fragte sich, ob sie die Antwort überhaupt hören wollte.

»Wir haben Ihre Tochter leider noch nicht gefunden. Aber ich wollte Ihnen Bescheid geben, dass uns jetzt die Aussage eines Zeugen vorliegt, der Sophie zuletzt in Begleitung eines älteren Mannes mit einem Hund gesehen hat. Wir kennen seinen Aufenthaltsort und haben soeben eine Streife dorthin geschickt. Womöglich geht jetzt alles ganz schnell, und wir finden Sophie. Ich halte Sie auf dem Laufenden.«

***

Frühstück im kuschelig warmen Wohnwagen mit einer Kerze auf dem Tisch, frische Sylter Brezeln, dazu Wurst, Käse und Obst – alles, was das Herz begehrt. Es könnte so schön sein, dachte Ernst, während seine Frau in Winterjacke und Stiefeln gewohnheitsmäßig zuerst Gustav den Napf und dann ihm den Kaffee hinstellte.

Er hatte sich so darauf gefreut. Nein, nicht auf den Kaffee, nicht mal auf die frischen Brezeln, sondern schlichtweg darauf, sich an der Tasse seine eiskalten Hände wärmen zu können. Der Inhalt war allerdings nur noch lauwarm, was nicht an der Milch liegen konnte, da er seinen Kaffee schwarz trank, auch nicht daran, dass der Weg von der Kaffeemaschine zur Sitzgruppe so weit war. Es könnte damit zusammenhängen, dass er seine Kleidung heute Morgen im gefrorenen Zustand aus dem Oberfach genommen und erst mal mit dem Fön hatte auftauen müssen.

Vielleicht hätte Frieda die Kaffeetasse auch warm föhnen sollen, Strom hatten sie ja immerhin noch. Ebenso könnte er natürlich den Fön holen und seine Hände direkt damit wärmen. Dazu müsste er allerdings vom Tisch aufstehen und sich somit aus seiner Bettdecke schälen, in die er sich eingehüllt hatte.

Graupelschauer prasselten auf das Wohnwagendach, nichts mehr mit leise rieselndem Schnee. Still und starr ruhte nur seine Kleidung im Schrank, und weihnachtlich glänzte hier auch nichts, höchstens das Eis auf der Straße.

»Täusche ich mich, oder ist es saukalt hier drinnen?«, fragte er und schaute seiner Atemwolke hinterher.

»Mir ist warm!«, krähte Mary vom Doppelbett aus, das sie okkupiert hatte, um dort weiter auf ihrem Tablet zu spielen. Natürlich, die Kleine lag ja auch auf der einzig verfügbaren Heizdecke, wohin es Gustav nun auch wieder zog – mit seinem Fressnapf im Maul. Offenkundig hatte er keine Lust, sein Futter zu lutschen, und Dackel waren nicht dumm, schon gar nicht Gustav.

Nur mit einer deutlichen Ansage in Richtung Hund konnte Ernst gerade noch verhindern, dass Gustav den Napf unter die Bettdecke schob. Der Dackel warf ihm einen Ich-hab-so-dermaßen-die-Schnauze-voll-allerdings-leider-nicht-mit-Futter-Blick zu, und Mary quiekte vor Vergnügen, als Gustav aufs Bett sprang und bei ihr am Kopfende unter die Decke schlüpfte. Dort blieb er allerdings nicht liegen, sondern grub sich bis ans Fußende vor, wo er sich einrollte. Das hätte er auch einfacher haben können, aber wahrscheinlich brauchte er das Gefühl, weit ins Innere einer Höhle gekrochen zu sein. Wie er da unten noch Luft bekam, war Ernst schleierhaft – und dem beleidigten Hund wahrscheinlich gleichgültig.

Kathrin sagte keinen Ton, sie rührte nur stumm in ihrer Kaffeetasse. Sie hatte so dunkle Augenringe, wie Ernst sie an seiner Tochter noch nie gesehen hatte. Ihr Alfie war noch nicht wieder aufgetaucht. Kathrin hatte, sobald es hell geworden war, auf dem Campingplatz und im nahen Umkreis nach ihm gesucht und schließlich voller Verzweiflung die Polizei verständigt.

Frieda stand an der Küchenzeile und rührte einen Spätzleteig an, wie immer, wenn sie nachdenken musste. Natürlich war es saukalt im Wohnwagen, was für eine Frage, und Frieda kannte auch den Grund dafür.

»Immerhin sind dieses Mal weder eine leere Batterie noch ein schneeverstopftes Heizrohr, sondern schlicht und ergreifend die Gasflaschen schuld.«

»Genau das macht es leider zu einem noch größeren Problem als bisher«, gab Ernst zurück. »Die Gasflaschen sind laut unserem Platzwart auf dieser gottverlassenen Insel ausverkauft. Ich werde noch wahnsinnig! Hier gibt es gar nichts mehr außer ein paar Verrückten, minus fünf Grad und Windstärke zehn – aus Ost.«

»Vielleicht sollten wir einfach losfahren und zusehen, ob wir nicht doch irgendwo eine Gasflasche auftreiben können?«

Er gab ein Brummen von sich. »Eher geht a Kuh d' Scheunenleider 'nauf, als dass wir fündig werden. Aber bitte, ich will hier nicht erfrieren.«

»Fahrt bitte vorsichtig«, sagte Kathrin, als sie zum Vorzelt hinausgingen und sich setzten. Nein, nicht in den T1, sondern direkt auf die Hinterteile. Ihnen hatte es so schnell die Füße weggezogen, dass Ernst nicht mal mehr »Scheiße« schreien konnte – und das wollte etwas heißen. Eine Eisbahn war gegen das, was unter den Sommerreifen des Heiligsblechle lag, eine Antirutschmatte.

Aber es hilft ja nichts, dachte Ernst, als er den Motor startete, der zu seinem Erstaunen prompt reagierte. »Ich glaube, unser Heiligsblechle will auch bloß noch weg von dieser Insel.«

In der Hoffnung, dass die großen Straßen vernünftig befahrbar waren, tuckerte Ernst zunächst am Rezeptionsgebäude vorbei durch die Rechtskurve, um die Schranke zu passieren. Dahinter begann ein befahrbarer Feldweg, auf dem er gefahrlos nach links abbiegen konnte, weil hier nur Gegenverkehr herrschte, wenn wer zum Campingplatz wollte.

Dachte er gerade »gefahrlos«? Schon wurde er eines Besseren belehrt. Mit geschätzten fünfzig Sachen kam irgend so ein Vollidiot angebrettert, und Ernst hieb auf die Hupe. »Ja, was isch denn des fier en Quadratseggel? Der wär uns fast in die Seite gerauscht, der saubleede Halbdackel«, rief er erbost.

»Ernst, geh von der Hupe runter, das war die Polizei! Die werden ihre Gründe haben, warum sie so schnell auf den Campingplatz fahren.«

»Die derfat au ned Wildsau spiela, bloß weil se a Abziehbildle mit der Uffschrift ›Polizei‹ uff ihrem Waga hen.«

Seine Frieda entgegnete nichts mehr. Nach fünfundvierzig Ehejahren hatten sie beide gelernt, wann man im Umgang mit dem jeweils anderen besser schwieg. Er ließ seine Frau in Ruhe, wenn sie kochte – ganz gleich, ob vor Wut oder das Mittagessen. Wenn die Küchentür zu war, hieß es nicht nur für Gustav draußen bleiben. Klarer Fall. Das Problem war nur, dass es im Wohnwagen keine Küchentür mehr gab, und darum besaßen sie inzwischen ein paar Teller weniger. Ernst war überzeugt, dass sie ihren Groll auf ihn manchmal nur vorschob, um das wunderschöne, in ihren Augen jedoch furchtbar altmodische Hochzeitsgeschirr mit dem Goldrand sukzessive zerschlagen zu können, bis er endlich ein neues Service kaufte. Doch würde er das laut aussprechen, käme gleich der nächste Teller geflogen. Seine Frieda wiederum wusste, dass man ihn besser nicht ansprach, wenn er Auto fuhr und gereizt war. Man zog ja auch nicht den Sicherungsstift einer Handgranate, um zu gucken, was passierte.

Wohin sie auch schlitterten, zur Shell-Tankstelle, zu Famila, zu Ipsen und zu Gehlsen, alle Verkäufer winkten müde ab und schenkten ihnen ein mitleidiges Lächeln. Immerhin bekam Ernst das Gefühl, dass ihn mal jemand verstand und sein Leiden nachvollziehen konnte, während der Blick seiner Frau sagte, dass echte Männer früher noch Feuer machen konnten. Wenn sie das erwartete, seinetwegen kein Problem, er war ja schließlich mal bei den Pfadfindern gewesen. Aber ein Feuer im Wohnwagen zu machen war wohl nicht wirklich zielführend – wobei, im Hinblick auf eine vorzeitige Abreise schon.

Als sie mit dem Heiligsblechle im Tinnumer Gewerbegebiet herumkurvten oder besser gesagt auf dem Weg vom Parkplatz des Baumarktes zu Getränke Möller, ihrer letzten Chance, um die Kurve rutschten, sagte Frieda plötzlich: »Mach mal das Radio lauter.«

Erste Zündstufe erreicht. »Ich will jetzt kein Radio hören, ich will eine Gasflasche auftreiben, und zwar sofort, oder noch heute die Insel verlassen. Das ist mein voller Ernst, so wahr ich so heiße.«

Frieda griff nach dem Regler, woraufhin ihm die Nachrichten um die Ohren dröhnten. »… das vermisste siebenjährige Mädchen wurde zuletzt in Rantum gesehen. Sie ist blond, einen Meter achtundzwanzig groß und trägt die Haare zu zwei langen Zöpfen geflochten. Bekleidet ist Sophie mit einer rosafarbenen Bommelmütze, einem weißen Pulli mit Hundemotiv, einer lilafarbenen Cordhose und schwarzen Stiefeln. Bei sich trägt sie höchstwahrscheinlich einen rosafarbenen Schulranzen der Marke Ergobag mit Pferdestickern darauf. Aktuellen Hinweisen zufolge soll sich das Mädchen in Begleitung eines Mannes befinden, bei dem es sich möglicherweise um den Täter handelt. Bitte sprechen Sie das Kind in diesem

Fall nicht an, sondern verständigen Sie sofort die Polizei, die auch darum bittet, auf einen möglicherweise zurückgelassenen Schulranzen zu achten. Und hier noch die Wetteraussichten für die Insel. Ein anhaltendes Tiefdruckgebiet sorgt weiterhin für einen Eiswinter, wie ihn Sylt zuletzt 1978 und 2010 erlebt hat. Temperaturen bis …«

Ernst schaltete das Radio wieder ab. »Das Kind! Ich kenne die Kleine. Ich bin ihr gestern bei meinem Spaziergang mit Gustav im Wald begegnet. Sie war in Westerland in den falschen Bus eingestiegen, und nachdem sie es bemerkt hatte, wollte sie zurückgehen und hat sich dabei im Wald verlaufen. Ich bin mit ihr zur Haltestelle gegangen und habe sie in den richtigen Bus gesetzt. Warum ist sie denn nicht zu Hause angekommen?« Er sah Frieda bestürzt an, als ihm bewusst wurde, was das heißen konnte. »Ach du große Güte. Ich hatte sie eigentlich bis vor die Tür bringen wollen. Aber sie wollte mir nicht sagen, wo sie wohnt. Hätte ich mich von dem Busfahrer doch nur nicht bequatschen lassen. Wir müssen sie suchen!«

»Ich habe eher das Gefühl, man sucht nach uns«, sagte Frieda mit Blick in den Außenspiegel und drehte sich nach hinten um.

Im Rückspiegel bemerkte Ernst eine rot blinkende Stopp-Anzeige und einen Wagen, der zum Überholen ansetzte und so dicht vor ihnen einscherte, dass Ernst nicht mehr rechtzeitig bremsen konnte beziehungsweise von der Stoßstange gebremst wurde.

Sich selbst konnte er noch weniger bremsen. »Ja, Himmel, Arsch und Zwirn, des derf doch en hondert kalte Winter ned wohr sei! In fünfundvierzig Jahren kein einziger Unfall. Des derf doch wirklich ned wohr sei!«

»Ernst, es wäre für alle Beteiligten besser, wenn du dich jetzt nicht aufregst.«

»Mei schee's Heiligsblechle! Wie soll ich mich da nicht aufregen!«

Als er die jungen Polizisten erblickte, die vor ihnen aus dem

Wagen stiegen, rief er empört: »Ja, des send doch die rasende Sauseggel von vorher!«

»Ernst, bitte!« Friedas Stimme klang leicht panisch.

»Heb mi, sonscht vrgess i mi«, presste er zwischen zusammengebissenen Zähnen hervor und öffnete auf das Zeichen der Beamten hin sein Fenster.

»Moin, Ihren Führerschein und die Fahrzeugpapiere bitte.«

Ernst erwiderte den Gruß nicht, da ihm nichts einfiel, was nicht wenigstens als Beamtenbeleidigung ausgelegt werden würde. Stattdessen kramte er in seinem Portemonnaie, während Frieda das Handschuhfach durchsuchte, wo sie ihren zitternden Händen nach zu urteilen wohl am liebsten selbst hineingekrochen wäre.

Mit hochgezogenen Augenbrauen nahm der stämmige Beamte die geforderten Dokumente entgegen und reichte sie zur Prüfung an seinen kleinen dünnen Kollegen weiter. Dick und Doof waren auferstanden. »Haben Sie Alkohol getrunken?«

»Nein. Nur einen lauwarmen Kaffee heute Morgen. Aber mir wäre jetzt nach einem doppelten Wachtmeister, Herr Jägermeister, wenn Sie es ganz genau wissen wollen. Mei schee's Heiligsblechle isch hee!«

Die Kopie von Oliver Hardy ging nicht weiter darauf ein. »Wo kommen Sie her, und wohin sind Sie unterwegs?«

»Vom Tinnumer Campingplatz. Ich war derjenige, den Sie am Eingang zum Parkplatz fast umgenietet haben, und ich kurve hier rum, weil ich auf der Suche nach dem Heiligen Gral oder auch schlicht einer Gasflasche bin. Viel lieber wäre ich jetzt allerdings auf dem Festland unterwegs. Dann wäre ich runter von dieser verfluchten Insel und mein armes Heiligsblechle unversehrt. Abgesehen davon drehe ich hier nicht mit dem Auto meine Pirouetten und doppelten Rittberger, weil ich besoffen bin, wie Sie vielleicht glauben, sondern weil Eis auf der Straße liegt. Das haben Sie wohl noch nicht gemerkt, sonst hätten Sie nicht so dicht vor mir eingeschert. Hoffentlich ist die Polizei gut versichert.«

Der dickfellige Ollie ließ sich nicht provozieren und antwortete kühl: »Das mit der Versicherung wollte ich Sie gerade fragen. Ihre Sommerreifen sind mir nämlich durchaus aufgefallen.«

Ernst wollte etwas entgegnen, doch just in diesem Moment kehrte Stan Laurel aus dem Streifenwagen zurück, wo er offenkundig eine Überprüfung vorgenommen hatte. »Das ist er. Ernst Schmälzle, genau den suchen wir. Ansonsten überall negativ.«

Ernst fiel die Kinnlade runter. »Mich suchen? Worom des?«

»Haben Sie von dem vermissten Mädchen aus Keitum gehört?«

»Allerdings! Darum wäre es ja wohl angebracht, wenn Sie Ihre Zeit besser nutzen und statt unbescholtenen Bürgern die kleine Sophie suchen würden!«

»Ernst …«, warnte ihn Frieda leise. Sie wusste, ab wann der Pfeifenkessel auf dem Herd stand.

Dick und Doof bauten sich vor ihm auf, und als er in ihre Gesichter schaute, war Ernst auf einmal gar nicht mehr zum Lachen zumute. »Uns liegt eine Zeugenaussage vor, nach der Sie die Tochter des Bürgermeisters zuletzt gesehen haben …«

»Zuletzt gesehen, ich?«, wiederholte Ernst ungläubig, obwohl er genau verstanden hatte. Vor allem wurde ihm klar, welche Aufmerksamkeit die Medien diesem Fall dank des Stichworts Bürgermeister widmen und wie schnell sich Gerüchte verbreiten würden.

Nun konnte Frieda sich nicht mehr bremsen. »Und Sie glauben im Ernst, mein Ernst hätte ernsthaft etwas damit zu tun? Das ist doch nicht Ihr Ernst!«, echauffierte sie sich.

Der Polizist hob eine Augenbraue, er musste sich den Satz offenkundig erst einmal durch den Kopf gehen lassen. Ernst nutzte den Moment, um seine Meinung zur Sache kundzutun. Unmissverständlich. Zumindest für ihn als Schwaben.

»Da hörd doch dr Käs zom Schdenga uff. Dia jonge Leit kannsch doch älle de Hasa gäba, koin Arsch en dr Hos, aber saudomme Sacha in d' Welt setza. Ihr zwoi hend doch boide nix uff de Gloddzbebbl ond no weniger in dr Birn.«

»Eeernst«, warnte Frieda, dieses Mal deutlich vernehmbar. »Halte an dich.«

»Des isch aber koin Spaß, des isch bitterer Ernscht hier!«

Der Hardy-Beamte lächelte sauer. »Wir Schwaben verstehen uns. Wenn ich Sie dann bitten dürfte, Ihr Fahrzeug verkehrssicher abzustellen. Wir würden Sie gern aufs Revier mitnehmen.«

Vor Schreck wechselte Ernst ins Hochdeutsche. Wobei er seine Sprache gerade kaum mehr wiederfand. »Das Kind ... also ich ... es ... Ich bin nicht derjenige, der das Mädchen zuletzt gesehen hat. Ich hab es doch in den Bus gesetzt. Der Busfahrer kannte die Kleine und hat mir sein Wort gegeben, dass er sie in Westerland in die richtige Linie nach Keitum setzt. Dieser angebliche Zeuge, von dem Sie sprechen, das ist bestimmt dieser Typ, der so dick war wie sein SUV. Wenn i den verwisch, dem hau i oine uff d' Gosch, dass seine Zahnbürscht morga früh ins Leere langt!«

Frieda legte ihm begütigend die Hand auf die Schulter und schenkte den Beamten ein gewinnendes Lächeln. »Mein Mann meint das nicht so. Er war noch nie gewalttätig, und schon gar nicht tut er einem Kind etwas an. Sie wissen doch, wie die Schwaben schimpfen können, wenn Sie auch von dort kommen, nicht wahr, Herr Polizist?«

»Natürlich.« Der Exil-Schwabe verschränkte die Arme vor seiner breiten Brust. »Allerdings ist Ihnen wohl auch bekannt, dass ein Schwabe zum Lachen in den Keller geht. Und genau dort ist momentan mein Humorzentrum zu finden. Wir werden uns auf dem Revier sicher gut unterhalten. Herr Schmälzle hat uns bestimmt einiges zu erzählen.«

»I brauch aber zerscht no a Gasflasch, vorher gang i nirgendswo noa«, wetterte Ernst, wobei er das lediglich als seine Chance ansah, Zeit zu gewinnen. Nicht etwa, weil er nicht aufs Revier mitkommen wollte, schließlich hatte er sich nichts vorzuwerfen, vielmehr wollte er sein Heiligsblechle nicht hier so mutterseelenallein im Gewerbegebiet zurücklassen. Der Beamte war aber auch eine Flachland-Mimose. Winterreifen, pah! Wer schon, wie er, bei Glatteis und Gegenverkehr die Serpentinen der Stuttgarter Weinsteige mit Sommerreifen runtergebrettert war, den konnten die Sylter Straßenverhältnisse doch nicht schrecken.

Endlich sprang ihm seine Frieda auch mal beipflichtend zur Seite – zumindest was die Gasflasche betraf. Zu dem Auto hatte sie noch nie eine besonders warmherzige Beziehung gehabt. Zeitweise hatte sie die Garage sogar mit seinem Namensschild versehen, weil er sie ihrer Ansicht nach durch die tagelange Bastelei an seinem Heiligsblechle zu seinem Erstwohnsitz gemacht hatte. »Also, da muss ich meinem Ernst recht geben. In unserem Wohnwagen ist es ohne Heizung nicht länger auszuhalten. Noch dazu haben wir gerade unsere Tochter mit unserer siebenjährigen Enkelin zu Besuch.«

»Na, da trifft es sich doch gut, dass ich in meiner Garage noch zwei volle Gasflaschen stehen habe. Man weiß ja nie, wann man mal spontan mit dem Wohnmobil losfahren will.«

»Ha no. Des glaubt ja dr Guggug ned.« Ernst wusste nicht, ob er vor Dankbarkeit lachen oder über sein Schicksal weinen sollte.

FÜNF

Frieda stand vor dem Backsteingebäude, auf dem neben der breiten Eingangstreppe in großen Lettern das Wort »Polizei« prangte. Hinter den hohen Rundbogenfenstern saß ihr Ernst und wurde vernommen. Nicht gut, gar nicht gut. Erstens, weil einer der Beamten als Schwabe jedes Wort von Ernst verstand, vor allem jedes Schimpfwort, und zweitens, was lastete die Polizei ihm eigentlich letztlich an? Selbst wenn ihr Mann, was er ja bestritt, die letzte Person war, mit der Sophie gesehen wurde, bedeutete das doch noch lange nicht … oder doch? Nein, dafür kannte sie ihren Ernst lange genug. Er hatte die Tochter des Bürgermeisters in den Bus gesetzt und sich keiner Entführung schuldig gemacht. Das müsste der Busfahrer doch bestätigen können. Warum fragte die Polizei nicht einfach ihn, bevor sie Ernst unter Verdacht stellte?

Hinter ihr rauschten die Autos auf der Munkmarscher Chaussee vorbei, genauso schnell, wie ihre Gedanken rasten. Es musste noch weitere Zeugen geben, die das Mädchen gestern am Bahnhof in Westerland oder irgendwo anders gesehen hatten – irgendwer musste ihren Ernst entlasten können. Am schnellsten könnte das aber natürlich der Busfahrer.

Wie lange stand sie sich hier vor der Wache nun eigentlich schon die Beine in den Bauch? Damit war ihrem Mann nicht geholfen. Bis zum Bahnhof waren es zum Glück nur wenige Schritte.

Eilig überquerte Frieda die Straße und den Bahnhofsvorplatz, auf dem die vier »Reisenden Riesen im Wind« als umstrittenes Empfangskomitee standen. Eine rund vier Meter hohe giftgrüne Monster-Familie aus Plastik, schräg im wahrsten Sinne des Wortes, weil sie sich gegen den Wind stemmte. Auf den Köpfen, den breiten Schultern und den ungetümen Füßen der Riesen lag Schnee, ebenso auf ihren mächtigen Plastikkoffern, die im Sommer als Sitzgelegenheiten genutzt wurden. Jetzt turnten ein paar Kinder darüber und nutzten die Figuren zur Deckung während einer Schneeballschlacht.

Frieda hielt in der Bewegung inne und schaute genauer zu einer Bank hin. Dort saß ein Mädchen, ganz allein, mit blonden Zöpfen, rosafarbener Bommelmütze und schwarzen Stiefeln …

»Sophie!« Frieda lief auf sie zu. Zu schnell. Zumindest für ihren Schwerpunkt, der sich nun auf einmal nicht mehr über ihren Füßen, sondern an ihrem Hinterteil befand, auf dem sie unsanft landete. Ihr blieb kurz die Luft weg, aber mehr vor Schreck, denn ihr Steißbein war gut gepolstert.

Erschrocken sah das Mädchen hoch. »Haben Sie sich verletzt?«

Mühsam rappelte sich Frieda auf. Sie rieb sich die linke Pobacke, die es ihr spürbar verübelte, dass sie heute schon zum zweiten Mal als Airbag hatte herhalten müssen. »Nein, alles gut. Ich bin froh, dass ich dich gefunden habe, Sophie. Auf der ganzen Insel sucht man nach dir!«

Das Mädchen schüttelte den Kopf. »Ich bin nicht Sophie. Und ich werde auch nicht vermisst. Wir sind auf Klassenausflug, meine Lehrer stehen dort drüben, bei dem Denkmal für die Inselbahn. Wir warten auf den Zug zum Festland, der hat Verspätung. Seit einer halben Stunde erzählen sie jedem Schüler, der sich in ihre Reichweite begibt, dass die Inselbahn von 1888 bis 1970 über die Insel geschnauft ist. Ich kann's schon auswendig, drum sitze ich hier.«

»Klingt ziemlich trocken. Aber kennst du auch die lustigen Geschichten, zum Beispiel, dass die Bahn ›Rasende Emma‹ hieß, obwohl sie so langsam fuhr, dass das Blumenpflücken während der Fahrt verboten werden musste? Und wenn Schneesturm war, mussten alle aussteigen und das Gleis freischaufeln.«

»Jaaa«, sagte das Mädchen und inszenierte ein Gähnen. »Ich kann's nicht mehr hören, bin total durchgefroren und will nur noch nach Hause.«

»Das möchte Sophie bestimmt auch«, murmelte Frieda und ging nach einer kurzen Verabschiedung in das Bahnhofsgebäude hinein.

In der stilvollen Halle aus den zwanziger Jahren mit aufwendig getäfelter Decke steuerte Frieda den kleinen Auskunftsschalter neben dem Bäcker an, an dem der Strom der Zugreisenden vorbeimusste. Vielleicht war einer der beiden Schalterdamen gestern oder heute ein verloren wirkendes Mädchen mit Schulranzen aufgefallen.

Als sie sich näherte, entdeckte Frieda unter den Wartenden ihre Tochter mit Enkelin und sprach die beiden überrascht an. »Was macht ihr denn hier?«, fragte sie und gab Mary, die sich sehr freute, ihre Oma zu sehen, einen Kuss auf die Stirn.

»Dasselbe könnte ich dich fragen, Mutter. Glaubst du, ich sitze untätig im Wohnwagen herum und warte darauf, dass Alfie zurückkehrt?« Kathrins Augen waren rot und verquollen vom Weinen. »Seit vergangener Nacht macht er bestimmt keinen Spaziergang«, ergänzte sie spitz.

Ehe Frieda etwas entgegnen konnte, hatte der Herr vor ihnen seine Auskunft bekommen, und Kathrin war dran.

»Guten Tag, ist Ihnen seit heute Morgen ein eher kleiner Mann hier im Bahnhof aufgefallen, mit roten Haaren und Vollbart, ohne Gepäck?«

Die beiden Mitarbeiterinnen schauten sich ratlos an.

Vielleicht sollte sich meine Tochter bei der Beschreibung eher auf einen Waldschrat beziehen, das könnte hilfreicher sein, dachte Frieda und schämte sich sofort dafür. Und dennoch, dieser Mann passte einfach nicht zu Kathrin, auch wenn sie sich darüber kein Urteil erlauben und dieses schon gar nicht laut vor ihrer Tochter äußern durfte. Doch nach ihrer alkoholbedingten Euphorie vom Vortag hatte bei ihr im doppelten Sinne die Ernüchterung eingesetzt, als Alfies Lebenswandel zur Sprache gekommen war. Natürlich wäre es schlimm, wenn ihm tatsächlich etwas zugestoßen wäre, ihr Kummer über das Verschwinden ihres zukünftigen Schwiegersohnes hielt sich derzeit allerdings zugegebenermaßen in engen Grenzen. Was mit Sophie geschehen war, beschäftigte sie viel mehr.

Ungeduldig zupfte Mary am Jackenärmel ihrer Mutter, weil sie offenkundig nicht länger herumstehen wollte. Alfies Schicksal schien sie nicht sonderlich zu berühren, Kathrin hingegen wollte in ihrer Verzweiflung nicht aufgeben. »Er spricht kaum Deutsch, mit starkem schottischen Akzent. Seit vergangener Nacht ist er verschwunden und nicht erreichbar. Können Sie sich erinnern, ob er hier war? Vielleicht hat er gefragt, wie er nach Hamburg kommt.«

»Und ich wollte fragen, ob Ihnen schon bekannt ist, dass die Tochter des Bürgermeisters vermisst wird?«, mischte sich Frieda ein und erntete dafür einen bösen Blick von ihrer Tochter. »Sie könnte gestern gegen Mittag hier gewesen sein.«

»Haben wir neuerdings schwarze Löcher auf der Insel?«, fragte die ältere der beiden Auskunftsdamen verwundert. »Es tut mir leid, aber wir können Ihnen nicht weiterhelfen, wir haben die beiden nicht gesehen.«

»Doch!«, rief ihre jüngere Kollegin und fasste sich an die Stirn. »Du warst heute Morgen noch gar nicht da, und ich hatte kaum den Rollladen vom Schalter hochgezogen, als ein rothaariger Typ vor mir stand und mich auf Englisch ansprach. Ein bisschen hat er mich ja an Alf erinnert. Suchen Sie den vielleicht?«

»Möglich«, presste Kathrin schmallippig hervor. Ihr war anzusehen, dass sie sich persönlich gekränkt fühlte, sie machte jedoch kein Thema daraus. »Was wollte er denn wissen?«

»Wie er nach List kommt, und ich habe es ihm erklärt.«

»Was will Alfie denn da?«, murmelte Frieda. »Aber siehst du, ich hab dir doch gesagt, dass ihm nichts passiert ist.«

»Ja, Mama«, giftete ihre Tochter ohne Rücksicht auf die Anwesenden. »Du weißt wie immer alles besser, vor allem kannst du besser beurteilen als ich, was für mein Leben gut sein soll, nicht wahr? Aber noch habe ich Alfie nicht gefunden, es ist also gar nichts klar. Und wo ist eigentlich Papa? Ihr seid doch zusammen los, um eine Gasflasche zu kaufen.«

»Er … ich … wir haben uns aufgeteilt …«

»Aha. Wie nett jedenfalls von dir, dass du lieber dieses fremde Mädchen suchst als meinen Alfie. Komm, Mary, wir gehen.«

»Das verstehst du nicht, Kathrin! Noch nicht«, ergänzte Frieda etwas leiser, denn da war ihre Tochter schon zur Tür hinaus.

Hinter dem Bahnhofsgebäude am ZOB warteten die Busse. Frieda wunderte sich, dass sie Kathrin nicht mit Mary in Richtung der Linie 1 gehen sah. So schnell konnten die beiden nicht im Bus verschwunden sein, der gerade abfuhr. Möglicherweise hatte sie es aber so eilig gehabt, nach List zu kommen, dass sie ein Taxi genommen hatte.

Trotz des Schwalls eisiger Luft, den Frieda mit in den Bus brachte, bekam sie vom Fahrer der Linie 2, die über Rantum nach Hörnum fuhr, ein Lächeln geschenkt. »Moin, wohin?«, fragte er.

Friedas Blick wurde von seiner merkwürdigen Haarpracht gefangen genommen. Entweder stammte er aus Lönneberga und sein Friseur hatte sein Handwerk mit der Suppenschüssel erlernt, oder der Mann trug eine blonde Perücke. Frieda musste schmunzeln, besann sich nach kurzer Irritation aber wieder auf ihr Anliegen: »Ich habe nur eine Frage. Sind Sie gestern auch auf dieser Linie gefahren?«

»Ja, warum, haben Sie etwas verloren? Dann müssen Sie da drüben ins Fundbüro …« Er wies auf das kleine graue Verwaltungsgebäude gegenüber.

»So kann man das nicht sagen. Es geht um das Mädchen, das gestern Mittag gegen ein Uhr dreißig an der Haltestelle Westerland FKK-Strand zugestiegen ist.«

Sein Lächeln verschwand wie auf Knopfdruck. Seine Stimme wurde leiser. »Was geht Sie das an? Sind Sie von der Polizei? Ich habe bereits ausgesagt, dass ich das Mädchen in Begleitung eines Mannes gesehen, aber nicht befördert habe. Was wollen Sie noch von mir?«

»Ich bin nicht von der Polizei, auch wenn ich dort gerade

herkomme. Was ich von Ihnen will? Der Mann, von dem Sie sprechen, ist mein Mann, und er wird gerade vernommen.«

»Tja, da würde ich mir mal so meine Gedanken machen. Wenn Sie nun bitte Platz im Eingangsbereich machen würden, die Schulkinder kommen.«

Perplex ging Frieda einen Schritt rückwärts und stieß dabei fast mit zwei Jungs zusammen, die offenkundig einen Wettlauf gemacht hatten und unter Johlen an ihr vorbei in den Bus drängten. Noch immer hatte sie sich nicht von dem erholt, was der Busfahrer gesagt hatte.

»Sie haben angehalten, die beiden aber nicht mitgenommen, warum?«, hakte sie nach.

Der alt gewordene Michel aus Lönneberga verdrehte die Augen. »Weil sie zum Tinnumer Campingplatz wollten, da ist man zu Fuß schneller.«

Was stimmte mit diesem Typen nicht? Ihr Bauchgefühl schlug Alarm. »Warum reagieren Sie denn so gereizt? Ich habe Ihnen doch nur ein paar einfache Fragen gestellt.«

»Die ich der Polizei gern, geduldig und in Ruhe beantwortet habe. Aber hier mache ich meinen Job, und Sie hindern mich gerade daran«, sagte er, während die beiden Jungs ihr Rennen im Bus fortsetzten, mit dem Ziel, wer als Erster den hintersten Platz erreichte.

Kopfschüttelnd sah Frieda den beiden hinterher und wandte sich wieder an den Busfahrer. »Gehört das nicht auch zu Ihrem Job, die beiden zur Ordnung zu rufen?«

Er zuckte mit den Schultern. »Das sind Kinder, was kümmert es mich, solange sie nichts kaputt machen und keine anderen Fahrgäste umrennen? Ich würde vorschlagen, Sie kehren jetzt auch besser wieder vor Ihrer eigenen Haustür.«

»Das ist leider nicht möglich, da ich nur eine Wohnwagentür habe«, gab Frieda schnippisch zurück. Wenn der dachte, er könnte sie abwimmeln, hatte er bislang wenig Erfahrung mit schwäbischem Starrsinn gesammelt – und schon gar nicht mit einer Mutter, die drei Kinder großgezogen, als Putzfrau auf dem Bopfinger Polizeiposten gearbeitet und vor allem fünfundvierzig Ehejahre ohne nennenswerte bleibende nervliche Schäden überlebt hatte. Letzteres zumindest aus ihrer Sicht. »Kennen Sie Sophie, die Tochter des Bürgermeisters? Geht sie auf dieselbe Schule wie diese Kinder?«

Ihre Fragen gingen im Lärm der herbeiströmenden Schüler unter, die Frieda fast mit in den Bus hineindrängten. Darum rief sie sie dem Busfahrer noch einmal zu. Der stützte sich theatralisch mit den Ellenbogen auf dem Lenkrad ab und rieb sich mit geschlossenen Augen die Stirn, so als hätte er furchtbare Kopfschmerzen. »Ich bin nicht taub!«, schrie er zurück, sodass es im Bus augenblicklich stiller wurde und die Fahrgäste zu ihnen herübersahen. »Ja, verflucht, Sophie Sörensen geht auf die Nicolaischule, falls Ihnen das etwas hilft. Aber nun blockieren Sie bitte nicht länger den Eingang, wenn Sie nicht mitfahren wollen, und lassen Sie mich gefälligst meinen Job machen. Ich muss pünktlich abfahren.«

»Mehr wollte ich auch gar nicht von Ihnen wissen, momentan zumindest nicht. Denn ich weiß ja jetzt, wo ich Sie finde, sollte ich noch Fragen haben. Vielen Dank – und auf Wiedersehen.« Letzteres sagte sie mit Nachdruck, im Hinblick auf ihr Bauchgefühl erschien ihr das angemessen.

Eben davon ließ sie sich auch leiten, als sie zu dem Backstein-Schulgebäude im Schatten der namensgebenden Nicolaikirche ging, in der Hoffnung, dort vielleicht weitere Informationen zu bekommen, von jemandem, der sich noch in der Schule aufhielt, und sei es der Hausmeister. Jedes Puzzleteil könnte helfen, Sophies Verschwinden zu erklären und Ernst zu entlasten.

Vor dem unscheinbaren Eingang traf Frieda auf eine Frau, die sich auf ihre Nachfrage als die Klassenlehrerin von Sophie, Frau Dorsten, entpuppte. Mehr, als sie zu hoffen gewagt hatte. Die Lehrerin, eine kleine und zarte Person, kaum größer als die Schülerin, die wartend neben ihr stand, wirkte sichtlich mitgenommen. Die Mutter der Schülerin wollte ihr Kind heute wie viele andere Mütter, die von Sophies Verschwinden gehört hatten, aus Angst persönlich von der Schule abholen, hatte sich nun aber verspätet.

Frieda trug ihr Anliegen vor, berichtete auch von der merkwürdigen Reaktion des Busfahrers und erklärte, dass ihr Mann ganz sicher zu Unrecht in Verdacht geraten war, was die Lehrerin sofort zu glauben schien.

Ratlos hob Frau Dorsten die Schultern. Schlimm sei das mit Sophie, aber sie glaube nicht daran, dass das Mädchen einem Verbrechen zum Opfer gefallen sein könnte, so etwas sei auf der Insel schließlich noch nie vorgekommen. Andererseits könne sie sich Sophies Verschwinden auch nicht erklären. Die Siebenjährige habe zwar manchmal traurig gewirkt, oft sogar, und nur wenige Kinder fänden Zugang zu ihr, Lehrer noch weniger. Dennoch war sie ein folgsames Mädchen, keins, das weglaufen würde. Darum habe sie sich gestern auch weiter nichts dabei gedacht, als Sophie keine Schulsachen in ihrem Ranzen hatte. Nur Kinderbücher, ihren Teddy und ihre Lieblingspuppe. Vielleicht wäre durch die richtigen Worte sonst noch alles zu verhindern gewesen. Doch es wäre ihr nicht im Traum eingefallen, dass Sophie so etwas plante. Brav sei sie, es gebe keine Beanstandungen, fleißig und ordentlich, aber auch verträumt, nachdenklich und in sich gekehrt – wie in einer anderen Welt.

Während Frau Dorsten das erzählte, wanderte Friedas Blick vom Kirchturm zum Spielplatz und zu dem steinernen Kinderpaar auf dem Sockel neben der Treppe. Jemand hatte den beiden zwei verlorene Mützen aufgesetzt, eine rote und eine blaue. Ob man von Sophie auch bald ein Kleidungsstück finden würde oder den Schulranzen?

Natürlich herrsche nun an der gesamten Schule Unsicherheit, gab Frau Dorsten zu, darum würde sie jetzt auch mit Hannah zusammen auf deren Mutter warten.

Das kleine Mädchen neben Frau Dorsten, das das Gespräch stumm verfolgt hatte, nickte mit traurigem Blick.

»Hannah traut sich nicht mehr, allein unterwegs zu sein, seit Sophie gestern verschwunden ist. Die beiden waren beste Freundinnen.«

Tränen sammelten sich in den Augen der Kleinen.

Sophies beste Freundin, das könnte weiterhelfen, dachte Frieda. »Darf ich dir vielleicht ein paar Fragen stellen?«, bat sie halb an Hannah und halb an die Lehrerin gewandt.

In Frau Dorstens Miene lag ein zweifelndes Zögern, und sie erklärte, dass man in der Schule zwar darüber gesprochen, die Sache jedoch nicht vertieft habe, da es ja auch nicht viel zu sagen gebe.

»Was wollen Sie denn von mir wissen?«, fragte Hannah und wischte sich eine Träne aus dem Augenwinkel.

»Seid ihr gestern zusammen zum Bus gegangen?«

»Nein, gestern war ich krank. Aber sonst machen wir das immer.«

»Hast du eine Idee, wo deine Freundin hingegangen sein könnte? Hat sie vielleicht mal davon gesprochen, dass sie weglaufen will?«

Mit der Fußspitze kratzte Hannah Halbkreise in den Schnee. »Ja, das hat sie«, gab sie mit einem Seitenblick auf Frau Dorsten zu. »Sie hat mich sogar gefragt, ob ich mitkomme. Das war vor ein paar Wochen, als wir noch beste Freundinnen waren.« Ihr zartes Stimmchen war kaum mehr zu hören. »Aber ich dachte nicht, dass sie das ernst meint.«

»Und beste Freundinnen seid ihr nicht mehr? Habt ihr euch gestritten?«

»Wir hatten keinen Streit, aber unsere Väter. Und Sophies Papa hat auf einmal entschieden, dass wir uns nicht mehr treffen dürfen.«

»Das ist ja schlimm. Glaubst du, Sophie könnte deswegen von zu Hause weggelaufen sein, hätte sie den Mut dazu?«

»Mutig ist sie auf jeden Fall. Sie springt im Schwimmbad vom Dreimeterbrett, das traut sich sonst keiner von uns. Aber weglaufen? Ich weiß nicht. Es ist doch so kalt, und es liegt Schnee. Sie muss irgendwo schlafen, wo sie nicht erfriert. Und zu essen braucht sie ja auch.« Hannah schniefte. »Wissen Sie, wie schnell ein Mensch erfriert und wie lange man ohne Essen überleben kann?«

»Wenn Sophie weggelaufen ist, hat sie sich das ganz bestimmt überlegt und warme Sachen und Geld bei sich«, warf die Klassenlehrerin beruhigend ein und bedachte Frieda mit einem mahnenden Blick, der besagte, auf die Frage nicht weiter einzugehen.

Es war natürlich ein schmaler Grat, den sie hier beschritt. Frieda wusste, dass sie die angstvollen Phantasien des Mädchens nicht noch befeuern durfte. Etwas weniger verfänglich, aber dafür umso hilfreicher könnte die Frage nach den Orten sein, an denen sich Sophie gerne aufhielt. Orte, an denen sie gestern sogar noch gewesen sein könnte. »Wo würde Sophie sich denn in Westerland etwas zu essen kaufen, wenn sie die Wahl hat? Gibt es ein Lieblingslokal oder ein Lieblingsessen?«

Hannah zog die Stirn kraus und schaute die Straße entlang in Richtung Bahnhof und der Kreuzung. »Allein dürfen wir ja noch nicht in der Stadt unterwegs sein. Aber wenn meine Mama uns im Sommer abgeholt hat, sind wir oft direkt zur Crêperie am Meer, am liebsten hat Sophie einen Crêpe mit Nutella gegessen, und anschließend sind wir an den Strand gegangen, das war immer so toll.« Eine Träne rollte ihr über die Wange, dicht gefolgt von der nächsten, dann brach der mühsam aufrechterhaltene Damm.

Sofort drückte Frau Dorsten Hannah an sich, streichelte ihr über den Kopf und machte beruhigende Laute. Während Frieda noch nach den richtigen Worten suchte, hielt ein schwarzer SUV neben ihnen in der Parkbucht, und Hannah rannte ihrer Mutter in die Arme, kaum dass diese ausgestiegen war.

»Mama, ich hab so Angst, dass Sophie etwas ganz Schreckliches passiert ist«, brach es aus ihr heraus.

»Warum ist mein Mädchen denn derart beunruhigt?«, herrschte die Mutter die Lehrerin an.

»Entschuldigung, Frau Kirchberger, ich …« Frau Dorsten verstummte und hob abwehrend die Hände.

Frieda machte einen Schritt nach vorn, um die Lehrerin in Schutz zu nehmen. »Der Auslöser war wohl leider ich mit meinen Fragen.« Sie erklärte, wer sie war und weshalb Sophies

Verschwinden sie so sehr beschäftigte. Doch sie sprach gegen den Rücken der Frau, die Hannah umgehend in den Wagen einsteigen ließ und kontrollierte, ob sie richtig angeschnallt war. Erst dann drehte sich Frau Kirchberger noch einmal zu ihr um.

»Die Polizei ist in der Pflicht, den Fall zu klären – gruselig, dass Ihr Mann als verdächtig gilt. Und da erlauben Sie sich, meine Tochter mit Fragen zu belästigen? Hannah kann Ihnen da ganz sicher nicht helfen. Die Kinder dürfen seit mittlerweile vier Wochen keinen Umgang mehr miteinander haben – nach dem Grund fragen Sie mal Sophies Eltern. Das arme Mädchen. Wir wissen nicht, was ihr zugestoßen ist, auch ich bin vorsichtig und hole meine Tochter lieber ab, aber wenn Sie mich fragen, will Sophie ihren Eltern nur einen gehörigen Schrecken einjagen – und das geschieht ihnen ganz recht. Hoffen wir nur, dass ihr unterdessen nichts zustößt und sie gesund wieder zu Hause auftaucht.«

Frau Kirchberger ging um den Wagen herum, nickte der Lehrerin zu und stieg ein. Nachdenklich schaute Frieda dem Fahrzeug hinterher, während es über das Kopfsteinpflaster auf die Kreuzung zudonnerte. Für die Straßenverhältnisse eine ziemlich unangepasste Geschwindigkeit.

»Ich wünsche Ihnen alles Gute und dass der Verdacht schnell von Ihrem Mann abfällt«, sagte Frau Dorsten, und Frieda zuckte zusammen, weil sie die Lehrerin schon fast vergessen hatte.

»Mein Mann ist unschuldig, da bin ich mir ganz sicher. Und ich werde alles daransetzen, das zu beweisen.«

»Die Insel ist ein Dorf – wenn ein Gerücht erst mal in der Welt ist …« Die Lehrerin seufzte. »Und wenn ich Ihnen einen persönlichen Rat geben darf – seien Sie vorsichtig, wo Sie mit Ihren Fragen herumstochern. Auf Sylt gibt es viele Wespennester.«

Frieda verabschiedete sich freundlich und dankte für die wohlmeinenden Worte, die ihr wieder einmal zeigten, warum es gut war, dass der Mensch zwei Ohren hat: damit das Gehörte zum einen Ohr rein- und zum anderen wieder rauskonnte.

Ihr Ziel war die Crêperie am Meer, von der Hannah gesprochen hatte. Die kleine Bude auf der Promenade war ihr wohlbekannt, weil sie in jedem Urlaub wenigstens einmal dort gewesen sein musste, um einen Friesencrêpe mit Pflaumenmus und Sahne zu genießen – nachdem sie ihrem Ernst zuvor den Unterschied zwischen Pfannkuchen und Crêpes erklärt hatte und dass sie das *nicht* genauso gut selbst in der Pfanne machen konnte. Diese Diskussion entbrannte jedes Jahr aufs Neue, bis er schließlich seine Hand vom Sparstrumpf nahm. Wenn er dann am Ende glückselig vor seinem Crêpe mit roter Grütze saß, war er dankbar für ihre Hartnäckigkeit, mit der sie ihn seine schwäbische Tugend kurzzeitig vergessen ließ.

Ein Fußweg von gut zehn Minuten lag vor ihr, der allein deswegen so kurz bemessen war, weil der Wind am unteren Ende der Friedrichstraße erfahrungsgemäß noch nicht die Windschneisengeschwindigkeit besaß, die er kurz vor dem Hauptübergang zum Strand erreichte, wodurch man bei jedem Schritt nach vorn zwei zurückgeschoben wurde.

Die Wilhelmine, eine üppige Bronzefigur mit Badehaube und vollen Brüsten, saß im trockengelegten Brunnen am Anfang der Fußgängerzone, Schnee auf ihrer Badehaube, kein Wasser, mit dem sie sich im Sommer tagaus, tagein die Füße wusch. Doch immerhin war sie in Gesellschaft eines Obdachlosen, der eine der Bänke vom Schnee befreit hatte und dort in der Sonne saß, als ob zwanzig Grad herrschen würden. Es schien »sein« Plätzchen zu sein, wo er seine Zeit verbrachte, neben ihm sein Fahrrad, auf das er sein Hab und Gut ordentlich gestapelt hatte. Während sie vorbeiging, betrachtete er sie aufmerksam, es waren ja nicht viele Passanten unterwegs.

Frieda blieb stehen. »Entschuldigung, sitzen Sie immer hier?«

»Nein. Wenn ich schlafe, liege ich«, entgegnete der Obdachlose in friesisch rauem Tonfall, aber keineswegs unfreundlich. »Stört Sie das?«

»Nein, ich …« Unsicher machte Frieda zwei Schritte auf ihn zu. Seine Kleidung war sauber, seine langen weißblonden Haare wirkten frisch gewaschen, und mit seinem Rauschebart sah er ein bisschen aus wie der Weihnachtsmann. Mit dem Klischee eines Obdachlosen verband ihn nur die Bierdose, die er in der Hand hielt, doch wer glaubte, auf der Insel der Schönen und Reichen gäbe es keine Armut und Not, der irrte.

»Kommen Sie nur näher, ich beiße nicht – meistens jedenfalls. Warum haben Sie mich angesprochen?«

»Ich … wollte nur wissen, ob Sie vielleicht ein kleines Mädchen gesehen haben, sieben Jahre alt, mit rosafarbenem Schulranzen und blonden Zöpfen, Sophie Sörensen heißt sie, die Tochter …«

»Unseres Bürgermeisters? Klar doch. Ich hab sie gestern Mittag hier vorbeigehen sehen.«

Frieda fühlte sich wie unter Strom gesetzt. »Wann war das?«

»So gegen zwei Uhr. Es war schon längst Schulschluss, und ich hab mich noch gewundert, was sie denn allein in der Stadt macht, hab mir aber nichts weiter dabei gedacht, weil sie sehr zielstrebig wirkte. Heute Morgen hab ich dann mitbekommen, dass die Kleine gesucht wird. Furchtbar – is ja doch ein bisschen kalt draußen, nich?«

»Ihre Beobachtung müssen Sie unbedingt der Polizei mitteilen! Bitte, das ist sehr wichtig.«

»Hab ich gemacht. Bin gleich nachdem ich es in der Zeitung gelesen hatte, zum Revier gegangen. Die Jungs kennen mich, und ich mag sie, weil sie mich in Ruhe lassen. Bestimmt machen sich die Eltern schreckliche Sorgen, das darf man sich gar nicht ausmalen. Sophies Vater kenne ich noch von früher, dem Gernot hab ich damals Zeichenunterricht gegeben.«

Frieda runzelte überrascht die Stirn.

»Wundern Sie sich jetzt, dass ich mich mit der Zeitung nicht nur zudecke, sondern sie auch lese? Oder darüber, dass ich früher mal Lehrer war? Ja, das war in meinem vorherigen Leben, so kommt's mir zumindest vor. An der Nicolaischule, bis das Bier kam und ich gehen musste. Raus aus dem Schuldienst und aus dem Leben meiner Frau. Sie lebt jetzt auf dem Festland. Zu meiner heute erwachsenen Tochter habe ich seit elf Jahren keinen Kontakt mehr. Seit sie sieben war. Meine Entscheidung. Sie sollte nicht erfahren, dass ihr Vater auf der Straße lebt.«

Frieda schluckte. Sie griff nach ihrem Geldbeutel in der Jackentasche und fasste ins Leere. Erst jetzt bemerkte sie, dass sie nur ihr Handy dabeihatte, während das Portemonnaie noch im Wohnwagen lag. »Ich würde Ihnen ja gern ein bisschen Geld geben, aber …«

»Schon gut. Bei der Sylter Tafel bekomme ich zu essen, wenn ich mal kein Bild verkaufen kann und kein Geld mehr habe.«

»Glauben Sie denn wirklich, dass Ihre Tochter sich für Sie schämen würde, wenn sie wüsste, wo Sie leben? Vielleicht wäre sie einfach nur froh zu hören, *dass* Sie leben.«

Er hob die Schultern und seufzte. »Ich weiß nicht.«

»Solange Sie nicht über Ihren Schatten springen, werden Sie es nicht erfahren.«

»Wohl wahr. Aber ein Schatten kann ganz schön groß werden, wenn man auf der Straße lebt.«

»Schlafen Sie denn nachts auch hier?«

»Nein, da habe ich ein trockenes Plätzchen in der Tiefgarage, dort werde ich geduldet, weil alle wissen, dass ich harmlos bin. Wenn es bitterkalt wird, kann ich mich jederzeit beim Ordnungsamt melden und im Wohnheim schlafen. Da gibt es immer ein Bett für die Nacht, nur darf ich da meinen Freund, den Alkohol, nicht mitnehmen.« Er lachte. »Außerdem habe ich hier das beste Licht zum Malen.«

Er ging zum Fahrrad und nahm aus einer der Einkaufstaschen ein eingewickeltes Bild. Als er die Ölmalerei hervorholte, verschlug es Frieda die Sprache. Das Rote Kliff in Kampen, so detailgenau, so echt wie fotografiert. Unglaublich.

»Erkennen Sie's wieder? Ich war lange nicht mehr da, Busfahren ist zu teuer. Muss mein Geld für die Ölfarben sparen. Ich male alles aus dem Kopf. Gerade arbeite ich am Pendant, der gegenüberliegenden Wattenmeerseite unterhalb von der Kupferkanne. Bin fast fertig.«

»Unglaublich ...« Nur mit Mühe fand Frieda ihre Sprache wieder. Auch weil sie beim Betrachten des Motivs von der Erinnerung an den vergangenen Sommer, an ihre erste Saison auf dem Kampener Campingplatz, überwältigt wurde. »Verkaufen Sie die beiden Bilder bitte an niemand anderen. Ich komme morgen wieder, versprochen!«

»Gern. Ich würd mich freuen, wenn meine Klecksereien in Ihrer Wohnung ein schönes Plätzchen bekämen.«

»Na ja, mein Zuhause ist ein Wohnwagen auf dem Tinnumer Campingplatz, aber für so wundervolle Kunst ist allemal Platz.«

»Dann bis morgen. Ab Mittag finden Sie mich hier, bis zum Sonnenuntergang.«

Beseelt von dem Gespräch und guter Dinge, Sophie auf der Spur zu sein, kämpfte sich Frieda gegen den zunehmenden Wind die Friedrichstraße hinauf. Auf Höhe des Café Leysieffer musste sie anhalten, so sehr war sie durch die Anstrengung außer Atem geraten. Als ob jemand eine Windmaschine angestellt hätte. Das einzig Angenehme war der verführerische Geruch von frisch gebackenen Waffeln, der aus dem Lokal zu ihr herüberwehte. Vielleicht war Sophie der Weg ja ebenfalls zu anstrengend geworden, und sie hatte sich dort etwas zu essen geholt?

»Ja, das Mädchen, das Sie beschreiben, war gerade hier und hat sich eine Waffel gekauft«, sagte die junge, langhaarige Verkäuferin.

Frieda glaubte ihren Ohren nicht trauen zu können. »Jetzt? Gerade? Im Moment? Sie meinen ...« Nun war sie im doppelten Sinne durch den Wind.

»Ja, vor vielleicht vier, fünf Minuten.«

»Das gibt es doch nicht! Wo ist sie? Also, wohin ist sie gegangen?«

»Gleich hier in die Elisabethstraße rein, wenn ich das richtig gesehen habe.«

Für Dank war keine Zeit. Jede Sekunde zählte. Sie musste Sophie einholen, ehe sich ihre Spur im Gewirr der Nebenstraßen verlor, in denen sich die Häuser dicht an dicht drängten und die parkenden Autos zu stapeln schienen.

Bei der katholischen Kirche, deren Gründung auf einen einzigen Sylter Katholiken zurückging, sah sie das Mädchen. Rosa Bommelmütze, lilafarbene Hose, schwarze Schuhe, rosa Schulranzen. Beim Eingang zum Friedhof der Heimatlosen holte sie sie ein.

»Sophie! Was machst du denn hier? Endlich habe ich dich gefunden!«

Erschrocken fuhr das Mädchen herum. »Meinen Sie mich? Ich heiße nicht Sophie.«

»Oh Gott, Entschuldigung, ich wollte dich nicht erschrecken. Die Verkäuferin bei ›Leysieffer‹ hat gesagt …« Nun erkannte auch Frieda, dass dieses Mädchen zwar klein, aber bestimmt schon neun oder zehn Jahre alt war.

»Sie meinen Sophie Sörensen, nicht? Die verschwunden ist? Ich gehe in dieselbe Schule wie sie, allerdings schon in die vierte Klasse. Deshalb kenne ich Sophie auch nicht so gut, ich weiß nur, dass sie die Tochter vom Bürgermeister ist und immer geärgert wird. Aber ich mache so was nicht. Ich wohne gleich hier ums Eck, meine Eltern sind nicht zu Hause, drum habe ich mir bei ›Leysieffer‹ die Waffel gekauft.«

Verflucht, wie viele Mädchen liefen eigentlich mit einem rosa Schulranzen und dieser Kleidung rum? Die Beschreibung aus dem Radio passte doch auf jedes zweite Mädchen. Frieda verabschiedete sich mit einer weiteren Entschuldigung und trat mit ohnmächtiger Wut gegen den Friesenwall, der den Friedhof der Heimatlosen umgrenzte. Dass das keine gute Idee gewesen war, vermeldete ihr großer Zeh, doch die Verzweiflung musste aus ihr heraus. Wenn sie Erfolg haben wollte, brauchte sie wenigstens ein Foto von Sophie.

Enttäuscht kehrte Frieda dem Friedhof den Rücken, der

vor einhundertfünfzig Jahren, als es mit dem Tourismus auf der Insel gerade erst losging, noch weit außerhalb der Stadt gelegen hatte. Der Strandvogt hatte ihn extra anlegen lassen, damit angespülte Leichname nicht länger in den Dünen verscharrt werden mussten, sondern mit Datum und Fundort auf einem einfachen Holzkreuz ein ordentliches Begräbnis bekamen. Über fünfzig unbekannte Tote hatten hier auf diese Weise ihre letzte Ruhestätte gefunden, bis der Friedhof nach nur fünfzig Jahren keinen Platz mehr bot, weil er von der inzwischen gewachsenen Stadt umschlossen wurde.

Kaum vorstellbar, wie sich Angehörige fühlen müssen, die nichts vom Verbleib ihrer Liebsten wissen, dachte Frieda niedergeschlagen. Noch schlimmer, wenn ein Kind vermisst wird und es für immer verschwunden bleibt. So weit wollte sie im Fall von Sophie eigentlich gar nicht denken, und doch ging Frieda diese schlimmste aller Möglichkeiten nicht aus dem Kopf. Erst kürzlich hatte sie in einem Bericht gelesen, dass in Deutschland jedes Jahr hunderttausend Kinder und Jugendliche als vermisst gemeldet wurden. Eine unglaubliche Zahl, das war beinahe so, als ob eine mittlere Stadt mit minderjährigen Bewohnern einfach verschwinden würde. Tröstlich jedoch war, dass die meisten von ihnen schnell wieder auftauchten, nur etwa drei Prozent der Fälle blieben ungeklärt, so hatte es dort gestanden.

An diesem beruhigenden Gedanken hielt sich Frieda fest, als sie, zurück auf der Friedrichstraße, bei der Andreas-Dirks-Straße in eine Windschneise zwischen den Hochhäusern des Kurzentrums geriet, in der sie fast keinen Schritt mehr vorwärtskam.

Endlich erreichte sie die Kurkartenkontrolle am Hauptübergang zum Strand im Schatten des altehrwürdigen Hotels Miramar. Der Wind zerrte regelrecht an ihrem Gesicht, so als wollte er ihr die Falten aus der Haut ziehen. Schön wäre es ja. Ein Sandpeeling gab es noch gratis dazu. Das fühlte sich allerdings an, als sei sie vor die Düse eines Sandstrahlers geraten.

Das Meer war aufgewühlt, hohe Wellen brandeten an den

Strand, während das ruhige Wattenmeer auf der Ostseite der Insel bereits im Eis erstarrt und die Gezeiten zum Erliegen gebracht worden waren. Doch die Insulaner munkelten, dass auch die Nordsee »kurz vor gefrierbereit« sei, wie die Seemänner es nannten, sodass am Weststrand in diesem Winter wieder Eisschollen liegen könnten, wie es zuletzt vor vierzig Jahren der Fall gewesen war.

Mit klammen Fingern holte Frieda ihre Kurkarte hervor, die sie in ihrer Handyhülle mit sich trug, und fragte den Kontrolleur im selben Atemzug nach Sophie.

»Die Kurverwaltung hat uns bereits die Order gegeben, die Augen offen zu halten. Gestern wussten wir davon natürlich noch nichts. Kann sein, dass sie vorbeigekommen ist, aber bei dem, was hier selbst um diese Jahreszeit täglich an Menschen durchgeht, ist es unmöglich, sich alle Gesichter zu merken.«

Resigniert nickte Frieda und steckte ihre Kurkarte zurück ins Fach. Bei der Gelegenheit schaute sie rasch auf ihr Handydisplay. Immer noch kein Anruf von ihrem Mann ... Das war kein gutes Zeichen.

Sie glaubte nicht recht daran, dass die Crêperie am Meer bei diesem Sturm geöffnet hatte, da die kleine Bude direkt an der Promenade lag. Umso überraschter war Frieda, als sie unten an der Treppe ums Eck schaute und Marco in seinem Laden entdeckte, der gerade mit einem Lächeln seine Schiebescheibe öffnete.

»Moin.« Ein Insulaner pflegte mit diesem einen Wort sein Gegenüber über Gesundheitszustand, Wetter und je nach Betonung auch über seine Stimmungslage zu informieren. Wer sich zu einem »Moin, Moin« hinreißen ließ, galt bereits als redselig.

»Moin. Ihr seid ja selbst bei so einem Wetter da ...«, begann Frieda verwundert.

»Na klar, wir schließen erst, wenn die Schafe auf dem Deich keine Locken mehr haben und uns die Crêpes von der Platte fliegen. Welchen hätten Sie denn gerne?«

Frieda stieg die Röte ins Gesicht. »Ich habe kein Geld dabei, eigentlich wollte ich nur etwas fragen.«

»Na, dann raus damit. Aber ein Crêpe geht doch immer – in dem Fall aufs Haus. Ich glaube …«, er legte den Kopf schräg, »Sie möchten gern einen Friesencrêpe.«

Frieda lachte auf. »Sind Sie Hellseher?« Nur einen Moment später seufzte sie. »So einen Mann könnte ich jetzt gut gebrauchen. Einen, der mir sagen kann, wo sich die Tochter des Bürgermeisters aufhält – es ist zum Verzweifeln.«

»Sophie?« Mit einer schwungvollen Bewegung goss Marco eine Schöpfkelle voll Teig auf die Platte und brachte ihn mit dem Holzdreher mit drei gekonnten Umdrehungen in Form. »Ich hab davon im Radio gehört. Sie war gestern bei mir und hat sich einen Nutella-Crêpe geholt. Da ahnte ich noch nicht, dass sie kurz darauf spurlos verschwinden würde.«

»Um wie viel Uhr war das?«

»Gegen zwei, halb drei.«

»Könnten Sie das bei der Polizei bezeugen?«

»Aber klar, ist diese Information denn so wichtig? Sie ist doch zuletzt in Rantum in Begleitung eines Mannes gesehen worden, das muss ja danach gewesen sein. Ich habe mich noch gewundert, dass sie ihren Schulranzen aufhat, und sie war ziemlich außer Atem, aber das sind die meisten, wenn sie hier ankommen. Gestresst wirkte sie nicht, sie machte auf mich einen gut gelaunten, fast fröhlichen Eindruck.« Marco wendete den Crêpe und strich Pflaumenmus darauf.

»War Sophie in Begleitung von jemandem?«

»Soweit ich das sehen konnte, nicht. Sie hat ihren Crêpe bezahlt und ist weiter die Promenade entlang in Richtung Norden gegangen.« Routiniert rollte Marco den Crêpe zusammen, halbierte ihn in der Mitte und garnierte ihn mit Sahne.

Frieda nahm den Pappteller entgegen. Wie lecker das warme Pflaumenmus roch, dennoch wollte sich bei ihr vor Aufregung kein Hungergefühl einstellen. »Hat sie noch etwas gesagt, was wichtig sein könnte?«

»Nein, wir haben uns über die Möwen unterhalten, darüber, dass im Winter nur selten welche auf der Musikmuschel sitzen, um von dort aus ihre Beutezüge auf Eis, Fischbrötchen und Crêpes zu starten. Warten Sie, apropos Beutezug. Jetzt fällt mir noch etwas ein. Sie hat mich gefragt, wie viele Tafeln man in der Schokoladenmanufaktur für ungefähr vierzig Euro bekommt, so viel Taschengeld hätte sie nämlich gespart. Meinen Sie, das hatte was zu bedeuten?«

»Damit könnte das Café Wien ein weiterer Anhaltspunkt sein. Danke – für alles.«

Im Weitergehen aß Frieda ihren Crêpe, selbst wenn das bei den Windverhältnissen schwierig war. Doch etwas Warmes im Magen tat gut, und es schmeckte ihr auch ohne Hunger hervorragend. Allerdings hatte sie mit der Vorstellung zu kämpfen, dass Sophie vielleicht gerade hungrig war und fror, und sie malte sich aus, wo das Mädchen stecken könnte, während sie die Promenade entlangging, bis sie den Übergang zur Strandstraße erreichte, in der sich das Café Wien mit seinen legendären Kuchen und Torten samt einem kleinen Einkaufsparadies für Schokoladen-Naschkatzen befand.

Dort konnte man sich tatsächlich an ein Mädchen erinnern, das gestern eine größere Menge Schokolade gekauft hatte und auf das die Beschreibung von Sophie passte.

Damit war Frieda zwar noch nicht auf einer heißen Spur, allerdings ein paar Schritte weiter, was die Entlastung ihres Mannes betraf. Offenkundig war die Polizei unterdessen ebenfalls zu dem Schluss gekommen, dass Ernst unschuldig war, stellte Frieda fest, als inmitten der Betrachtung meterhoher Regale, dicht gefüllt mit bunten Tafeln in den exotischsten Geschmacksrichtungen, ihr Handy klingelte.

»Frieda, wo zom Guggugg bisch du denn? Ich versuch dich schon die ganze Zeit zu erreichen, heidabimbam.«

Sie erklärte ihrem Mann lieber nicht, dass sie gerade umgeben war von Sex on the Beach, Hanf und Tequila. »Entschuldige, ich hab mein Handy nicht gehört. Wo bist du?« Seiner Aufregung nach zu urteilen, war sie sich nicht sicher, ob sie die Antwort hören wollte.

»Sie haben mich vor einer halben Stunde laufen lassen. Unser Auto kann ich morgen mit Winterreifen aus der Werkstatt abholen. Von dem netten Polizisten habe ich zwei Gasflaschen bekommen, samt Shuttleservice nach Tinnum. Bin also zurück auf dem Campingplatz. Ähm, und ich glaube, du solltest ziemlich schnell zum Wohnwagen kommen.«

***

Das Foto war am Einschulungstag vor eineinhalb Jahren entstanden, es zeigte seine Frau und Sophie mit Schultüte vor dem Eingang der Nicolaikirche. Ein aktuelleres gab es nicht auf seinem ausladenden Schreibtisch im ersten Stock des Rathauses. Besser gesagt nirgendwo. Nicht mal in seinem Handy.

Wie groß mein Mädchen in dieser verhältnismäßig kurzen Zeit doch geworden ist, dachte Gernot, aber das fiel ihm erst jetzt auf, nachdem er sich länger auf ihr kindliches Gesicht mit den großen Puppenaugen und der Stupsnase konzentriert hatte. Wann hatte er sich seine Tochter zuletzt so genau angesehen? Er richtete den Blick wieder auf den Bildschirm seines Laptops.

Seit 1957 wird die Freiherr-von-Stein-Medaille vom Land Schleswig-Holstein für besondere Verdienste in der Kommunalpolitik vergeben …

Große Güte, klang das trocken. Seit zwei Stunden kaute er an den Sätzen herum, bislang hatte er nicht mehr als ein Fragment zustande gebracht, wo er sonst in einer halben Stunde eine druckreife Rede aus dem Ärmel schüttelte.

Neben dem üblichen Tagesgeschäft und der dringend anstehenden Vorbereitung auf die morgige Podiumsdiskussion musste er noch eine Mail des Bürgervorstehers zum Tagesordnungspunkt zehn – Bereitstellung von überplanmäßigen Haushaltsmitteln zur Sicherstellung der revisionssicheren Speicherung der Daten der Inselverwaltung und der Erweiterung des zentralen Speichersystems –, bei dem es immerhin um hundertvierzigtausend Euro ging, ausführlich beantworten. Einer von dreiundzwanzig Punkten, die es in der heutigen Gemeindevertretersitzung abzuarbeiten galt.

Warum war Sophie nicht nach Hause gekommen? Was konnte ihr nur zugestoßen sein? Oder war sie tatsächlich weggelaufen? Daran glaubte er eigentlich nicht, das passte nicht zu seiner Tochter. Andererseits war sie in den vergangenen Wochen ungewohnt rebellisch gewesen.

Heute verneigt sich vor dir, einem großen Demokraten und Kommunalpolitiker, deine ganze politische Familie …

Oder klang das zu pathetisch?

War er in letzter Zeit zu streng mit seiner Tochter gewesen? Ihm war ihr Ausbruch doch sehr zu Herzen gegangen, wer hörte schon gern, dass die eigene Tochter am liebsten einen anderen Vater hätte. Natürlich hatte Sophie ihm die Sache mit Hannah nicht verziehen, das war ihm bewusst. Aber sie war eben noch ein Kind, später würde sie verstehen, dass ihm nichts anderes übrig geblieben war, als den Kontakt zu den Kirchbergers zu unterbinden.

Hannahs Vater Volker, Keitumer Ortsbeirat und Gemeindevertreter, war ein Prinzipienreiter vor dem Herrn, der ordentlich an Gernots Nerven gezerrt hatte, indem er sich im vergangenen Jahr mehrfach wegen verschiedenster formaler Feinheiten mit ihm angelegt hatte. In der letzten Gemeindevertretersitzung vor vier Wochen war es dann bei der Diskussion um die zukünftige Nutzung der Fläche der abgerissenen Keitumer Thermenruine zum endgültigen Eklat zwischen ihnen gekommen.

Ein zugegebenermaßen brandheißes Thema, ein jahrelang schwelender Konflikt, angereichert mit dem Zündstoff emotionaler Befindlichkeiten – aber alles keine Gründe, sich von Kirchberger in aller Öffentlichkeit als unfähigen Bürgermeister, chaotischen Verwaltungschef und nicht zuletzt als profitgeilen Geier hinstellen zu lassen, nur weil er die Fläche nicht wie gewünscht im Anschluss an die Renaturierung brachliegen, sondern mit einem Museum für friesische Kunst bebauen lassen wollte.

Als langjähriger Vorsitzender des Sozialausschusses und zuletzt als Seniorenbeirat hast du dich unermüdlich in den Dienst der Bürger gestellt …

Nein, das klang noch nicht gut.

Wo hielt sich Sophie bloß verborgen? Hungerte und fror sie in ihrem Versteck? Welche Örtlichkeiten kannte sie überhaupt auf der Insel, die das bei den Temperaturen verhindern konnten? Wie wenig Ahnung er von dem hatte, was im Kopf seines Kindes vor sich ging, wurde ihm erst jetzt bewusst. Hätte er seiner Tochter für den Ballettnachmittag am Sonntag nicht so einfach absagen dürfen? Könnte er sie dadurch wirklich zum Weglaufen bewogen haben? Aber er hatte nun mal seine Pflichten, das kannte sie doch nicht anders. Oder war Sophie die Freundschaft zu Hannah tatsächlich so wichtig? Das hätte er nicht gedacht, denn was zählten schon Freundschaften in diesem Alter? Schon morgen würde sie eine andere Freundin haben.

Morgen … ob er seine Tochter bis dahin wieder in die Arme schließen konnte?

Stets sachlich und mit Augenmaß hast du dich deinen Aufgaben gestellt und …

Puh, war das ein zähes Ringen.

Warum hatte Barbara auf dem Foto eigentlich Schatten unter den Augen? Beim flüchtigen Betrachten hatte er immer nur auf ihr wunderschönes schwarzes Etuikleid geachtet, das ihre Figur so hübsch zur Geltung brachte. Außerdem lächelte sie nicht, obwohl sie zu ihm in die Kamera schaute. Warum war ihm das nicht schon früher aufgefallen? Wären Sophies weißes Kleid und die rosafarbene Schultüte nicht gewesen, könnte man bei Barbaras leerem Blick eher glauben, die Aufnahme vor dem Kirchenportal sei bei einer Beerdigung entstanden.

Sein Dienstapparat klingelte, und seine Sekretärin kündigte ihm unerwarteten Besuch an. Es war durchaus nicht unüblich, dass jemand ohne Termin bei ihm erschien, und für ihn als Bürgermeister gehörte es zum guten Ton, niemanden abzuweisen, sofern gerade keine dringenderen Amtsgeschäfte dagegensprachen. Als er den Namen hörte, zuckte er allerdings kurz zusammen.

Hans-Boy Boysen. Was wollte der denn hier? Als Gegenkandidat würde er ihm in der heißen Wahlkampfphase wohl kaum seine Aufwartung machen. Schon eher könnte er gekommen sein, um vor der Podiumsdiskussion eine Absprache bezüglich der Themen mit ihm zu treffen, damit man sich gegenseitig die Punkte ersparte, die man nicht breitgetreten haben wollte.

Herrgott noch mal, darauf war er gerade überhaupt nicht eingestellt – nicht zeitlich und nervlich schon gleich gar nicht. Doch die Schlagzeile in der »Sylter Rundschau« stand ihm förmlich vor Augen: »Amtierender Bürgermeister verweigert möglichem Nachfolger das Gespräch«. Es blieb ihm nichts anderes übrig, als seinen Gegner hereinzubitten.

»Gernot, was habe ich denn da im Radio gehört?«, sagte Hans-Boy ohne weitere Begrüßung, kaum dass die Sekretärin die Tür wieder geschlossen hatte. »Deine Tochter ist verschwunden? Wie furchtbar!«

Gernot zog seinen Laptop ein Stück näher zu sich heran. Nicht dass Hans-Boy noch den Versuch startete, auf seinen Bildschirm zu schauen. Sein ganzes Misstrauen sammelte sich in einer stark aufgeworfenen Falte über der Nasenwurzel. »Du bist bestimmt nicht gekommen, um mir dein Bedauern darüber auszudrücken.« Er maß Hans-Boy von oben bis unten mit Blicken. Wie frisch aus dem Urlaub sah er aus: braun gebrannt, Perlweiß-Lächeln, die kurz geschnittenen dunklen Haare mit Gel in Form gebracht. Seine Hände steckten locker in den Taschen seines hellgrauen Armani-Anzugs, garantiert aus der neuesten Kollektion, mit modernem Schnitt, dazu schwarzes Hemd und natürlich keine Krawatte. Anstatt eine Karriere als Bürgermeister anzustreben, könnte er auch direkt auf dem Laufsteg anfangen. Seine einundvierzig Jahre sah man ihm jedenfalls nicht an.

»Scheinst ja ein schlechtes Bild von mir zu haben. Warum sollte ich denn als dein alter Pokerkumpel nicht vorbeikommen und mein Mitgefühl erklären?«

»Diese Zeiten liegen lange zurück. Ich wüsste nicht, dass wir Freunde sind.«

»Stimmt, wir sind beide nur Kandidaten, und der mit den meisten Stimmen wird gewinnen. Aber sind wir denn Feinde?«, fragte Hans-Boy mit dem unschuldigen Blick eines Kindergartenjungen, der die Schaufel hinter dem Rücken versteckt.

»Natürlich nicht.« Gernot rang sich ein Lächeln ab und hielt seine Muskeln angestrengt in dieser Position, während er an seinem Kontrahenten vorbei zum Kaffeeautomaten ging, um ihm der Höflichkeit halber eine Tasse anzubieten. Obwohl er ihn am liebsten so schnell wie möglich wieder loswerden wollte.

Das letzte unangenehme Zusammentreffen war noch nicht lange her. Hans-Boy war in seiner Eigenschaft als Immobilienmakler im Büro des Bürgermeisters erschienen, um in einem inoffiziellen Gespräch die Möglichkeiten einer B-Plan-Änderung für einen seiner solventen Stammkunden auszuloten, der sich für das leer stehende Haus Quickborn interessierte. Da die Mitglieder des Hauptausschusses allerdings bereits deutlich gemacht hatten, dass dieses Haus laut Bebauungsplan nur für die Kinder- und Jugenderholung genutzt werden dürfe, hatte Gernot abgewinkt und erklärt, dass er nicht daran rütteln werde.

Nach diesem negativen Bescheid hatten die dunklen Augen seines Gegners den Ausdruck eines Stiers angenommen, dem man ein rotes Tuch vorhielt. Zwar hatte Hans-Boy noch nicht die Hörner gesenkt, doch Gernot kannte ihn lange genug, um zu wissen, dass er nur scheinbar friedlich abgezogen war, um richtig Anlauf zu nehmen.

»Mit Milch und Zucker?«

»Schwarz wie die Nacht bitte.«

Widerstrebend reichte Gernot ihm den Kaffee. Entgegen aller Lehren aus den Seminaren für Körpersprache und Rhetorik wandte er sich mit gesenktem Kopf von Hans-Boy ab und drehte ihm den Rücken zu. Doch immerhin war er klug genug, nicht hinter seinem Schreibtisch Schutz zu suchen. Er lehnte sich vorne gegen die Platte und unterließ es, seinem ungebetenen Besucher einen Stuhl anzubieten.

»Mensch, Gernot, ich kann mir nur zu gut vorstellen, wie du dich fühlst. Dass du überhaupt hier anzutreffen bist, wundert mich. Willst wohl keine Schwäche zeigen. Natürlich, das könnte bei Günther von Wechlem kleine Freudentänze auslösen.« Er nahm einen Schluck aus der Kaffeetasse und spreizte dabei seinen kleinen Finger ab. »Wenn er als Hauptausschussvorsitzender den Eindruck gewinnt, dass du deinen Aufgaben nicht mehr gewachsen bist, ist es sein Job, das auf der Gemeindevertretersitzung mitzuteilen. Und du weißt natürlich genau, was das bedeuten kann ...«

»Wenn du nur gekommen bist, um mich mürbezumachen, verlass jetzt bitte sofort mein Büro.« Entschlossen stellte Gernot seine Kaffeetasse hinter sich ab, ohne einen Schluck getrunken zu haben, und verschränkte die Arme vor der Brust.

»Nein, nein, ganz im Gegenteil«, beeilte sich Hans-Boy zu versichern. »Ich glaube eher, dass du Günther von Wechlem unterschätzt. Er wird auf der Podiumsdiskussion sicher darauf herumreiten, dass du daran gescheitert bist, gemeinsam und auf Augenhöhe mit allen Inselgemeinden politisch zu agieren. Die Sache ging ja sogar so weit, dass du deine Aufgabe als leitender Verwaltungsbeamter des Amtes Landschaft Sylt an einen Mitarbeiter der Inselverwaltung übertragen hast.«

Um locker zu wirken, setzte Gernot sich halb auf die Tischplatte, in Wahrheit jedoch hatte Hans-Boy einen wunden Punkt getroffen, der ihn schwanken ließ. »Das war ja auch schwierig«, setzte er zu seiner Verteidigung an, wie unter Zwang, obwohl er genau wusste, dass er ein schwaches Bild abgab, wenn er sich jetzt in Rechtfertigungen verlor. Zur Sache zu schweigen war aber auch keine Alternative. »Schließlich haben die Bürgermeister unserer übrigen Amtsgemeinden auf der Insel eine andere Funktion als ich. Im Gegensatz zu ihnen entscheide ich nicht. Das weißt du.«

Bedächtig stellte Hans-Boy seine Tasse auf dem Sideboard

ab. »Er wird die Sache aber so darstellen, dass du *persönlich* gescheitert bist und er die Dinge anders machen würde.«

»Meine Aufgabe ist es, Ideen und Vorschläge zur Lösung von Problemen zu machen, politische Entscheidungen vorzubereiten und die Beschlüsse der Politik mit der Inselverwaltung umzusetzen. Und die Gemeinde – gemeinsam mit dem Bürgervorsteher – zu repräsentieren. Nicht anders wird es sein, wenn die Gunst der Wähler auf dich oder von Wechlem fällt.«

Hans-Boy faltete die Hände und betrachtete seine Fingerspitzen, als gäbe es im Augenblick nichts Wichtigeres. Der Mann hatte wirklich zu viel Zeit – Zeit, die Gernot davonlief. »Von Wechlem ist ein sehr starker Gegner für dich. Er ist ein Topbürokrat, hat in den vergangenen Jahren viele Sympathien gewonnen und durch unsere CDU-lastige Wählerschaft gegen dich als parteilosen Bürgermeister beste Chancen.«

»Das streite ich auch gar nicht ab.«

»Eben. Du legst ihm die Bälle allerdings regelrecht vor die Füße. Die Pläne und Ziele, die du dir auf deiner Homepage öffentlich auf die Fahne geschrieben hast und an deren Umsetzung sich in den vergangenen Jahren deiner Amtszeit nichts getan hat. Damit wird er auf dich schießen.«

Langsam, aber sicher empfand Gernot diese sinnlose Diskussion als unerquicklich. Mit wachsender Ungeduld entgegnete er: »Dann werde ich die Bälle ganz einfach abfangen. Weil ich nun mal nicht schalten und walten kann, wie ich will. Durch die Gemeindeordnung sind mir die Hände gebunden, das kann doch jeder verstehen. Ich verfüge über ein Initiativrecht, bereite Beschlüsse vor und führe sie aus. Ohne alleinige Entscheidungsbefugnis lässt sich mancher Plan eben nicht umsetzen.«

Die gereizte Stimmung schien sich nun auch auf Hans-Boy zu übertragen, der damit begann, im Zimmer auf und ab zu gehen, als könnte er dadurch schneller an sein Ziel gelangen. Dabei bewegte er sich allerdings so verhalten, als hielte er einen Löffel mit einem rohen Ei in der Hand. »Natürlich,

Gernot. Viele Bürger – und damit die Wähler – glauben aber, dass du ein regierender Bürgermeister bist, und so wird es von Wechlem den Leuten auch verkaufen.«

»Dann soll er es doch probieren. Ich werde dagegenhalten. Dafür ist die Podiumsdiskussion schließlich da. Noch was? Es tut mir leid, Hans-Boy, aber ich erkenne den Grund deines Besuches nicht, und ich habe einiges an Arbeit. Also komm zum Punkt, andernfalls möchte ich dich bitten …«

»Glaubst du nicht, dass dich das Verschwinden deiner Tochter im restlichen Wahlkampf stark schwächen, wenn nicht sogar arbeitsunfähig machen könnte?«

Gernot stutzte. Jetzt wurde es interessant. Mit einem Mal war er hellwach. »Moment mal. Warum gehst du davon aus, dass meine Tochter weiterhin vermisst bleiben wird?«

Sein Kontrahent blieb vor dem Wandfoto stehen, das Westerland aus der Luftperspektive zeigte, und hob abwehrend die Hand. »Das habe ich so doch gar nicht sagen wollen. Natürlich weiß das keiner, aber …«

»Hans-Boy, worauf willst du hinaus?« Plötzlich ging Gernot ein Licht auf, das eine schwarze Stelle beleuchtete, die ihm bislang gar nicht in den Sinn gekommen war. »Etwa auf eine Allianz gegen Günther von Wechlem?«

»Exakt. Endlich hast du's erfasst.« Hans-Boy kam näher, so nah, dass keine Armlänge mehr zwischen sie passte und Gernot das unangenehm herbe Aftershave roch. »Ein geheimes Bündnis könnte uns auf den entscheidenden Metern im Wahlkampf dazu verhelfen, von Wechlem aus dem Rennen zu hauen. Und zwischen uns lassen wir es auf eine Stichwahl im zweiten Wahlgang ankommen, weil vermutlich sowieso keiner von uns sofort die absolute Mehrheit erreichen wird.«

»Du spinnst doch, auf solche Machenschaften lasse ich mich nicht ein.« Gernot wich zurück, weil das seine einzige Möglichkeit war, Abstand zu gewinnen. Als er sich nach hinten abstützte, geschah es: Er stieß seine volle Kaffeetasse um, und der gesamte Inhalt ergoss sich über die Tastatur seines Laptops. »Verfluchte Scheiße!«, entfuhr es ihm.

»Oha, ich glaube, ich gehe dann mal lieber. Das hat man ja nicht so gern, wenn wichtige Daten im Kaffee baden gehen. Aber du hast ja bestimmt immer alles ordentlich gesichert.«

An der Tür angekommen, drehte sich Hans-Boy noch einmal um. »Ach ja, bevor ich es vergesse: Wie geht's eigentlich deiner Frau?«

»Was soll das denn jetzt noch?«, fragte Gernot gereizt, während er den Laptop anhob und mit einem Taschentuch versuchte, den größten Schaden abzuwenden. »Schlecht natürlich, schlechter als mir, weil ich mit meinen Emotionen anders umgehe als sie. Warum fragst du überhaupt? Ich möchte, dass du jetzt mein Büro verlässt.«

»Bin schon auf dem Weg«, gab Hans-Boy in heiterer Tonlage zurück, um seine Niederlage zu überspielen. Doch sein Blick sprach Bände, die Hörner waren gesenkt. »Hab bloß so gefragt. Reine Empathie, sonst nichts. Barbara war ein hübsches Mädel damals, es wundert mich, dass sie sich mit dir eingelassen hat.«

Hans-Boy hatte also Anlauf genommen. Was hatte das zu bedeuten? Erst ging er wie selbstverständlich davon aus, dass Sophie so schnell nicht gefunden werden würde – und nun spielte er auch noch auf seine Frau an. Woher wusste er überhaupt ihren Namen? Die Pokerrunde hatte es schon nicht mehr gegeben, als er mit Barbara zusammengekommen war, und seit Hans-Boy wieder auf der Insel lebte, waren sie einander nie gemeinsam über den Weg gelaufen.

»Ihr kennt euch von früher?«, fragte er mit einem schalen Gefühl in der Magengrube, doch da war sein Kontrahent schon zur Tür hinaus, und nachlaufen wollte er ihm nicht, weil ihm die Antwort klar war.

***

Fassungslos beobachtete Ernst seine Frau dabei, wie sie die selbst gemachten Herrgottsbescheißerle in die drei großen Töpfe hineinzählte. Zehn Minuten hatte sie mit dem Taxi zum

Wohnwagen gebraucht, und er hatte unaufgefordert, genau genommen sogar ziemlich dankbar, das Geld dafür entrichtet, froh, endlich Schützenhilfe zu bekommen.

Nachdem ihn die Beamten zurück auf den Platz gefahren hatten, hatten sich natürlich sämtliche Camper um ihn versammelt – zuerst vor dem Wohnwagen und dann, nachdem die beiden Gasflaschen angeschlossen waren, *im* Wohnwagen.

Kein Wunder, schließlich suchte die Polizei nicht alle Tage auf dem Campingplatz nach einem Mann, den sie nach dem Verhör per Dienstwagen wieder zurückbrachte.

Zunächst war Ernst dem Irrtum verfallen, dass die Meute wieder abziehen würde, nachdem er sämtliche neugierigen Fragen beantwortet hatte – immerhin wollten alle die Informationen aus erster Hand beziehen, das konnte man ihnen ja fast noch zugutehalten. Stutzig war er erst geworden, als sie daraufhin nicht wie die Bienen ausschwärmten, um die Informationen wie Pollenstaub in aller Welt zu verbreiten, sondern Karl-Heinz stattdessen ein Skatblatt hervorholte und die Karten verteilte. Da war ihm ein ganzer Kronleuchter aufgegangen.

Da zwischenzeitlich keiner der Camper mehr eine volle Gasflasche besaß, war Ernst zum Wärmeenergieversorger des gesamten Campingplatzes erklärt worden. Zentralheizung, im wahrsten Sinne des Wortes.

Ein Auflauf an Menschen im Vorzelt und im Wohnwagen wie zu Friedas Geburtstag – es fehlte nur noch das grüßende Murmeltier. Ernst hoffte jedoch inständig, dass dieser Kelch heute an ihm vorübergehen würde. Die Brandlöcher im Vorzeltteppich, die von den glühenden Kohlen des umgeworfenen Grills verursacht worden waren, waren Erinnerung genug.

Es sah im Moment jedoch nicht danach aus.

Der harte Kern, bestehend aus Karl-Heinz und seiner Frau Gertrud sowie Klaus und Klaus, saß in der Vierersitzgruppe, er selbst kauerte davor, auf dem Hocker mitten im Gang, damit er wenigstens noch das Gefühl hatte, den Überblick über seine Gäste zu behalten, von denen sich elf weitere in die große

Sitzgruppe gequetscht hatten. Der Rest hatte das Vorzelt in Beschlag genommen, in dem sich durch die offene Wohnwagentür ebenfalls eine angenehme Wärme angestaut hatte.

An die kommende Nacht wollte Ernst lieber nicht denken, denn beim Tetris-Spielen hatte er damals schon immer verloren.

Die erhoffte Schützenhilfe von Frieda konnte er jedenfalls in den Wind schreiben. Ihre erste Frage war nicht etwa gewesen, was zum Teufel die ganze Meute schon wieder in ihrem Wohnwagen verloren hatte, nein, sie überlegte sofort, womit sie die Leute bewirten könnte, schließlich hatten sie das Fleisch von gestern ja restlos aufgegessen.

»Sechzig Herrgottsbescheißerle, also zwei für jeden, das dürfte gerade so reichen«, stellte Frieda fest. »Einfrieren gehört ja Gott sei Dank zu den Dingen, die zurzeit nicht das Problem sind«, fügte sie hinzu und prüfte den Garzustand der Kartoffeln im vierten großen Topf.

Mit der Schule hatte Ernst ja stets auf Kriegsfuß gestanden, aber das Einmaleins hatte er dann doch gelernt.

»Aber wir sind doch nur neunundzwanzig Leute.«

Hatte er eben *nur* gesagt?

»Du hast Gustav vergessen«, gab Frieda ungerührt zurück und goss die Kartoffeln ab.

»Wie lange hast du denn gebraucht, um so viele Maultaschen zu machen?«, staunte Klaus und strich an seinen geflochtenen Bartzöpfen entlang, die ihm bis auf die Brust reichten.

»Das ist ja tagelange Arbeit«, ergänzte der andere Klaus, dessen schwarz-goldenes T-Shirt ein gehörnter Kuhschädel zierte, unter dem in großen Lettern »Mudfighter« stand.

»Die hab ich alle am Samstag auf Vorrat gemacht. Wegen vierzig Maultaschen rühre ich doch keinen Teig an und stelle mich in die Küche.«

Natürlich nicht, dachte Ernst. Genauso lohnt es sich erst, den Backofen anzuschalten, wenn man mindestens fünf Zwiebelkuchen oder wenigstens zehn Hefezöpfe backen will. Beim

Spätzleteig hatte er den Überblick verloren, aber die Kilogrammzahl dürfte sich etwa im Bereich von Gustavs Gewicht bewegen.

Er schob das Skatblatt beiseite und breitete seine eigenen Spielkarten auf dem Tisch aus. Skatspielen kam für ihn ja mal gar nicht in Frage. Wer länger als eine Stunde mit ihm am Tisch verbringen wollte, musste Binokel lernen. Ernst liebte dieses schwäbische Kartenspiel allein schon deshalb, weil er dabei endlich mal die Ansagen machen konnte, wenn er sonst schon nichts zu melden hatte. »Also, erscht amol hen mir Schwoba beim Benoggel viel scheenere Karten als beim Skat.«

»Die sehen wirklich hübsch aus«, warf Gertrud ein. »So schön gemalte und aufwendig gestaltete Motive hab ich noch nie gesehen.«

Es gab böse Zungen, die behaupteten, dass Hundehalter mit der Zeit oftmals ihren Tieren ähnlich sahen. Bei Gertrud war diese Entwicklung allerdings nicht in Bezug auf ein Haustier, sondern auf ihren Mann vonstattengegangen. Was weder für Karl-Heinz ein Kompliment noch für Gertrud von Vorteil war. Sobald sie sprach, wurde Ernst von der Warze an ihrer Oberlippe abgelenkt, aus der ein dunkles Haar spross. Dort war es das einzige Haar, auf der gesamten Oberlippe leider nicht.

»Kann man die hier auf Sylt kaufen?«

Ernst richtete seine Konzentration wieder auf das Kartenspiel. »Gibt's bloß bei ons im Schwobaland«, erwiderte er mit unverhohlenem Stolz, während er Dackel Gustav, der bei ihm auf dem Schoß lag, die großen, haarigen Ohren kraulte. »Vom Prinzip her isch der Unterschied aber ned so groß. Mir hend Biable, Dama, Kenich, Zehner ond d' Sau, des isch des Ass. Dann gibt's Herz, Schälla oder au Bolla, Schibba ond Kreuz, do secht mr au Eichel drzu. Älles klar?«

Na, das kann ja heiter werden, dachte Ernst, als er in die ratlosen Gesichter seiner vier Mitspieler schaute. Deren Hirnwindungen hatten sich jetzt schon zu Fragezeichen verknotet, dabei war er noch gar nicht beim Reizen und Melden angekommen. So isch des Läben äben, dachte er, wenn man zum Hüter des Heiligen Grals wird, und erklärte die jeweiligen Augenzahlen zu den Karten. Nicht Punkte, Augen. Die musste man auswendig wissen, um melden und reizen zu können. Wer im Verlauf der Runden zuerst tausend Augen erreicht hatte, hatte gewonnen.

Noch mehr Fragezeichen. Wer hatte eigentlich das Gerücht in die Welt gesetzt, dass der Finder mit dem Heiligen Gral glücklich werden würde? Er wäre jedenfalls zufriedener gewesen, wenn der Kelch, in diesem Fall die Gasflasche, an ihm vorübergegangen wäre. Dann säße er jetzt nämlich in seinem T1 und wäre in Richtung Schwabenland unterwegs – selbstredend auf Sommerreifen –, wo ihn vier Mauerwände, wohlige Wärme und vor allem seine heilige Ruhe erwarten würden.

»Es gibt jede Karte doppelt, also haben wir bei vierzig Karten nur zwanzig verschiedene, und in der Mitte liegt der Dabb.« Beim kollektiven Nachdenken hellten sich zum ersten Mal dic Gesichter auf, doch das war nur so lange von Dauer, bis er erklärte, was man zu Spielbeginn melden konnte: »Natürlich a Pärle, also zom Beispiel Kenich und Dame von drselben Farbe, dann vierzig unter, sechzig ober, einen Rundgang, des isch von jeder Farbe ein Pärle, und dann gibt's den Benoggel, des entspricht einem Schippen-Ober und einem Schällen-Unter, und ein doppelter Benoggel, des send dann …« Ernst unterbrach sich selbst und seufzte. »Vielleicht sollten wir einfach Mau-Mau spielen.«

»Ich glaub, ich hab's verstanden«, rief Gertrud. »Das wären dann dreihundert Punkte!«

»Augen«, sagte Ernst, »aber ansonsten schtimmt's tatsächlich.«

»Wunderbar, dann fangen wir an.« Gertrud rieb sich die Hände.

Die Herren folgten ihrer Aufforderung, schließlich wollten weder ihr Mann noch Klaus und Klaus, die sich sicherheitshalber für ein gemeinsames Blatt entschieden hatten, zugeben, dass sie noch immer im Tal der Ahnungslosen umherirrten.

»Wägg«, sagte Ernst, nachdem er bis dreihundertzehn gereizt hatte, und überließ Gertrud, die nun das Spiel bekam, widerstrebend das Feld.

Apropos weg: »Wo sind überhaupt Kathrin und Mary?«, wollte er von seiner Frau wissen.

»In List, Alfie suchen. Er soll dorthin gefahren sein.«

»Warum das denn?«

»Wenn ihr mich fragt, ist dieser Alfie ein bisschen merkwürdig«, mischte sich Gertrud ein und machte ihren ersten Stich. »Und es ist doch irgendwie seltsam, dass gleich zwei Personen auf einmal verschwunden sind. Meiner Meinung nach könnte es da einen Zusammenhang geben.«

»Aua, autsch«, rief Frieda und ließ die Kartoffel, die sie gerade in ihren Händen hielt, samt Schale in die große Schüssel fallen.

»Hast du dich geschnitten?«, erkundigte sich Klaus besorgt, und der andere Klaus fragte: »Brauchst du ein Pflaster?«

Beide wären wohl froh gewesen, vom Tisch aufspringen zu dürfen.

»Nein, nein«, erwiderte Frieda und angelte die dampfende Kartoffel wieder heraus. »Die müssen heiß geschält werden, alles andere geht gegen die schwäbische Hausfrauenehre.«

»Herz mit Spätzle!«, rief Ernst und legte sein Herz-Ass. »Ich mag diesen Alf auch nicht«, gestand er dann geradeheraus, »wie wohl alle bemerkt haben. Aber ich glaube kaum, dass er verschwunden ist, sondern eher, dass er mit der Fähre von List nach Dänemark gefahren ist, um von Esbjerg mit dem Schiff zurück nach England zu kommen.«

»Warum sollte er denn sein Rückflugticket verfallen lassen?«, fragte Frieda.

»Weil er auf der Flucht vor seinem potenziellen Schwiegervater ist. Ich glaube, wir haben beide erkannt, dass wir uns nicht mögen.«

Prüfend schaute Ernst zu seiner Frau, gespannt, wie sie die Bemerkung aufnehmen würde. Sie schälte die Kartoffeln in einer Geschwindigkeit, in der er es nicht einmal geschafft hätte, eine in die Hand zu nehmen und das Messer anzusetzen.

Frieda zuckte mit den Schultern. »Dann kann die Liebe zu Kathrin aber nicht sehr groß gewesen sein. Und ganz ehrlich, in dem Fall wäre ich ihm sogar dankbar, dass er noch vor der Eheschließung das Weite gesucht hat. Ich rufe sie gleich mal an, wo sie und Mary stecken.«

»Flucht ist ein gutes Stichwort«, bemerkte Karl-Heinz und schob seine Brille, die ihm beim konzentrierten Blick in die Karten heruntergerutscht war, zurück auf die Nase. »Es könnte ja auch sein, dass er Sophie entführt und sich mit ihr nach Dänemark abgesetzt hat, auf der Fähre gibt es nämlich keine Ausweiskontrollen.«

»Das passt doch zeitlich alles gar nicht zusammen«, bemerkte Frieda, ohne von ihrer Arbeit aufzusehen. »Sophie ist jetzt seit rund vierundzwanzig Stunden verschwunden, Alfie erst seit heute Morgen.«

»Die beiden könnten später aufeinandergetroffen sein«, sagte Gertrud. »Vielleicht … ich mag den Gedanken ja eigentlich nicht aussprechen, aber vielleicht ging es Alfie gar nicht um Kathrin, sondern um Mary. Wisst ihr, was ich meine? Und nun ist ihm Sophie über den Weg gelaufen …«

Der Schalenberg neben der Kartoffelschüssel hatte nach und nach die modellhaften Ausmaße des Stuttgarter Monte Scherbellino angenommen. Gedankenverloren sagte Frieda: »Bisher wissen wir nur, dass sich Sophies Spur gestern gegen drei Uhr am Café Wien in Westerland verliert. Das Rathaus ist nur einen Steinwurf entfernt, aber da ist sie offenkundig nicht aufgetaucht, andernfalls wüsste das die Polizei.«

Ernst sortierte die frisch ausgegebenen Karten. »Mir will ja immer noch nicht in den Kopf, warum der Busfahrer gelogen hat. Wie kann der behaupten, Sophie sei nicht in den Bus eingestiegen? Leider gab es ja keine anderen Fahrgäste, also hab ich mir wirklich den Mund fusselig geredet, alle Fragen ausführlich beantwortet und meine Unschuld beteuert. Sowieso musste ich haarklein erzählen, wie, wo und wann ich Sophie im Wald begegnet war, und scheine dadurch irgendwann ans Ende der Verdachtsliste gerutscht zu sein. Am Ende war ich in dem Moment auch wirklich. Was für eine Aufregung, ich bekomm jetzt schon wieder einen Herzkasper, wenn ich nur dran denke – Kreuzkrabba, was soll's! I meld zweihundertzehn ond spiel euch älle an d' Wand!«

»Eeernst, reg dich bitte nicht auf«, sagte Frieda über ihre Schulter hinweg und schnitt die Kartoffeln so rasant in Scheibchen, dass jede Industriemaschine verschämt den Dienst quittiert hätte.

»Ich persönlich glaube ja nicht an Zufälle«, sagte Karl-Heinz, »und ich kann mir auch nicht vorstellen, dass ein siebenjähriges Mädchen weglaufen würde. Vielleicht mal kurz ausbüxen, für eine gewisse Zeit, aber nicht wegbleiben … – ich bin raus.«

Frieda stellte einen Topf mit einem großen gefrorenen Würfel selbst gemachter Fleischbrühe auf den Herd und sagte: »Dazu passt, dass sie offenkundig ihr Sparschwein geplündert und das Geld in ihren Lieblingscrêpe und jede Menge Schokoladentafeln investiert hat. Damit versteckt man sich eine Weile vor der Welt. Aber wenn ein Kind bei diesen Wetterverhältnissen länger als vierundzwanzig Stunden verschwunden bleibt, dann ist ihm etwas passiert. Denkst du auch, sie wurde entführt?«

Karl-Heinz wog den Kopf. »Möglich. Sie ist die Tochter des Bürgermeisters. Es scheint zwar noch keine Lösegeldforderung gegeben zu haben, aber wir stehen kurz vor der Wahl. Habt ihr in letzter Zeit mal in der ›Sylter Rundschau‹ geblättert?«

Jetzt meldete sich Klaus mit dem langen Bart zu Wort. »Allerdings. Da sind zwei weitere aussichtsreiche Kandidaten, das wird ein heißes Kopf-an-Kopf-Rennen, so viel ist klar.«

Klaus Nummer zwei fügte an: »Der eine ist Insulaner und hat durch das Maklerunternehmen seiner Familie viel Geld für den Wahlkampf zur Verfügung. Der andere ist CDU-Kandidat, sitzt bereits in der Gemeindevertretung und ist stellvertretender Bürgermeister, das verschafft ihm sehr gute Chancen. Der amtierende Bürgermeister wiederum hat ganz nüchtern betrachtet zwar nicht alles richtig, aber auch nicht viel falsch gemacht.«

Sein Freund bestätigte das mit einem Nicken. »Viel falsch gemacht hat er nicht. Wir erleben ja auch in der Bundespolitik, dass die Wähler gern beim Altbewährten bleiben, ganz gleich, ob es sich *wirklich* bewährt hat. Denn man weiß ja nie, was nachkommt.«

Karl-Heinz legte seine Karten verdeckt ab und schaute bedeutungsvoll in die Runde. »Es sei denn, man führt dem Wähler ganz deutlich vor Augen, dass der amtierende Bürgermeister für eine Wiederwahl nicht geeignet ist.«

»Indem man ihn schwächt«, führte Ernst den Gedanken fort. »Nicht mit Argumenten, sondern indem man ihm das nimmt, woran ein Mann außer an seiner Macht am meisten hängt – sein Kind. Das bringt mich wieder auf den Gedanken an eine Person, die Sophie ebenfalls noch gesehen hat, als ich sie in den Bus setzte, die wir bisher aber gar nicht näher ins Auge gefasst haben.«

»Der SUV-Fahrer!«, rief Frieda, goss reichlich heiße Brühe über die Kartoffeln, bis der Salat beim Umrühren schmatzte, und streckte die Hand nach dem Salzstreuer aus. »Du hast gesagt, Ernst, dass er neben euch stark abgebremst hat und dann abgebogen ist. Vielleicht war er so schnell, weil er ursprünglich gar nicht abbiegen wollte. Doch als er euch beide an der Haltestelle gesehen und Sophie erkannt hat, trat er intuitiv auf die Bremse.«

Wenig überzeugt schüttelte Karl-Heinz den Kopf. »Ja, aber er ist trotzdem weitergefahren. Es ist doch unwahrscheinlich, dass er Sophie in Westerland abgepasst hat, wenn er davon ausgehen musste, dass das Kind mit seinem Opa unterwegs ist.«

Nach dem Salz gab Frieda ordentlich Pfeffer aus der Mühle hinzu. »Nicht, wenn er Sophie gut kennt. Die Insel ist ein Dorf, beinahe alle, mit denen ich heute gesprochen habe, wussten genau, wer sie ist.« Mit einem gezielten Griff holte sie das Senfglas aus dem Kühlschrank.

»So abwegig ist das tatsächlich nicht«, murmelte Ernst. »Der Wagen hatte ein NF-Kennzeichen, den Rest habe ich mir nicht gemerkt. Woher sollte ich auch ahnen, dass das wichtig werden würde, Herrgott noch mal. Aber ich hab das alles zu Protokoll gegeben. Ich will allerdings nicht wissen, wie viele schwarze SUVs mit NF-Kennzeichen auf Sylt gemeldet sind.«

Nachdenklich streute Frieda Petersilie über den Kartoffelsalat. »Wenn Sophie den Mann auch gut kennt, wäre es sogar möglich, dass sie freiwillig zu ihm ins Auto gestiegen ist. Zumal sie nach ihrer Tour durch Westerland bestimmt irgendwann realisiert hat, wie kalt es eigentlich ist. Natürlich könnte es aber auch jeder andere gewesen sein, der ihr am Nachmittag noch begegnet ist. Ich darf gar nicht dran denken, sonst hab ich gleich keinen Hunger mehr. – So, Leute. Das Essen ist fertig.« Frieda griff nach ihrem Handy.

»So viele Möglichkeiten, wo das Mädchen sein könnte, mein Gott!«, rief Gertrud.

»Ich erwische Kathrin nicht«, sagte Frieda mit dem Handy am Ohr, »es kommt immer sofort die Mitteilung, dass der gewünschte Gesprächspartner zurzeit nicht erreichbar ist.«

»Bitte nicht noch jemand, der verschwunden ist«, flehte Gertrud mit verzweifelter Miene.

»Ernst, ich bin dafür, dass wir nach dem Essen nach List fahren. Ganz gleich, wie wir zu Alfie stehen, wir sollten Anteil an der Suche nach ihm nehmen und unserer Tochter beistehen. Ich hoffe, ich erreiche sie bis dahin.«

Ihm entfuhr ein Seufzer. »Frische Luft tut ja immer gut, nicht wahr, Gustav? Davon merk ich hier drin nämlich nix mehr – ich sag dreihundertdreißig.«

»Nur, wie kommen wir nach List, der T1 steht ja noch in der Werkstatt«, überlegte Frieda laut.

»Ich fahre euch«, bot Gertrud an. »Ich geh mit, dreihundertvierzig.«

»Ja, Kruzifixdonnerwedder, gibt's denn des?« Fassungslos

betrachtete Ernst sein Kartenblatt. Das verschaffte ihm etwas Zeit, eine Antwort zu geben. Denn die Vorstellung, von Gertrud bei diesen Straßenverhältnissen nach List kutschiert zu werden, da war er ganz ehrlich, empfand er in etwa so, als hätte sie ihm eine Gletscher-Bergtour mit sich als Führerin angeboten – ohne Sicherungsseil und in Flipflops. Während er allerdings noch an einer nett verpackten Absage feilte, stimmte Frieda auch schon begeistert und dankbar zu. Das hat man davon, wenn man einmal höflich sein will, dachte Ernst.

Frieda rief den Gästen zu, dass sie alle ihre mitgebrachten Teller nehmen und zum Essen kommen könnten. Währenddessen legte sie Gustavs Portion in den Fressnapf. Der schleckte sich das Maul und sprang sofort von Ernsts Schoß runter, als hätte er nur auf dieses Signal gewartet. Vor dem Napf blieb der Dackel jedoch abrupt stehen und schluckte leer. Mit fragendem Blick schaute er zu seinem Frauchen hoch. Wie, keine Linsen und Spätzle mit Saitenwürschtle?, stand darin zu lesen. Darauf hab ich jetzt so lange gewartet? Und dann bekomm ich nicht mal Kartoffelsalat zu den Maultaschen?

SECHS

»Danke, Mama, dass ich kommen durfte. Ich halte es allein zu Hause nicht aus.« Barbara fühlte sich so leer, nicht einmal mehr Tränen, die sie weinen könnte, waren da. Die hatte sie heute auf dem Weg über die Insel, von Hörnum über Munkmarsch bis List, alle verloren. Wie weit war Sophie mit dem Geld aus ihrer geplünderten Fisch-Spardose gekommen?

Unterwegs bei Wind und Schnee, hatte Barbara bis zur Erschöpfung gesucht, gefragt, gehofft. Wäre es nicht insgesamt ein sonniger Tag gewesen, hätte sie es gar nicht so lange draußen ausgehalten. Am späten Mittag war sie schließlich völlig durchgefroren nach Hause zurückgekehrt. Erdrückt von den Sorgen und gequält vom Schmerz hatte sie sich in den Sessel vor dem Kamin gekauert und mit brennenden Augen ins lodernde Feuer gestarrt, bis sie die Stille nicht mehr ausgehalten hatte.

»Meine Tür steht immer für dich offen, das weißt du.«

Barbara nickte. Nach ihrer Hochzeit mit Gernot war sie diesem Ort der Geborgenheit immer häufiger ferngeblieben, bis sie glaubte, ihn gar nicht mehr zu brauchen. Die Entfremdung von ihrer Mutter hatte Gernot nach Kräften unterstützt, indem er kein gutes Haar an ihr gelassen, jeden Kontakt zu ihr vermieden und bei jedem der seltenen Zusammentreffen einen Streit provoziert hatte. Als Oma hatte sich Inken jedoch nicht abwimmeln lassen und ihre Enkelin nachmittags des Öfteren abgeholt, um mit ihr etwas zu unternehmen. Ob sie dazu jemals wieder die Gelegenheit bekommen würde?

Nun wieder im Hüs Möskit zu sitzen fühlte sich an, als kehrte sie aus einer anderen Welt dorthin zurück. Keine weißen Ausstellungsmöbel, kein Kronleuchter, kein chinesisches Porzellan. Stattdessen Behaglichkeit, sobald man die Schwelle übertreten hatte.

Eine Puppenstube, das war die richtige Beschreibung für

ihr Elternhaus. In dem großen, länglichen Gebäude gab es unzählige winzige Zimmer, weil in den fünfziger Jahren, in Zeiten des wachsenden Tourismus, möglichst viele Gäste beherbergt werden sollten – von denen sich nicht selten einer im Haus verirrt hatte. Ihr Vater war beim eigenhändigen Innenausbau zudem eindeutig mehr seiner künstlerischen Ader gefolgt als der Wasserwaage. Die Innenwände verliefen teilweise schräg, es gab Zwischenetagen und nachträglich eingezogene Wände, die erforderlich geworden waren, um all die vielen Gemälde aufzuhängen, die ihr Vater in langen Winternächten erschaffen hatte.

Barbara saß auf der Eckbank mit Blick auf die Eichenholzküche, genau auf dem Platz, auf dem sie schon als Kind gesessen hatte. Sogar das alte grüne Festnetztelefon mit Wählscheibe stand noch funktionstüchtig hinter ihr auf der Holzablage.

Eine Kindheitserinnerung stieg in ihr auf, abrupt und so lebendig, dass sie kurz schmunzeln musste. Was hatte sie darum gekämpft, zuerst am Hörer zu sein, wenn Gäste anriefen, und wie beleidigt war sie gewesen, wenn ihre Mutter vergessen hatte, dass sie die Wählscheibe bedienen wollte. Dann hatte Barbara einfach den Hörer genommen und immer wieder die eigene Nummer gewählt, bis sie Ärger bekam, weil sie die Leitung so lange blockierte.

Der Wasserkocher schaltete sich mit einem Klacken ab, und Barbara kehrte in die Gegenwart zurück. Ihre Mutter goss den Tee auf und holte ein paar Kekse aus dem Schrank. In ihrem Outfit wirkte sie wie versehentlich in diese Umgebung hineingebeamt. Wer ihr auf der Straße begegnete, würde niemals vermuten, dass sie in einem Haus lebte, in dem die Zeit stehen geblieben war. Heute war es ein knallroter Kapuzenpullover, den sie zur schwarzen Jeans trug.

Als die Schokokekse in die ockerfarbene Schale fielen, die Barbara aus Kindertagen ebenfalls wohlbekannt war, knurrte ihr Magen vernehmlich.

»Hast du richtig Hunger? Was für ein Glück, dass ich alles in der Küche habe, um dein Lieblingsessen zu zaubern.«

»Etwa Matjes à la Mama?«

»Glaubst du, ich hätte vergessen, was dir schmeckt?«

Mit Matjes à la Mama war nichts anderes als das inseltypische »Matjes nach Hausfrauenart« gemeint, wobei ihre Mutter den Begriff so grässlich fand, dass sie das Gericht kurzerhand umgetauft hatte, als Barbara noch klein und ihre Mutter bereits weit davon entfernt gewesen war, eine klassische Hausfrau zu sein.

»Ich habe heute noch nichts gegessen, aber ich weiß nicht, ob ich etwas runterbekomme. Außerdem muss ich sowieso noch was für Gernot vorbereiten, wenn er irgendwann spät …«

Mit den Zwiebeln in der Hand hielt ihre Mutter inne. »Du bleibst in deiner Verfassung nicht wirklich extra auf und kochst für ihn?«

»Na ja, vielleicht wird es ja auch gar nicht so spät heute bei der Sitzung«, relativierte Barbara angestrengt, weil sie sah, wie die kleine Ader an der Schläfe ihrer Mutter anschwoll.

»Er ist so ein Egoist!«

»Gernot ist nicht zu seinem Vergnügen da. Es ist wichtig, dass er an der Gemeindevertretersitzung teilnimmt.«

»Ach ja, für wen? Für Sophie? Für dich? Wie kann er nur? Er hat einen Stellvertreter!« Ihre Mutter nahm zwei Äpfel aus dem Obstkorb und wusch sie energisch ab. »Erinnerst du dich noch an unser letztes Gespräch?«, sagte sie in das Rauschen des Wassers hinein. »Ich war der guten Meinung, Gernot würde vor Sorge verrückt werden, sobald er von Sophies Verschwinden erfährt. Und was macht er stattdessen? Business as usual, ist das zu fassen?« Wütend rammte sie den Kerngehäusestecher in den Apfel, dass der Saft spritzte.

Um ruhig zu bleiben, konzentrierte sich Barbara auf die Bleistiftzeichnung, in der ihr Vater die Familie an Heiligabend anno 1981 festgehalten hatte. Sie wirkte so detailgetreu, als wäre ein Schwarz-Weiß-Fernseher auf Standbild hängen geblieben. Ihre Mutter auf der Couch, er selbst neben dem Tannenbaum und sie als Kind auf dem Boden bei den Geschenken. Es wäre ihr lieber gewesen, wenn er sie nicht zurückgezogen in seiner Atelierstube gemalt hätte, sondern bei ihnen gewesen wäre, nachdem sie schon im Sommer stets auf ihn verzichten musste. Nun merkte sie, wie sie zur gleichen Verteidigung ansetzte wie ihre Mutter früher.

»Gernot kann eben im Moment nicht anders. Seine Arbeit ist wichtig so kurz vor der Wahl. Bei der ersten Suche nach Sophie hat er ja mitgeholfen, aber nun müssen wir auf die Polizei vertrauen. Er muss die Fassade aufrechterhalten.«

»Mit Fassade hat das nichts zu tun, sondern mit Machtbesessenheit und Egoismus. Hat er sich denn seit heute Morgen einmal bei dir gemeldet und gefragt, wie es dir geht? Ob du klarkommst? Bist du nicht heute den ganzen Tag durch die Gegend gerannt und hast nach Sophie gesucht? Er hingegen geht einfach stur seinen Weg weiter, ganz gleich, was um ihn herum passiert.«

»Mutter, es ist gut jetzt, bitte. Fang nicht schon wieder damit an. Ich kann das jetzt nicht gebrauchen. Seit wann redest du mir eigentlich in mein Leben rein?«

Nachdenklich rührte ihre Mutter Salz und Pfeffer, zwei Teelöffel Zitronensaft und einen Teelöffel Senf in die Joghurt-Schmand-Mischung. Doch die Diskussion hatte sie nicht aufgegeben, darin hatte sich Barbara getäuscht. Ganz im Gegenteil, denn tatsächlich hatte sie nur ordentlich Luft geholt.

»Seit wann ich dir in dein Leben reinrede? Seit ich lange genug schweigend zugesehen habe. Du hast dich für deinen Mann aufgegeben, Barbara. Als Bistroleiterin im Hotel Stadt Hamburg, wo als Gast kommt, was Rang und Namen hat, warst du schließlich nicht irgendwer. Du hättest auf dem Festland sofort einen tollen Job bekommen. Aber du scheinst ein Händchen für solche Männer zu haben, entschuldige, wenn ich dir das mal so direkt sagen muss.«

Getroffen senkte Barbara den Kopf. Du hast es mir nicht anders vorgelebt, dachte sie resigniert. Ihre Mutter hatte auch erst nach der Beerdigung ihres Mannes ihr eigenes Leben begonnen. Dennoch, sie kam nicht umhin, ihr in sämtlichen Punkten recht zu geben, allerdings nur innerlich.

Es herrschte Stille zwischen ihnen. Nur das rhythmische Klopfen des Messers, mit dem Inken die beiden Zwiebeln und die Äpfel in dünne Scheibchen schnitt, war zu hören. Erst als sie damit fertig war und die Mischung vom Holzbrett in die Schüssel schabte, sagte sie: »Wie geht es dir eigentlich mit dem Gedanken, dass Hans-Boy Boysen wieder auf der Insel ist und kandidiert?«

Themenwechsel also, dachte Barbara, wenn auch kein angenehmer. Doch sie konnte nachvollziehen, dass Hans-Boys Rückkehr ihre Mutter beschäftigte, schließlich hatte sie nicht nur miterleben müssen, wie dieser Mann zum Stalker mutierte und ihre Tochter heimsuchte, sondern war eine Zeit lang selbst das Opfer seines nächtlichen Telefonterrors geworden, weil Barbara ihre Handynummer gewechselt hatte und die Festnetznummer im Telefonbuch stand. Als sie damals gerade beschlossen hatten, die Polizei einzuschalten, war auf einmal Ruhe eingekehrt.

»Offen gestanden weiß ich das erst seit gestern, weil Gernot es erwähnt hat. Mir ist jedenfalls ganz anders geworden. Kann sein, dass er vorher schon mal beim Abendessen darüber gesprochen hat, aber ehrlich gesagt höre ich seinen Monologen überhaupt nicht mehr zu, und die Zeitung lese ich auch schon lange nicht mehr. Beides, um meine Nerven zu schonen. Ich behaupte ja nicht, dass alles rosig ist zwischen Gernot und mir, aber das ist jetzt erst mal nicht wichtig. Es geht einzig und allein um Sophie. Um die Hoffnung …«, Barbara stockte, weil es ihr die Kehle zuschnürte, »dass sie lebend zurückkommt.«

»Das wird sie, ganz bestimmt. Daran glaube ich fest.«

»Ich hoffe so sehr, dass alles so wird wie früher.« Mitten in ihrem Schmerz keimte ein Wunsch in Barbara auf, den sie auch sofort aussprach: »Ich möchte gerne mein altes Zimmer sehen. Ich war schon so lange nicht mehr hier.«

»Na ja, schön sieht es dort im Moment nicht aus«, sagte ihre Mutter, während sie die Matjesfilets in die Soße legte. »Ich hab darin ein paar Sachen gelagert, Kisten, die zum Flohmarkt sollen.«

»Das macht mir doch nichts aus«, sagte Barbara und stand auf. »Der Matjes muss ja ohnehin noch durchziehen.«

Ihre Mutter zögerte merklich. »Meinst du wirklich, es ist gut für dich, jetzt in dein Kinderzimmer zu gehen? Da kommen bestimmt viele Erinnerungen hoch, und du bist emotional ohnehin schon so aufgewühlt.«

»Ach Mama, ich bitte dich, es ist ja nicht nur mein Kinderzimmer, ich habe schließlich bis vor gut zehn Jahren noch darin gewohnt.« Und es waren keine schlechten Jahre gewesen. Das musste sie bei allen heutigen Diskrepanzen mit ihrer Mutter zugeben. Wie in einer WG hatten sie zusammengelebt, und auf Sylt war es sicher kein Makel, sondern oftmals sogar eine unumgängliche Notwendigkeit, sich als erwachsene Tochter auf ein Zusammenleben mit der Mutter einzulassen.

Die Treppe hinauf ins erste Stockwerk war eines der Relikte des baulichen Sinns ihres Vaters. Mit den Schultern berührte man fast die Wände, die mit Rahmen in unterschiedlicher Größe, die nach dem Zufallsprinzip ihren Platz gefunden hatten, nahezu tapeziert waren. Beinahe hätte Barbara im Vorbeigehen ein kleines Aquarell mit einer Szene vom Biikebrennen vom Nagel geholt. Die ungleich hohen Stufen ging sie jedoch trittsicher wie ein Schlafwandler nach oben, vorbei an ihren Vorfahren, die hier über jeden knarrenden Schritt wachten.

Mitten im Treppenaufgang stieß sie auf die schmale Tür, die einstmals zu einem Kiefernholz-Kleiderschrank gehört hatte und nun hier eingebaut zu einem winzigen Bad führte, in dem man sich kaum drehen konnte, obwohl darin vor orangefarbenen Kacheln alles zu finden war: Dusche, Toilette und Waschbecken im Siebziger-Jahre-Beige. Hier hatte sie sich als Kind immer gewaschen, damit die Urlaubsgäste das große Bad benutzen konnten. Kaum vorstellbar, unter welchen Bedingungen die Gäste damals gewohnt hatten und welche Ansprüche sie heute stellten.

Als sie das obere Stockwerk erreicht hatte, war es nicht mehr weit zu ihrem Zimmer.

»Bist du dir wirklich sicher?«, fragte ihre Mutter, die hinter ihr gegangen war.

»Aber ja doch. Ich möchte mich einfach mit ein paar schönen Gedanken umgeben, ich habe doch keine schlechten Erinnerungen an dieses Zimmer.«

Ihr kleiner Schreibtisch am Fenster, der Kleiderschrank mit dem großen Spiegel und das Bett, in dem sie geschlafen hatte, seit sie in Sophies Alter gewesen war. Nichts hatte sich verändert. Wie oft hatte sie als Erwachsene mit dem Gedanken gespielt, neue Möbel zu kaufen, und ihn, angesichts der Vorstellung, die Pakete die enge Treppe hinauftragen zu müssen, wieder verworfen.

Wie beeindruckt war sie von Gernots Einrichtungsstil gewesen, alles weiß, edel und neu – und doch seelenlos.

»Seit wann gibst du überhaupt Sachen weg?«, fragte Barbara mit Blick auf die fünf Kisten, die am Fußende des Bettes standen. Ein ganz neuer Zug an ihrer Mutter, dass sie sich auch mal von Dingen trennte.

»Die Frage ist berechtigt. Aber es ist an der Zeit. Ich werde ja nicht jünger, und wenn ich eines Tages nicht mehr bin, will ich nicht, dass es an dir hängen bleibt, dieses Mausoleum aufzulösen. Im Moment stehen in jedem Zimmer Kisten. Sachen von deinem Vater, von dir und von mir – alles Dinge, an denen ich nicht unbedingt hänge. Ich hätte dich natürlich noch gefragt, ob du etwas davon haben willst, aber dazu …«

»Was ist denn da drin?«, unterbrach Barbara ihre Ausführungen und betrachtete neugierig die Kisten. Im Zimmer sah auf den ersten Blick alles unverändert aus, also konnte es sich nicht um die Dinge handeln, die sie bei ihrem Auszug hiergelassen hatte.

»Ich habe noch Sachen von dir auf dem Dachboden gefunden, das kannst du dir gar nicht vorstellen. Kleidung, die hat dir gepasst, da warst du vielleicht neun oder zehn Jahre alt, ein ganzer Karton voll. Der Rest sind Spielsachen, wohl auch so aus dieser Zeit.«

Barbara machte eine Kiste nach der anderen auf, nahm ein

paar T-Shirts und Pullover heraus. Nichts davon war altrosa, ihre Mutter hatte diese Farbe nämlich immer gehasst, während sie solche Sachen immer haben wollte. Ein Rosa-Tick, den Sophie heute ausbaden musste.

Kein einziges Kleidungsstück kam ihr mehr bekannt vor, ebenso erging es ihr mit den Spielsachen.

»Ich denke, das kann alles weg. Nur bei den Spielsachen, da könnte Sophie ja, wenn sie …« Wieder wurde es eng in ihrer Kehle, und sie wandte sich von den Kartons ab. Dabei fiel ihr Blick in den Spiegel am Kleiderschrank.

Wenn sie sich so anschaute, die meeresblauen Augen, die langen Wimpern, die Sommersprossen, dann fühlte sie sich ihrer Tochter nah. Ihre Gesichter waren sich sehr ähnlich, nur sollte Sophie eines Tages nicht so verhärmt aussehen. Und was sollte dieses ungeschriebene, aber oft wiederholte Gesetz von Gernot, dass die Frauen in seiner Familie lange Haare haben sollten?

Wenn Sophie wiederkam, würde sie ihr gegen Gernots Willen erlauben, sich die ollen Zöpfe abschneiden zu lassen. Ein erster, aber wichtiger Schritt hin zu mehr Eigenständigkeit.

»Es wird Zeit für Veränderung«, sagte Barbara mit fester Stimme.

»Sophie hat sich bei euch nicht mehr wohlgefühlt, das war offensichtlich. Ich mache mir wirklich Sorgen um ihre Psyche, wenn sich nichts ändert.«

Barbara drehte sich vom Spiegel weg. »Erst mal müssen wir dafür sorgen, dass sie überhaupt wieder nach Hause kommt. Warum nur hat sie sich mir nicht anvertraut? Wir hätten doch über alles reden können.«

Ihre Mutter verschränkte die Arme vor der Brust. »Wahrscheinlich, weil sie nicht das Gefühl hatte, dass ihre Sorgen ernst genommen werden. Weil sie ganz genau weiß, dass du auf Gernots Seite stehst. Ob nun freiwillig oder nicht – sie spürt genau, wo deine Prioritäten liegen. Und du musst endlich einsehen, dass sich daran nichts ändern wird, solange du an dieser Ehe festhältst.«

Weil sie dem bohrenden Blick ihrer Mutter nicht länger standhalten konnte, schaute Barbara zum Fenster hinaus. »Was willst du damit sagen? Ich kann mich nicht einfach von Gernot trennen. Er würde mir das Leben zur Hölle machen. Außerdem steht das jetzt gar nicht zur Debatte.«

»Weil du einer Sache ausweichst, die schon längst überfällig ist«, hörte sie ihre Mutter leise und eindringlich sagen. »Wenn du in dich hineinhorchst, weißt du, wohin dein Weg dich führen muss. Stell dir mal vor, du könntest dich wieder frei durch den Ort bewegen, ohne befürchten zu müssen, dass du auf Schritt und Tritt angesprochen wirst, nur weil etwas im Rathaus verkehrt läuft …«

Für Barbara war ein nicht öffentliches Leben unmöglich geworden. Wenn sie genauer darüber nachdachte, wusste sie gar nicht mehr, wie man sein eigenes Leben lebte.

»Es gibt Möglichkeiten für dich und Sophie.«

Empört fuhr Barbara herum. »Du redest so einfach daher! Ich könnte nicht auf Sylt bleiben. Das Gerede würde ja noch schlimmer werden, wenn ich mich scheiden lasse. Und von welchem Geld sollte ich mir denn irgendwo auf dem Festland ein neues Leben aufbauen?«

»Ich helfe dir. Ich bin für dich da. Und wir haben ein Haus, das wir verkaufen können. Es gehört auch dir.«

»Aber es ist mein Elternhaus, ich möchte nicht, dass es verkauft wird. Sophie soll es einmal erben – wenn sie denn wiederkommt.« Nun brach Barbara doch in Tränen aus.

Von ihrer Mutter wurde sie zunächst sanft, dann fester in den Arm genommen. »Es wird sich alles zum Guten wenden. Du darfst die Hoffnung nicht aufgeben.«

Seit Langem fühlte Barbara wieder echten Halt, und sie atmete tief durch. »Das tue ich auch nicht. Ich spüre, dass Sophie lebt.«

»Ich bin mir sicher, dass sie wiederkommt, und darum ist mir auch so wichtig, dass du ihr Weglaufen als das auffasst, was es ist: ein Hilferuf. Du musst über Veränderungen nachdenken.«

Völlig überfordert zuckte Barbara zurück. »Das kann ich nicht. Das ist mir alles zu viel auf einmal.«

»Es muss ja nicht auf einmal sein, aber wenn Sophie zurückkehrt, muss zumindest irgendetwas passieren. Beginne im Kleinen, mach einen Schritt nach dem anderen.«

Unter Tränen nickend löste sie sich von ihrer Mutter. Es war an der Zeit, das wusste sie selbst, höchste Zeit. Nur, wo anfangen? Wenn sie der Typ für schnelle Veränderungen wäre, hätte sie schon viel eher die Notbremse gezogen. Im Kleinen anfangen ... Gedankenverloren zog sie das Zopfgummi ab, mit dem sie ihre Haare zusammengebunden hatte, fuhr locker mit den Fingern hindurch und schüttelte ihren Kopf. Wie frei sich das plötzlich anfühlte. Sie konnte sich nicht erinnern, wann sie die Haare zuletzt offen getragen hatte.

»Mama, kannst du eigentlich noch Haare schneiden?«

»Natürlich, was man mal gelernt hat, vergisst man nicht.«

»Dann möchte ich wieder so einen schicken Bob wie vor zehn Jahren«, sagte Barbara. Sie konnte am Gesicht ihrer Mutter ablesen, dass das eine gute Entscheidung war.

Sie waren gerade aus dem Zimmer gegangen, da piepte Barbaras Handy. Eine WhatsApp von einer Telefonnummer, die sie nicht kannte. Von einem Mann, den sie hatte vergessen wollen.

Hallo, Barbara, bitte melde dich bei mir, ich muss dir etwas Wichtiges sagen. Hans-Boy. PS: Vergiss, was früher war – ich habe mich geändert. Melde dich, noch heute, unbedingt.

»Hat sich Gernot gemeldet?«, fragte ihre Mutter, während sie die Treppe hinuntergingen.

»Nein«, sagte Barbara, »nichts Wichtiges.« Schnell steckte sie ihr Handy in die Hosentasche zurück.

Ihre Hand zitterte dabei.

***

Ihr Ernst würde doch nicht auf seine alten Tage noch fromm werden? Verwundert betrachtete Frieda ihren Mann, der hinter Gertrud auf der Rückbank des VW Caddy saß. Seine

Hände hielt er im Schoß gefaltet und murmelte mit geschlossenen Augen etwas vor sich hin. Auch Gustav, der sich normalerweise spätestens nach fünf Minuten gemäß dem Motto »Weckt mich, wenn's vorbei ist« im Auto zusammenrollte und schlief, saß entgegen seiner sonstigen Art wie ein Wachhund zwischen ihnen, hellwach und bereit, ins Geschehen einzugreifen. Frieda hielt ihn vorsichtshalber am Halsband fest, weil er unter einer solchen Anspannung stand, dass sie fürchtete, er könnte jeden Moment die Flucht nach vorn ergreifen – im wahrsten Sinne des Wortes.

Nachdem sie Kampen hinter sich gelassen hatten – nun gut, Ernst würde behaupten, sie seien durch den Ort gerast –, tat sich eine atemberaubende Aussicht auf das zugefrorene, in der Wintersonne glitzernde Wattenmeer vor ihnen auf, die auch von Gertrud ausgiebig bestaunt wurde.

»Schaut mal, da drüben!«

Der Wagen machte einen kleinen Schlenker nach rechts, wo es als Seitenbegrenzung nichts als einen schmalen Sandstrand gab – drei Meter unter ihnen. Dazwischen lag eine steile Böschung, aufgetürmt aus großen Steinen, die zugleich als Wellenbrecher dienten und einen Aufprall sicherlich nicht angenehmer machen würden.

»Meine Nerven«, brachte Ernst hervor und versank noch tiefer ins Gebet.

»Dahinten kann man schon List erkennen«, rief Karl-Heinz, der auf dem Beifahrersitz saß und zur Windschutzscheibe hinauswies. »Seht ihr die Fähre im Hafen?«

Während Frieda im weißen Punkt am Horizont angestrengt ein großes Schiff zu erkennen versuchte, sagte Ernst: »Ich will nix sehen. Ich bin schon auf dem Cannstatter Volksfescht ned gern Wilde Maus gefahren.«

Gertrud drehte sich mit erstaunter Miene zu ihm um. »Wie kommst du denn jetzt darauf?«

»Gugg uff d' Schdroaß!«, schrie Ernst entsetzt. Zugleich stemmte er seinen linken Fuß in den Unterboden, und sogar Frieda blieb kurz das Herz stehen.

»Mache ich doch«, gab Gertrud ungerührt zurück. »Ist doch nichts los auf der Straße.«

»Stimmt, wir sind mit dem Glatteis und den Schneeverwehungen ganz allein«, höhnte Ernst. »Und wenn wir in der Botanik landen, dauert es bestimmt nur zwei oder drei Stunden, bis das nächste Auto vorbeikommt und wir gefunden werden.«

»Meine Frau ist eine sichere Autofahrerin, entspann dich, Ernst. Sie wird uns sicher nach List schaukeln.«

»Das Gefühl hab ich auch«, knurrte Ernst.

»Schaut mal da drüben im Wattenmeer, was sind denn das für Gebilde?«, fragte Karl-Heinz.

»Lister Seekühe«, sagte Frieda, weil sie mal gehört hatte, dass man diese Ansammlung von Betonplatten auf Pfählen so nannte. Den Sinn und Zweck dahinter kannte sie allerdings nicht, aber Hauptsache, Gertrud wurde von den Gebilden nicht länger abgelenkt, denn auch Frieda war langsam etwas mulmig zumute.

Doch weit gefehlt. Prompt drehte sich Gertrud erneut zu ihnen herum. »Warum heißen die denn so?«

»I krieg bald en Herzkaschper«, jammerte Ernst und rang die Hände. »Das sind Schussziele für Boden-Luft-Übungen aus dem Zweiten Weltkrieg, und ich erschieß mich auch gleich.«

»Wir werden eure Tochter schon finden, mach dir da mal keine Sorgen«, sagt Karl-Heinz, der entspannt wie im Kinosessel auf dem Beifahrersitz hockte.

Ernst sagte gar nichts mehr. Sein Gesicht hatte die Farbe der schneebedeckten Wanderdüne angenommen, an der sie gerade vorbeifuhren und die die größte ihrer Art in Deutschland war.

»Zur Stärkung brauche ich jetzt erst mal ein Fischbrötchen«, sagte Karl-Heinz, nachdem sie allen Erwartungen zum Trotz heil angekommen waren und das Auto auf dem großen Parkplatz abgestellt hatten, der sich vom Zentrum für Naturgewalten bis zum Beginn der Vergnügungsmeile am Lister Hafen erstreckte, der spöttische Zungen den Beinamen »Klein-Las-Vegas« gegeben hatten.

Ernst schwankte, als habe er nach einer Achterbahnfahrt zum ersten Mal wieder festen Boden unter den Füßen, und seinem abwesenden Blick nach zu urteilen, musste er erst mal wieder in der Welt ankommen und begreifen, dass er überlebt hatte. »I will a ordentliche Brezel mit Budder druff. I ess koin Fisch, i han scho gnug mit meine Schuppen zom kämpfa.«

»Und in erster Linie sind wir hier, um unsere Tochter samt Alfie und Mary zu suchen«, sagte Frieda, um den beiden ihr ursprüngliches Vorhaben in Erinnerung zu rufen.

Ihre zahllosen Versuche, Kathrin zu erreichen, hatten allesamt direkt auf der Mailbox geendet. Und nachdem noch immer kein Anruf vom Platzwart eingegangen war, der ihnen Bescheid geben sollte, sobald Kathrin und Mary zurückkehrten, mussten sie ohne konkreten Anhaltspunkt mit ihrer Suche beginnen. Nur wo?

»Ich finde, wir sollten als Erstes am Fährterminal fragen.«

Es wurde allgemeine Zustimmung geäußert. Also gingen sie in Richtung Hafen, zunächst quer über den großen Parkplatz, dessen Ausdehnung den Dimensionen des einstigen Hangars auf dem früher hier befindlichen Seefliegerhorst entsprach, von dem aus nicht nur Wolfgang von Gronau als Pionier der Weltluftfahrt zu einer Weltumrundung mit einem Luftboot gestartet war, sondern an dem zu Beginn des Krieges auch das größte Wasserflugzeug der Welt mit achtundvierzig Metern Spannweite Station gemacht hatte. Nach dem Krieg war die mächtige Stahlkonstruktion nach Kiel verbracht worden und diente dort zum Aufbau einer der größten Mehrzweckhallen Deutschlands – und die Lister hatten dafür ihren Parkplatz bekommen.

»Ich darf keine Auskünfte über Passagiere geben«, sagte die Dame am Schalter der Sylt-Fähre. »Wenn Sie jemanden Bestimmtes suchen, gehen Sie doch bitte zur Polizei. Abgesehen davon sind die Fahrgäste bei uns ohnehin nicht namentlich registriert. Was allerdings Ihre Tochter anbelangt –

vorhin war eine junge Frau mit Kind hier, die ebenfalls nach diesem Alfie gefragt hat, das ist aber schon zwei, drei Stunden her.«

Da es am Schalter wie Hechtsuppe zog, mussten sie alle bis zur Nasenspitze in ihre Schals eintauchen, und das verdeckte auch Friedas enttäuschtes Gesicht. Doch hatte sie wirklich erwartet, ihre Tochter hier anzutreffen oder eine genaue Auskunft über ihren Verbleib zu erhalten?

Ja, das hatte sie, gestand sie sich ein, denn nun krochen die ersten Sorgen in ihr hoch. Kathrin war doch nicht etwa ohne ein Wort, ohne Abschied, ihrem Alfie nach Dänemark hinterhergereist? Auf Verdacht oder weil sie gesehen hatte, wie er an Bord gegangen war? Nach dem etwas unschönen Aufeinandertreffen am Bahnhof heute Mittag wäre ihr das, gepaart mit ihrem Dickkopf, durchaus zuzutrauen.

»Nein, das hat sie nicht gemacht«, sagte Ernst, der ihren Blick bemerkt hatte und mittlerweile ganz gut darin war, ihre Gedanken zu lesen.

»Ich würde vorschlagen, wir teilen uns auf«, sagte Gertrud, die offenkundig nicht nur gern das Lenkrad, sondern auch die Zügel in der Hand hatte. »Ihr geht zu Fuß den gesamten Hafenbereich ab, und wir fahren mit dem Auto am Ellenbogen vorbei.«

»Ihr wisst, was die Maut koschtet?«

Was Ernst meinte, war der Umstand, dass sich das Listland, ein Gebiet aus Wanderdünen, Salzwiesen und Heidelandschaft, seit dem 17. Jahrhundert im Privatbesitz zweier Sylter Familien befand. Daher gab es am Beginn der Ellenbogen-Strecke eine Mautstelle, an der sämtliche Fahrzeugführer eine Gebühr für das Befahren der einspurigen Straße entrichten mussten. Was er damit hoffentlich nicht gesagt haben wollte, war, dass Karl-Heinz an dieser Gebühr sparen sollte. »Ernst! Es geht um unsere Tochter«, mahnte Frieda.

»Na ja, wie groß ist die Chance, sie ausgerechnet dort zu finden? Bei dem Wetter wird sie ja nicht gerade an den nördlichsten Punkt Deutschlands wandern wollen«, entgegnete

Ernst und machte dadurch umso deutlicher, dass ihn wieder mal seine schwäbische Tugend geritten hatte.

Frieda wollte ihren Ärger darüber auf der Stelle kundtun, doch Karl-Heinz gab sich diplomatisch. »Wir werden in jedem Fall an der Mautstelle nach eurer Kathrin fragen. Dann fahren wir an der Weststrandhalle vorbei und über die alte Panzerstraße durch das Wanderdünengebiet wieder zurück nach List, um den westlichen Ortsteil abzugrasen. Das ist alles auch deshalb sinnvoll, weil wir die Suche nach der Tochter des Bürgermeisters ja nicht außer Acht lassen wollen. Manchmal gibt es Zufälle im Leben, die glaubt kein Mensch.«

Wenn dem so ist, dachte Frieda resigniert, während sie sich mit ihrem Mann nach Klein-Las-Vegas aufmachte, würde ich mir wünschen, dass der liebe Gott oder wer auch immer den Zufall beherrscht, möglichst zügig an den richtigen Fäden zieht.

Stattdessen schien das Schicksal aber nur immer mehr Figuren von seinem großen Brett zu rupfen, auf dem sich ein diabolisches Spiel entwickelte, dessen Regeln ihr ganz und gar nicht behagten.

Gab es eigentlich einen Tag im Jahr, an dem hier, zwischen den rot, weiß und blau gestrichenen Holzhäusern mit Boutiquen, Souvenirläden und Restaurants, nichts los war? Wohl kaum. Selbst bei Orkan tummelten sich an dieser Stelle der Insel die Leute, weil sich keiner den Anblick entgehen lassen wollte, wenn der Hafen mit der Flut überlief.

Das war dann auch der Moment, in dem die Fähre ihren Betrieb einstellte. Nicht weil sie wegen des Wetters nicht mehr fahren, sondern weil sie nicht mehr anlegen konnte. Der Zugverkehr über den Hindenburgdamm war zu diesem Zeitpunkt schon längst eingestellt und an solchen Tagen somit auch die letzte Nabelschnur zum Festland gekappt.

Vor Wetterlagen wie diesen hatte Frieda beim Umzug auf die Insel gehörigen Respekt gehabt. Nicht zu wissen, wie man reagierte, wenn man unter Umständen tagelang festsaß. Da hatte sie noch nicht geahnt, welche Prüfungen diese Insel wirklich für sie bereithalten würde.

»Siehst du Kathrin hier irgendwo oder sonst wen, den wir suchen?«, fragte Ernst.

Frieda schüttelte den Kopf, während sie in der alten Tonnenhalle die in bunten Reihen angeordneten kleinen Verkaufsstände passierten. »Schau mal, Ernst, da gibt's original schwäbische Butterbrezeln und andere frische Backwaren, steht zumindest auf dem Schild.«

Ein Glanz erschien in den Augen ihres Mannes. »Die sehen lecker aus – hol mir bitte eine, aber lass sie einpacken, mein Magen fährt immer noch Karussell.«

Beim Kauf stellte sich heraus, dass der Händler tatsächlich mal im Schwabenland als Bäcker gearbeitet hatte. Selig schob Ernst seine verpackte Brezel vorsichtig wie einen kostbaren Schatz in die Innentasche seiner Jacke. Nach der Verabschiedung drehte er sich noch mehrfach um, so als hätte er für kurze Zeit das Paradies erblickt, von dem er sich nun schweren Herzens wieder trennen musste.

Bei der Fischbude von Jürgen Gosch, die über die Jahrzehnte zum Fischtempel angewachsen war, gingen sie von Tisch zu Tisch, um die Leute zu befragen.

»Wenn man dieses riesige Restaurant heute so betrachtet«, bemerkte Frieda zwischendurch, »kann man kaum glauben, dass wir damals vor einer weiß gestrichenen Bretterbude standen, auf der mit roter Aufschrift ›Aale, Aale‹ zum Verkauf angeboten wurden. Erinnerst du dich noch an unsere Hochzeitsreise?«, fragte sie, als sie wieder draußen standen und unter den Leuten, die zielstrebig über den im Sommer mit Strandkörben bevölkerten Platz gingen, Ausschau hielten.

»Ja, 1972 war das, frag mich nur nicht nach dem genauen Datum.«

»Diese Erinnerung hast du ja damals auch im Schnaps ertränkt.«

»Und warum?« Ernst stemmte die Hände in seine nicht vorhandenen Hüften. »Ich bin unschuldig. Nur Eingeweihte wussten, was sich wirklich hinter der ›einzig wahren Fischsuppe‹ verbarg. Brause mit Korn, oh Gott, an die Kopfschmerzen kann ich mich heute noch erinnern. Aber lecker geschmeckt hat's.«

Sie setzten ihre Suche rund um das Hafenbecken fort, vorbei an dem schwarzen Holzschiff namens »Gret Palucca« und dem knallroten Kutter »Rosa Paluka«. Auf den ersten Blick glaubte Frieda an einen Schreibfehler im Nachnamen und machte Ernst darauf aufmerksam. Doch ihr Mann erinnerte sie daran, dass sie mit den Kindern früher Ausflugsfahrten auf diesen Schiffen gemacht hatten und Gret Palucca auf den Künstlernamen einer Sylter Ausdruckstänzerin zurückging, während das andere Schiff nach deren Mutter benannt war.

Ein Beweis dafür, dass das Gedächtnis ihres Mannes einwandfrei funktionierte – wenn es um Nebensächlichkeiten ging. Die Zeit der Ausflugsfahrten brach erst im Frühjahr wieder an, auch die Boote des Sylter Yachtclubs ruhten auf dem Platz neben dem Clubheim in ihrem Winterlager. Sogar mit Schnee bedeckt wirkte so ein Boot gemütlich, und Frieda hätte sich gerne mal eines von innen angeschaut. Es musste ja nicht gleich eine Yacht sein.

Vielleicht hätten sie besser daran getan, sich anstelle des Wohnwagens ein Hausboot zu kaufen – mit Dieselheizung. Unverwüstlich und mit immer verfügbarem Brennstoff. Den Vorschlag machte sie ihrem Mann aber lieber nicht. Am Ende wäre er noch begeistert von der Idee.

Unter Wintercamping hatten sie sich natürlich Romantischeres vorgestellt, aber das war bei der Hochzeit mit Blick auf die kommende Ehe auch der Fall gewesen. Und selbige hatten sie ja seit nunmehr fünfundvierzig Jahren mehr oder weniger unbeschadet überstanden, also konnte ihnen dieser Sylter Winter doch wohl nicht den Garaus machen.

Auf der langen Promenade, die zwischen Parkplatz und Meer zum Erlebniszentrum Naturgewalten führte, richtete Frieda ihre Aufmerksamkeit wieder auf die Passanten. Jeden hielten sie an, um nach Kathrin, Mary, Alfie und Sophie zu fragen. Die Liste war erschreckend lang geworden und die Blicke der Leute umso ungläubiger, spätestens dann, wenn man ihnen zu erklären versuchte, dass die Vermisstenfälle nicht miteinander in Verbindung standen. Aber vielleicht waren sie in dieser Hinsicht ja tatsächlich auf dem Holzweg.

»Vielleicht hängt das Verschwinden von Sophie und Alfie ja doch zusammen«, überlegte Frieda laut, als sie hinter dem Zentrum standen und ihr Blick der Fähre folgte, die ihre Fahrt nach Dänemark aufgenommen hatte.

»Manchmal muss man querdenken, auch wenn man die Möglichkeit zunächst für abwegig hält«, sagte Ernst.

Vor ihnen lag der tiefblaue Königshafen, der trotz seines Namens nie ein Hafen gewesen war, im Hintergrund die sattgelben Dünenumrisse des Ellenbogens, auf dem die beiden rot-weißen Leuchttürme standen, einer im Osten, einer im Westen. Aus diesen unglaublichen Farben war das Band geflochten, das sie auf die Insel gezogen hatte und nun hier festhielt. Eine Liebe, allen Widrigkeiten zum Trotz.

»Weißt du noch, wie wir im Sommer mit der Fähre hier angekommen sind, um für immer zu bleiben?«, fragte Frieda und spürte, wie Ernst seinen Arm um sie legte. Wie weit sie sich auch manchmal voneinander entfernten, dieses Gefühl der Geborgenheit war der Grund, immer in seinen Arm zurückzukehren.

»Ja, daran erinnere ich mich noch. Sehr gut sogar«, erwiderte er leise. »Ich vergesse vielleicht sämtliche wichtigen Daten, aber nicht die Ereignisse selbst, weil sie mich berührt haben.«

Versöhnt legte Frieda den Kopf an die Schulter ihres Mannes. Mitten in diese Stimmung hinein klingelte ihr Handy.

»Kathrin?«, fragte Ernst sofort.

»Nein, es ist Karl-Heinz«, sagte Frieda in unbestimmtem Tonfall und nahm das Gespräch an.

»Wir stehen vor dem Lister Urwald und haben den Hinweis einer Anwohnerin bekommen, die Sophie gesehen haben könnte.«

»Lister Urwald?«, echote Frieda. Davon hatte sie noch nie etwas gehört.

»Zwischen den Straßen Am Brünk, Am Buttgraben und Landwehrdeich.«

Trotz fieberhaften Nachdenkens konnte Frieda nichts mit den Angaben anfangen. So oft war sie während ihrer Urlaube schon in List gewesen, aber nie im Ort herumgekommen, weil sie glaubte, dass der Hafen alles Spannende zu bieten hatte.

»In den fünfziger Jahren war das ein wunderschöner Kurpark, da bin ich als Kind mit meinen Eltern durchspaziert. Später gab's dort auch noch Mansens Meeresmuseum, das lag in einem Luftschutzbunker am Rande des Parks, erinnert ihr euch nicht?«

»Doch!«, sagte Ernst, der mitgehört hatte. »Frieda, da waren wir in unserem zweiten Urlaub Anfang der siebziger Jahre, danach wurde das Museum geschlossen. Das war vielleicht abenteuerlich, eine Ausstellungsfläche randvoll mit spannenden Exponaten in unterirdischen Räumen.«

Auf dieses Museum kam es Frieda gar nicht an. Sie hatte längst weitergedacht. »Gibt's den Bunker noch?«

»Soweit ich weiß, ja«, entgegnete Karl-Heinz. »Natürlich, jetzt verstehe ich, das könnte ein Versteck sein. Ich gehe schon mal in den Wald rein. Wir haben ja keine Zeit zu verlieren. Sobald ihr hier seid, durchkämmen wir zu viert das Gebiet. Gertrud holt euch am Hafen ab.«

»Nicht schon wieder«, stöhnte Ernst. »Was hab ich nur verbrochen?«

Der Urwald machte seinem Namen tatsächlich alle Ehre. Gertrud hatte Mühe, den Eingang wiederzufinden, der unscheinbar zwischen zwei Häusern am Buttgraben lag. Denn nicht nur zwischen den Bäumen konnte man sich verlaufen, der Wald selbst versteckte sich mitten im Ort so gut, dass meist nur Einheimische ihn kannten.

Als sie den Wald auf einem schneeweißen Pfad betreten hatten, versuchte sich Gertrud zu orientieren. »Hier ungefähr hat mal die Freilichtbühne gestanden, wo die Westerländer

Speeldeel ihre ersten Erfolge gefeiert hat und bekannt geworden ist. Unglaublich, wie das alles zugewachsen ist.«

Wegen Gustavs Bellen hatte Frieda nur jedes zweite Wort verstanden, doch der Hund war angesichts der von Schnee glitzernden Bäume kaum mehr zu halten. Er schien in seinem persönlichen Winterwunderland angekommen zu sein. »Und wo ist der Bunker?«, fragte sie.

»Keine Ahnung, hier ist ja sonst nichts wiederzuerkennen. Karl-Heinz?«, rief sie. Und noch mal: »Karl-Heinz?« Da keine Reaktion erfolgte, sagte Gertrud angesichts der vor ihnen liegenden Weggabelung: »Ich weiß nicht, ob es gut ist, wenn wir uns aufteilen.«

»I han koi Angscht«, sagte Ernst leichthin. »Ich nehm den kläffenden Peilsender mit, damit kann ich gar nicht verloren gehen. Hast du Taschentücher dabei?«

Frieda kramte in ihrer Handtasche. Irgendwo in den Untiefen müsste eine Packung liegen. »Hast du Schnupfen bekommen?«, fragte sie besorgt.

»Wenn ich noch länger rumstehen muss, bis du die Dinger findest, dann schon. In deiner Tasche schleppst du Sachen mit dir rum, die man selbst auf dem Kilimandscharo nicht als Überlebensausrüstung braucht.«

»Hier, bitte schön, Ernst.«

»Ähm, ich brauch die Packung nicht. Ihr sollt die Tücher in regelmäßigen Abständen an gut sichtbaren Zweigen befestigen, damit ihr notfalls zurückfindet.«

Nicht umsonst war ihr Ernst mal bei den Pfadfindern gewesen. Letzteres hatte ihn zu Beginn des Sommers allerdings dazu verleitet, bei Windstärke fünf und Nieselregen mal eben ein Vorzelt aufbauen zu wollen, was dem Campingplatz die Aufführung eines komödiantischen Ein-Mann-Theaterstücks beschert hatte.

»Sophie, Sophie«, rief sie mit Gertrud immer wieder, abwechselnd und im Chor, während sie den verschlungenen Pfaden folgten. Um sie herum herrschte ein undurchdringbares Gewirr an Bäumen. Zur Antwort hörten sie jedoch nur

Gustavs Bellen. Als sie irgendwann am anderen Ende des Waldes angekommen waren und Gertrud bereits in Verzweiflung übergehen wollte, weil sie nicht auf Karl-Heinz getroffen waren, hörten sie ihn rufen.

»Hierher!«

Fast zeitgleich mit Ernst und Gustav kamen sie bei dem Bunker an, der unter einem Erdhügel lag, den man zunächst für eine natürliche Erhebung hielt. Darauf aufmerksam geworden war Karl-Heinz nur, wie er erklärte, weil ein rotes Absperrband darum herum gespannt worden war.

Der Eingang auf der anderen Seite war mit ein paar Brettern notdürftig verstellt, und ein gelbes Schild wies darauf hin, dass das Betreten der Baustelle verboten sei und Eltern für ihre Kinder hafteten. Zusätzlich gab es einen Vermerk der Gemeinde, dass der Abriss des Bunkers fürs Frühjahr geplant sei. Verschiedene Fußspuren führten die schneebedeckten Stufen zum Eingang hinunter.

»Sophie?«, rief Frieda.

»Wenn sie da drin ist, wird sie bestimmt nicht freiwillig rauskommen«, murrte Ernst.

»Sollten wir nicht lieber die Polizei verständigen?«, fragte Gertrud. Zweifelnd wechselte ihr Blick zwischen dem Schild und dem Bunker hin und her. »Das könnte ziemlich gefährlich werden.«

»Gefährlich?«, fragte Ernst mit einem Auflachen, und Frieda ahnte, dass er die Chance gekommen sah, sich vor der Rallyefahrerin als furchtlos zu präsentieren. Typisch Mann eben. Anwandlungen dieser Art waren übrigens ihre persönliche Erklärung dafür, dass Frauen statistisch gesehen länger lebten als Männer.

Wirklich gut fand Frieda sein Vorhaben nämlich nicht, auch wenn sie darauf brannte, in den Bunker zu gehen, weil ihr ein Gefühl sagte, dass Sophie da drin war. »Das Schild hast du aber gesehen?«

»Das habe ich gelesen, schließlich nimmt es ein Schwabe mit Gesetz und Ordnung immer ganz genau. Und da steht was von Baustelle. Ist das hier eine Baustelle? Nein, das ist ein Bunker – also rein da.«

Wie angewurzelt blieb Gustav stehen und klemmte den Schwanz ein. Seinem Blick nach zu urteilen, hätte er seinem Herrchen am liebsten einen Vogel gezeigt, wenn er gekonnt hätte.

»Ich warte gerne mit Gustav hier draußen, geht ihr allein«, bot Gertrud an.

Problemlos nahm Ernst die leichten Bretter beiseite, die wohl eher Tiere als Menschen daran hindern sollten, hier einzudringen. Er stieg ihnen voran in den Bunker, und Frieda lobte sich insgeheim den Segen ihrer Handy-Taschenlampe, denn damit wies sie ihrem Mann und Karl-Heinz den Weg.

Ihr fester Vorsatz, keine Angst zu haben, verlor sich mit jedem Wiederhall ihrer Schritte mehr und mehr. Obwohl sie sich in Gegenwart der beiden Männer eigentlich sicher fühlen konnte, wurde ihr mulmig zumute, doch an Rückzug war nicht zu denken.

»Sophie?«

Graffitis an den Wänden im ersten Raum, in einer Ecke beschmutzte und ineinander verkeilte Gartenmöbel, eine Plastiktüte mit undefinierbarem Inhalt und eine mit Folie umwickelte Matratze, auf die die Tropfen von der Decke fielen.

Hier hatte sich jemand eine Zuflucht eingerichtet. In dieser feuchtkalten Umgebung kann man sich doch nicht aufhalten, dachte Frieda. Obwohl. In der Not vielleicht schon. Es gab zumindest ein Dach über dem Kopf, keinen Schnee, keinen Wind, und es war spürbar ein paar Grad wärmer als draußen.

»Sophie?«, rief sie noch einmal. »Hab keine Angst, wir wollen dir helfen.« Im Weitergehen horchte sie auf ein Geräusch, das sich von jenen unterschied, an die sie sich zu gewöhnen begann.

»Hier geht es weiter«, sagte Karl-Heinz und stieg über ein paar Holzbretter hinweg in den nächsten Raum.

Am liebsten hätte Frieda nach der Hand ihres Mannes gegriffen, doch der war ihrem Begleiter schon nachgegangen.

»Und?«, rief sie stattdessen und machte sich auf alles gefasst. Tausende Möglichkeiten kamen ihr in den Sinn, was sie dort erwarten könnte.

»Nichts«, sagte Ernst ernüchtert.

Damit hatte Frieda nicht gerechnet. Der Raum war wirklich vollkommen leer, nicht mal Gerümpel lagerte darin, wovon sie sich nun selbst überzeugte.

»Waaahh!«, rief Ernst.

Doch, ja, eine Sache gab es offenbar. Eine Spinne, die sich in ihrem Winterquartier gestört fühlte und sich von den Resten einer Lampenfassung direkt vor seinem Gesicht abseilte.

»Was machen die Leute denn da drin?«, hörten sie in diesem Moment eine weibliche Stimme vor dem Eingang fragen, und Ernst war mehr als sofort bereit, zurückzugehen und sich zu erklären. Alles war ihrem Mann lieber, als sich mit einer Spinne auf Augenhöhe auseinandersetzen zu müssen.

»Was wohl – die Tochter des Bürgermeisters suchen«, antwortete die draußen wartende Gertrud unwirsch, noch ehe Ernst den Ausgang erreichte. »Genau diesen Hinweis haben Sie uns doch gegeben.« Offenkundig war dort draußen also die Anwohnerin, von der Karl-Heinz gesprochen hatte.

»Moment mal, Sie haben mich gefragt, ob ich ein Kind mit rosafarbenem Schulranzen gesehen habe, und die Kleidung passte auch auf das gesuchte Mädchen, aber ich habe nicht die Tochter des Bürgermeisters gesehen, davon war keine Rede. Sophie kenne ich nämlich, die geht mit meiner Enkelin zusammen zum Ballett.«

»Jetztetle isch aber genug Heu d' Scheune ronder!«

Von Herzen stimmte Frieda ihrem Mann zu, dass nun genug Heu von der Scheune gefallen war – oder kurz gesagt: Es reichte, haufendick. Enttäuscht und entnervt von der Kälte, die sich nach der Feuchtigkeit im Bunker nun doppelt bemerkbar machte, griff sie zu ihrem Handy, um es noch einmal bei Kathrin zu probieren, da entdeckte sie einen entgangenen Anruf ihrer Tochter. Wahrscheinlich hatte sie den verpasst, als sie im Bunker gewesen waren.

»Was gibt's?«, fragte Kathrin müde anstelle einer Begrüßung. »Du hast mich ein paarmal versucht zu erreichen?«

»Was es gibt?« Friedas Stimme überschlug sich. »Ich habe mir Sorgen gemacht! Wo bist du? Warum warst du nicht erreichbar?«

»Also erstens gehe ich, seit ich achtzehn bin, meine eigenen Wege, und wenn ich in England bin, hörst du oft tagelang nichts von mir. Zweitens dachte ich, du bist anderweitig beschäftigt, als dich um mich und meine Sorgen zu kümmern. Und drittens war mein Akku leer, auf dem Schiff hat mir aber freundlicherweise jemand seine Powerbank geliehen.«

»Auf dem Schiff?«

»Zurück nach Sylt. Wir waren auf Rømø, weil ich dachte, ich könnte Alfie dort finden.«

»Spinnst du?« Kaum dass sie ihn reflexartig ausgesprochen hatte, tat Frieda der Vorwurf leid.

»Die Frage kannst du bitte getrost an Papa weitergeben. Er hat sich Alfie gegenüber wie ein Löwe im Revier aufgeführt. Kein Wunder, dass er die Flucht ergriffen hat!«

»Das ist doch noch gar nicht bewiesen. Darüber sollten wir in Ruhe reden, wenn wir mehr wissen.«

»Ich weiß alles, was ich wissen muss. Er ist abgehauen.« Kathrins bislang so selbstsicher klingende Stimme brach. »Ein Hafenmitarbeiter hat mir gesagt, dass Alfie aufs Schiff ist, drum bin ich mit der nächsten Fähre hinterher. In Havneby beim Hafenkiosk hat er sich eine doppelte Portion Fish 'n' Chips bestellt. Dem Betreiber ist er in Erinnerung geblieben, weil er mit Pfund bezahlen wollte. Dann verliert sich seine Spur.«

Schlimm genug für Kathrin, dass Alfie vor der Hochzeit kalte Füße bekommen hatte, aber hoffentlich hatte das nicht noch andere Gründe. »Wo bist du denn jetzt?«

»Gerade zurück im Hafen.«

»Wir sind auch in List, wir haben dich gesucht … und Sophie«, gab Frieda zu. Auf Ehrlichkeit hatte sie auch in angespannten Situationen immer vertraut.

»Soll ich dich jetzt vielleicht fragen, ob du spinnst?«

»Nein. Es tut mir sehr leid, mir sind gerade etwas die Nerven durchgegangen nach dem Tag heute. Bleib mit Mary, wo du bist, wir sammeln euch gleich mit dem Auto ein.«

»Wenn wir wieder auf dem Campingplatz sind, gibt es heißen Kakao und Ofenschlupfer mit Vanillesoße für alle.« Mit diesen Worten nahm Frieda ihre Tochter und ihre Enkelin in die Arme, dankbar, sie wieder bei sich zu haben. Ernst hielt sich aus Unsicherheit seiner Tochter gegenüber im Hintergrund, sein leicht panischer Blick konnte aber auch mit dem vagen Begriff »alle« zu tun haben, den sie verwendet hatte. Doch er musste keine Angst haben, ihr Camping-Backofen war gerade groß genug für eine kleine Auflaufform. Wobei, sie könnte ja auch mehrere Fuhren machen, wegen einer Schale lohnte …

»Ofenslupfer, what's that?«, fragte Mary ihre Mutter.

Da Frieda noch damit beschäftigt war, die Mengen ihrer Vorräte auf die maximale Personenanzahl hin durchzurechnen, zählte Kathrin die Zutaten des Lieblingsnachtischs ihrer Kindheit auf, der wie so viele Gerichte aus der schwäbischen Küche auf Resteverwertung basierte.

»Das sind Äpfel und altbackene Brötchen mit Ei vermischt, mit viel Zucker, Rosinen, Mandelblättchen und Butterflocken drauf. Das wird übereinandergeschichtet und kommt in den Backofen – man sagt auch Scheiterhaufen dazu.«

Der Blick, mit dem Kathrin ihren Vater bedachte, ließ vermuten, dass sie ihn im Moment am liebsten auf selbigen gestellt hätte. Aber wenn Kathrin erst mal richtig wütend auf ihren Vater war, dauerte es erfahrungsgemäß nicht mehr lange, bis sie sich wieder vertrugen. Schlimmer war es, wenn sie nur schmollte und dann oft tagelang nicht redete.

Mary nickte erfreut, war gedanklich aber auch schon einen Sprung weiter: »Mama, wenn wir zurück im Wohnwagen sind, liest du mir dann noch mehr von der Geschichte vor?«

»Sorry, Sweetheart, aber ich bin so müde, dass mir, glaube ich, erst mal die Augen zufallen.«

»Dann mache ich das«, bot Frieda an, obwohl sie mit ihrer Rechnung bei fünfzehn bis zwanzig Personen angekommen war, aber das Backen schaffte sie locker nebenher, zumal sie das Gefühl hatte, bei ihrer Tochter etwas gutmachen zu müssen, indem sie sich um Mary kümmerte. »Welche Geschichte möchtest du denn hören?«

»Die von Rapunzel aus ›The Big Book of Fairy Tales‹.«

»Das große Märchenbuch, auf Deutsch«, half Kathrin nach. »Wir haben es in Hamburg gekauft und schon auf der Zugfahrt hierher darin gelesen.«

»Ja genau! Das Märchen mit Rapunzel, Rapunzel, lass deinen Rüssel herunter.«

Alle lachten über Marys Bemerkung und Mary gleich mit, weil sich die Erwachsenen so freuten.

»Worauf warten wir dann noch?«, fragte Gertrud, die bereits von einem Bein auf das andere trat. »Lasst uns nach Hause fahren.«

Ernst machte einen Schritt rückwärts. »Ich nehme sehr gerne den Bus, vielen Dank.«

Das war ja nett von ihrem Mann, auf Kathrin und Mary Rücksicht zu nehmen. Frieda lächelte. »Aber Ernst, wir sind doch in einem Caddy hergekommen. Da können wir alle mitfahren, und selbst Gustav hat immer noch seinen eigenen Sitzplatz.«

Mit gen Himmel gerichteten Augen fragte Ernst: »Hat mal jemand Zettel und Stift für mich?«

»Wozu das denn jetzt?«, fragte Frieda in aller Unschuld.

»Ich muss mein Testament ändern.«

SIEBEN

»Und was machen wir jetzt?«, fragte Gertrud, als sie in Wenningstedt den Kreisverkehr erreichten.

Blaulicht, Polizei und Krankenwagen sowie zwei ineinander verkeilte Autos blockierten die Straße, sodass die zweite Ausfahrt komplett gesperrt war – genau jene Straße, die zunächst nach Westerland und von da weiter bis zum Campingplatz führte.

»Dies als Warnung nehmen und langsamer fahren?«, gab Ernst mühsam beherrscht zurück. Er wies aus dem Fenster. »Oder da drüben bei Feinkost Meyer einen Schnaps kaufen.«

»Ich glaube, mein Ernst meint es wirklich ernst«, bemerkte Frieda erstaunt.

Genau, dachte er. Das zeigt sich nämlich schon allein daran, dass ich bereit bin, im Luxus-Supermarkt einkaufen zu gehen.

»Da wusste offensichtlich einer nicht, wie lang sein Bremsweg ist«, bemerkte Karl-Heinz trocken, »wir müssen wohl leider einen Umweg fahren. Entweder durch Wenningstedt und einmal durch ganz Westerland oder …«

»Ich fahre über Munkmarsch nach Tinnum«, entschied Gertrud, »das ist der kürzere der beiden Umwege.«

Die Fahrt durch Braderup, vorbei an den vereinzelten Friesenhäusern aus dem 18. Jahrhundert und dem Naturzentrum, verlief trotz Schneeverwehungen in geordneten Bahnen, im wahrsten Sinne des Wortes. Doch von der Anhöhe hinunter, mit einer zugegeben atemberaubenden Sicht auf das glitzernde Wattenmeer und den vereisten Munkmarscher Hafen am Ende der Straße, ging die Achterbahnfahrt los – und die kleine Sandbucht kam immer schneller auf sie zugerauscht.

»Sofort anhalten!«, schrie Ernst mitten in der Kurve. Reflexartig trat Gertrud auf die Bremse, der Wagen kam ins Schleudern, und Ernst schloss die Augen.

Das war also sein Leben gewesen? Und mit ihm würde gleich noch seine halbe Familie ausgelöscht werden? Sollten Frieda und er wirklich so enden wie seine Eltern damals? War das die Strafe des Herrgotts für seinen Unglauben? Dabei hatte er wahrlich Grund dazu. Nicht nur, dass der wenig gütige Herr ihn als Kind zur Waise gemacht hatte, nein, seine mehr gottesfürchtige als mitfühlende Großmutter, bei der er fortan aufgewachsen war, hatte das abrupte Ende seiner Kindheit mit den für sie unumstößlichen Worten kommentiert: »Wenn deine Eltern am Sonntagvormittag in die Kirche gegangen wären, wie es sich für anständige Leute gehört, wäre der Unfall nicht passiert, und sie würden noch leben.« Und jetzt sollte er sich nicht mal von seinen beiden anderen Töchtern verabschieden dürfen?

Auf einmal hörte die Karussellfahrt auf, doch der erwartete Aufprall blieb aus.

»Musst du dich übergeben?«, hörte er seine Frau fragen und öffnete die Augen. Sie waren ordentlich auf der Fahrbahn zum Stehen gekommen, allerdings in der Gegenrichtung. Manchmal war es von Vorteil, zu den einzigen Irren zu gehören, die bei so einem Wetter unterwegs waren.

»Nein …«, sagte er verwundert, während ihm das Herz immer noch bis zum Hals schlug. Wäre ihnen ein Auto entgegengekommen oder dicht nachgefolgt, wäre es tatsächlich aus gewesen.

»Herrgott noch mal«, fluchte Gertrud, die das Lenkrad weiterhin umklammert hielt, »warum hast du mich dann zum Anhalten genötigt?«

»Lass den obersten Chef bitte aus dem Spiel«, sagte Ernst, »mit dem hatte ich gerade eine sehr unangenehme mentale Begegnung. Im Übrigen habe ich geschrien, dass du anhalten sollst, weil ich etwas Rosafarbenes in der Bucht liegen sah. Ich glaube, es war Sophies Schulranzen.«

So schnell, wie alle aus dem Auto sprangen, konnte Gertrud nicht mal den Motor starten, um in der nahen Seitenstraße auf den Parkplatz zu fahren.

Je näher sie kamen, umso deutlicher wurde, dass Ernst mit seiner Vermutung recht haben könnte, und die Beschriftung ließ am Ende keinen Zweifel mehr zu: »Sophie Sörensen. Nicolaischule. Klasse 2a«.

Von Sorge erfüllt ließ Ernst seinen Blick über den Strand bis zum Hafen und in großem Bogen über die scheinbar unendliche Weite des Eisfeldes bis zum schneebedeckten roten Backsteinturm der Keitumer Kirche schweifen. Die Gegend wirkte wie ausgestorben.

Es gibt nur eine Möglichkeit, Sophies Spur aufzunehmen, dachte er und zog seinen Hund näher an den Schulranzen heran. »Such, Gustav, such!«

»Was soll das bringen?«, fragte Karl-Heinz kopfschüttelnd. »Dein Dackel ist doch kein Mantrailer.«

Unbeirrt klopfte Ernst auf den Schulranzen und ließ Gustav daran schnüffeln. »Such, Gustav, such!«

Und tatsächlich, der Hund zog los.

Ernst hoffte, Gustav würde vielleicht in Richtung der Heidelandschaft, zum Restaurant Alte Mühle oder zurück zur Straße streben. In eine Richtung, die ihnen etwas Hoffnung geben könnte. Doch Gustav lief über den Strand, die Nase am Boden, immer näher ans Wattenmeer ran. Dort, wo sich die vordersten Eisschollen in den Sand gruben, blieb er stehen und schnüffelte. Er hielt die Nase in den Wind, prüfte die Fährte dann noch mal am Boden. Als Ernst schon glaubte, der Dackel habe die Spur verloren, ging ein Ruck durch die Leine.

Entschlossen hangelte Gustav sich mit seinen kurzen Beinchen auf eine der Schollen hinauf und kletterte zielstrebig weiter, hinaus auf das Eisfeld.

Ernst rutschte, stolperte und kroch seinem Hund keuchend hinterher. »Nicht so schnell, Gustav!«

***

Sorgenvoll behielt Frieda ihren Mann weit draußen auf dem Eisfeld im Blick.

Die Polizei war verständigt, die Rettungskräfte müssten gleich aus Westerland eintreffen.

Jeden Moment rechnete sie damit, dass Ernst die Hand heben und winken würde, zum Zeichen, dass er auf etwas gestoßen war. Dass er Sophie gefunden hatte. Etwas, woran sie gar nicht denken wollte. Zugleich fürchtete sie jedes Mal, wenn er stolperte, dass er fiel und in einem Wasserloch landete.

Wie gebannt starrte sie auf Ernst und den Hund, der in der Ferne nur noch als ein dunkler Punkt zu erkennen war, der von Eisscholle zu Eisscholle sprang.

Mary hatte sich unterdessen aus Neugierde an Sophies Schulranzen zu schaffen gemacht.

»Sieh mal, Mama, da sind gar keine Schulbücher oder Hefte drin. Bloß Kinderbücher und ein Teddy.«

Natürlich hatte Mary erfasst, dass sie nach einem verschwundenen Mädchen suchten, das in ihrem Alter war. Nur ahnte sie nicht, dass Sophie ihre Flucht geplant hatte.

Frieda riskierte ebenfalls einen Blick.

Wo waren die vielen Tafeln Schokolade abgeblieben? Außerdem hatte die Lehrerin doch noch von einer Puppe im Schulranzen gesprochen. Vielleicht hatte Sophie nur die Schokolade und ihre Puppe mitgenommen und das schwere Gepäck abgelegt, ehe sie …

»Was hat der Teddy da unter dem Arm?«, fragte Mary.

Stirnrunzelnd zog Frieda die Papierrolle hervor, die dort klemmte, und zog sie auseinander.

Ein in Schreibschrift verfasster Text.

Ihre Knie wurden weich.

»Doch nicht etwa ein Abschiedsbrief?«, fragte Karl-Heinz, der sich zu ihr herübergebeugt hatte.

»Nein, kein Abschiedsbrief«, sagte Frieda. Zum Glück nicht, wollte sie noch hinzufügen, doch das blieb ihr im Hals stecken, als ihr klar wurde, was sie da wirklich in der Hand hatte.

Lieber Gernot,
dieser Brief ist allein an dich gerichtet. Denn du hast das Ende der Geschichte nun in der Hand. Wenn du deine Tochter lebend wiedersehen willst, zieh deine Kandidatur zurück oder zahle 100.000 Euro in bar. Das Ultimatum läuft am Freitag, den 24. November um 20 Uhr ab.
Mit freundlichen Grüßen
Das Rumpelstilzchen

Kaum zu einem klaren Gedanken fähig, starrte Frieda den Zettel an, als könnte sich die Botschaft dadurch wie von Zauberhand in eine gute Nachricht verwandeln. Hatte Sophie das verfasst? Dafür wirkten die Buchstaben zu schwungvoll, gleichmäßig und fehlerlos, wie von geübter Hand geschrieben. In wessen Fänge war die Kleine geraten? Freitag als Ende des Ultimatums, das war schon morgen Abend.

»Rumpelstilzchen ...«, murmelte sie.

»Oma, wer ist denn das Rumpel... das Rumpeldings?«, fragte Mary in ihre Gedanken hinein. Frieda hörte zwar die Stimme ihrer Enkelin, doch sie fühlte sich so gelähmt, dass sie nicht in der Lage war, zu antworten.

»Das bezieht sich auf ein Märchen«, erklärte Kathrin, nachdem sie den Brief ebenfalls gelesen hatte. »Eine Kammer voll Stroh zu Gold zu spinnen war die Aufgabe der schönen Müllerstochter, dann sollte sie den König heiraten dürfen, und das Rumpelstilzchen half ihr durch einen Zauber dabei. Im Gegenzug forderte das Rumpelstilzchen ihr Baby nach der Geburt. Sie soll es nur behalten dürfen, wenn sie innerhalb von drei Tagen den richtigen Namen des Rumpelstilzchens errät.«

»Damit können wir fast ausschließen«, bemerkte Karl-Heinz, »dass Sophie ins Wattenmeer hinausgegangen ist. Selbst wenn Gustav gerade bellt, als hätte er jemanden gefunden.«

Frieda schaute ruckartig auf und hin zu dem Punkt, wo sie ihren Mann zuletzt beobachtet hatte. Doch da war er nicht mehr. Nur Gustav sprang dort aufgeregt herum.

So als hätte er jemanden verloren, ergänzte Frieda stumm, während das Geschehen wie ein siedend heißer Tropfen in ihr Bewusstsein sickerte, und sie begann wie von Sinnen nach ihrem Mann zu schreien.

***

Keiner auf der Gemeindevertretersitzung hielt es für angebracht, mit ihm zu sprechen.

Gut dreißig Menschen waren anwesend, verteilt auf zwei lange, in einem Oval aufgestellte Tischreihen, die zusammen mit ein paar Besucherstühlen und dem Pressetisch den Saal ausfüllten. Gernot saß an der Stirnseite in bester Hörweite, und doch machte sich keiner die Mühe, über das Gesprächsthema Nummer eins diskret und vor allem leise zu diskutieren. Man sprach über ihn, aber nicht mit ihm, obwohl er bereits zwanzig Minuten vor Beginn der Gemeindevertretersitzung in den Saal im ersten Stock des Rathauses gegangen war, um für persönliche Fragen zur Verfügung zu stehen.

Qualvolle zwanzig Minuten.

Bei jedem Mitglied, das nach Betreten des Saals auf seiner üblichen Tischrunde auch bei ihm zum Händeschütteln vorbeigekommen war, hatte er mit einer Frage oder ein paar Worten der Aufmunterung gerechnet, doch sie waren allesamt wie in stummer Kondolenz mit einem kurzen Nicken an ihm vorbeigezogen. Nur sein Stellvertreter und Kontrahent Günther von Wechlem fehlte noch – doch auf dessen Anwesenheit konnte er auch gut verzichten. Ebenso wie auf Volker Kirchberger, Hannahs Vater, der als Keitumer Ortsbeirat anwesend sein müsste, sich jedoch für heute aus Krankheitsgründen entschuldigt hatte. Zum Glück.

Anfangs hatte Gernot das Verhalten der Gemeindevertreter noch als Unsicherheit verbucht, schließlich hatte man nicht alle Tage mit jemandem zu tun, dessen Kind vermisst wurde. Doch zu sagen hatten die Herrschaften offenbar genug dazu. Nach Parteien zusammengerottet unterhielten sich die Frauen und Männer im Stehen in der Nähe ihrer Plätze. Ein schier unerträgliches Gewirr an Stimmen drang zu ihm herüber, aus dem von der CDU her vor allem Mutmaßungen zu Sophies Verbleib herauszuhören waren, während sich die Sylter Wählergemeinschaft linker Hand in Fragen nach dem Warum erging.

Angesichts der vielen Zeit, die er im Laufe der vergangenen sechs Jahre mit diesen Leuten verbracht hatte, in der sie manchmal fast wie in ukrainischen Verhältnissen gestritten und dann wieder gelacht hatten, war er mit den Charakteren vertraut und mit allen per Du, betrachtete er sie doch als eine Art große Familie – seine Familie. Nun wurde ihm jedoch schmerzhaft bewusst, dass die scheinbare persönliche Nähe, das vertraute Miteinander, trotz allem nicht mehr als ein Arbeitsverhältnis war und das Du eine Anrede, die auf Sylt ohnehin so verbreitet war, dass man schon aufmerkte, wenn zwei Insulaner sich siezten. So wie er und Kirchberger und seit Beginn des Wahlkampfes im Übrigen auch er und Günther von Wechlem.

Gernot hatte sich nicht davon beeindrucken lassen, als sein Stellvertreter von einem Tag auf den anderen zur höflichen Anredeform überging. Im Gegenteil, es war ihm sogar fast recht gewesen, da er gewisse Zweifel an den Methoden hegte, mit denen von Wechlem in den Wahlkampf gezogen war. Da konnte eine deutliche Distanz tatsächlich nicht schaden. Bislang hatte Gernot ihm jedoch noch keine schmutzigen Machenschaften nachweisen können.

Allerdings hätte er niemals geglaubt, dass ihn keiner auf seine vermisste Tochter ansprechen würde. Persönliche Belange interessierten offenkundig nicht, jedenfalls nicht im direkten Gespräch, und er fühlte sich so allein wie schon lange nicht mehr.

Doch er war nicht hier, um sich in eine Opferrolle zu flüchten, er hatte einfach nur die falschen Erwartungen gehabt, denn die Gremiumsmitglieder wollten schließlich, dass er sich auf seine Arbeit konzentrierte und seinen Amtsgeschäften nachging, und das zu Recht – diesen ungeteilten Fokus durften sie schlichtweg von ihm erwarten.

Zwei Minuten vor Sitzungsbeginn betrat sein Kontrahent gemessenen Schrittes den Saal. Günther von Wechlems hünenhafter Erscheinung nach zu urteilen, fertigte ein Maßschneider seine Anzüge. Coaching-Trainer empfahlen, sich berufliche Angstgegner als Mickey Mouse vorzustellen – bei von Wechlem half die Assoziation mit Bud Spencer. Schon allein damit er in einen Bademantel passte, müsste man zwei aneinandernähen.

Von Wechlem ließ sich, seinem politischen Stand in der Partei entsprechend, als Vorderster in der langen Reihe der CDU-Mitglieder nieder und saß damit nur vier Plätze von ihm entfernt. Bis zum Wahlkampf waren sie sich wohlgesonnen gewesen, und Gernot hatte jederzeit auf die Unterstützung seines Stellvertreters zählen können, in vielen Dingen waren sie einer Meinung. Wie schnell sich das ändern konnte, bewiesen nun dessen Kandidatur und der unbedingte Wille zum Sieg.

Neben ihm erhob sich zeitgleich mit dem Vorrücken des Zeigers auf neunzehn Uhr der Bürgervorsteher Bendixen. Als Sitzungsleiter agierte er mit der Präzision eines Schweizer Uhrwerks, und die Gespräche verstummten augenblicklich.

Gernot fühlte sich bei Bendixens Anblick immer an den Schauspieler Peer Augustinski erinnert: weißblondes gescheiteltes Haar und unbestechliche blaue Augen – nur am Humor fehlte es ihm.

»Sehr geehrte Damen und Herren, werte Gemeindevertreter, liebe Gäste, hiermit begrüße ich Sie zur heutigen Sitzung und halte fest, dass die Einladung form- und fristgerecht ergangen ist und keine Widersprüche gegen die Tagesordnung erhoben wurden.«

Das Handy in Gernots Hosentasche vibrierte. Mist, er hatte vergessen, das Ding auszuschalten. Nicht jetzt, dachte er.

Verstohlen schaute er sich um. Doch zum Glück schien niemand das dezente Surren zu hören.

»Ich zähle zweiunddreißig anwesende Gremiumsmitglieder und stelle damit die Beschlussfähigkeit fest. Wir haben heute dreiundzwanzig Tagesordnungspunkte zu besprechen, ich gehe davon aus, dass dies gewohnt zügig und sachlich erfolgen wird.«

Dieser Nachsatz war neu. Gernot wunderte sich, doch ihm blieb keine Zeit, länger darüber nachzudenken, denn gleich war er gefragt.

Schon wieder sein Handy. Wer wollte denn so dringend etwas von ihm? Ging es etwa um Sophie?

Der Bürgervorsteher war bereits zu Punkt 1a übergegangen, genauer zu dem Dringlichkeitsantrag, den Gernot just heute eingereicht hatte, damit über den Erlass einer Veränderungssperre für den Geltungsbereich der siebten Änderung des Bebauungsplanes Nummer 59 im Ortsteil Keitum für das Gebiet zwischen Alter Kirchenweg, Pröstwai, Erich-Johannsen-Wai und der K 118 beraten und selbige beschlossen werden konnte. Eine heikle Sache aufgrund einer ablaufenden Frist. Er war auf das Wohlwollen der Gemeindevertreter angewiesen, die diesen Punkt nachträglich als ordentlichen Tagesordnungspunkt in den öffentlich zu diskutierenden Teil der Sitzung mit aufnehmen sollten – etwas, was sie per se nicht gerne taten, und Gernot begann etwas zögerlich mit seinen Ausführungen dazu.

Wo war nur seine Selbstsicherheit geblieben? Natürlich, durch das verfluchte Handy, das nun zum dritten Mal vibrierte, war er abgelenkt. Wenn es so dringend war, gab es höchstwahrscheinlich Neuigkeiten zu seiner Tochter. Gute oder schlechte.

Als er sein Tischmikrofon mit einem unangenehmen Gefühl in der Magengrube wieder ausschaltete, wusste Gernot genau, dass er mit seinen Halbsätzen und Versprechern nicht gerade überzeugend gewirkt hatte.

Bürgervorsteher Bendixen ergriff wieder das Wort und wandte sich an die Gemeindevertreter. »Vielen Dank, Herr Bürgermeister, für Ihre Erläuterungen. Es folgt nun die Abstimmung darüber, ob dieser Punkt als neuer Tagesordnungspunkt 19 in die Tagesordnung mit aufgenommen und somit am Ende des öffentlichen Teils der Sitzung behandelt wird, ehe wir mit dem nicht öffentlichen Teil weitermachen. Ich bitte um Ihre Karten.«

Die kurzzeitig aufkommende Unruhe nutzte Gernot für einen unauffälligen Blick auf sein Handy. Seine Schwiegermutter – nicht zu fassen. Da war ja außer Vorhaltungen nichts zu erwarten. Garantiert saß Barbara gerade bei ihr, weil sie es allein zu Hause nicht aushielt. Dass er sich mehr um Barbara kümmern müsste, wusste er selbst, das musste ihm seine Schwiegermutter bestimmt nicht mitteilen, und erst recht nicht während der Gemeindevertretersitzung.

Als er wieder aufschaute, sah er zu seiner Überraschung zahlreiche hochgestreckte Hände mit orangeroten Karten, durch die sich die Stimmen leicht zählen ließen. Doch das war in diesem Fall gar nicht notwendig.

»Einstimmig, vielen Dank. Damit haben wir einen weiteren Tagesordnungspunkt.«

Puh, gerade noch mal gut gegangen, dachte Gernot erleichtert und schob sein Handy unauffällig zurück in die Hosentasche – nachdem er es ausgeschaltet hatte. Sie standen also doch alle hinter ihm. »Vielen Dank, Herr Bürgervorsteher und liebe Gemeindevertreter, für das Votum.«

»Mich wundert nur«, hob das Ebenbild von Peer Augustinski an und fixierte ihn ungewohnt scharf, »dass du bei einer für dich so wichtigen Abstimmung die Aufmerksamkeit auf dein Handy richtest. Das hat mir gerade sehr missfallen. Gab es einen wichtigen Grund?«

»Nein«, musste Gernot schlicht und ergreifend zugeben. »Ich hatte vergessen, es auszuschalten, was ich nun nachgeholt habe.«

Überraschend erhob sich Günther von Wechlem. Aufgrund seiner physischen Erscheinung wirkte er wie eine Statue, und genauso fest schien er zu stehen. Die Tatsache, dass er nicht sitzen geblieben war und wie gewöhnlich die Taste seines Mikrofons betätigt hatte, um einen Redebeitrag beim Bürgervorsteher anzumelden, ließ Gernot unsicher werden, doch sein Verhalten konnte sich auch auf ein neues, wichtiges Thema beziehen, denn nun folgte die Beschlussfassung über die Beratung der Punkte, die in nicht öffentlicher Sitzung besprochen werden sollten. Das musste nichts mit ihm zu tun haben.

***

Barbara hatte im Bad gesessen, ihre Mutter war mit dem Haareschneiden noch nicht fertig gewesen, als die Polizei anrief und erklärte, dass Sophies Schulranzen in der Munkmarscher Bucht anscheinend von einem Mann gefunden worden sei, der daraufhin auf der Suche nach Sophie der Witterung seines Hundes gefolgt und im Eis eingebrochen war. Man wisse jedoch noch nichts über ihre Tochter.

»Sophie!«, hatte Barbara nur geschrien und war ihrer Mutter unter der Schere weggesprungen. Die konnte gar nicht so schnell reagieren, wie Barbara die halsbrecherische Treppe hinuntergerannt war. Keine zehn Minuten später stand sie nun am Parkplatz beim Munkmarscher Hafen, über den inzwischen die Dunkelheit hereingebrochen war.

Barbara hielt sich die Hand vor den Mund, um nicht zu schreien, schüttelte unablässig den Kopf und konnte den Blick nicht von der unwirklichen Szenerie unten in der Bucht abwenden.

Blaulichter, die bis hinaus aufs Wattenmeer reichten.

Polizei, Notarzt, Feuerwehr, Krankenwagen und Männer des Freiwilligen Rettungs-Corps, die auf die strandnahe Bergung von Schiffen und Personen spezialisiert waren. Ein Hubschrauber war nicht im Einsatz, der starke Wind aus Ost machte das unmöglich.

Im Scheinwerferkegel der Feuerwehr war zu sehen, wie ein Retter weit draußen auf dem Eis auf einer Leiter vorwärtsrobbte, dabei schob er einen Schleifkorb vor sich her, in den er jetzt umstieg, um die Leiter wieder davor auszulegen, was er wiederholte, bis er die Einbruchstelle erreicht hatte. Zwei lange Seile verliefen vom Schleifkorb und der Leiter zurück zum Strand, der von Rettungshelfern in verschiedenen Uniformen nur so zu wimmeln schien.

Dorthin rannte Barbara und schrie: »Wo ist meine Tochter, haben Sie meine Tochter gesehen?«

Aus dem Zwielicht heraus trat eine Polizistin auf sie zu und führte sie sachte, aber bestimmt ein paar Schritte zur Seite. Dorthin, wo bereits eine etwas ältere Dame in eine Decke eingehüllt mit einem heißen Getränk in der Hand kauerte. Mit der anderen Hand streichelte sie ihren jaulenden und winselnden Dackel, der wie sein Frauchen zitternd zu dem Lichtkegel aufs Eis hinausstarrte.

Auch Barbara bekam von der Polizistin einen heißen Tee angeboten, den man vom nahen Hotel in großen Thermoskannen herübergebracht hatte, was sie jedoch dankend ablehnte. »Ich kann doch nicht hier sitzen und Tee trinken, während meine Tochter irgendwo da draußen unterm Eis liegt.«

»Die Ereignisse haben sich anders entwickelt, als der Notruf zunächst vermuten ließ«, sagte die Polizistin, deren Gesicht unter der Mütze kaum zu erkennen war. »Ihre Tochter ist mit allergrößter Wahrscheinlichkeit nicht da draußen.«

Warum hörte sich ihre Tonlage dabei nicht so an, dass es beruhigend klang? Irgendwas war doch faul, oder waren ihre Nerven einfach überempfindlich geworden?

»Es tut mir leid, Ihnen das sagen zu müssen, aber uns liegt eine Lösegeldforderung vor. Die Kripo untersucht das Schriftstück bereits. Da es in Sophies Schulranzen gefunden wurde, müssen wir den Brief in jedem Fall ernst nehmen, so viel steht schon mal fest.«

Barbara sank in die Knie, weil ihre Beine sie nicht länger trugen, doch ihr Kreislauf lief auf Hochtouren. Adrenalin schoss durch ihren Körper und hinterließ ein brennendes Gefühl in ihren Adern.

Die Polizistin fasste unterdessen den Inhalt der Forderung

zusammen. Wie Stromschläge wirkten die Worte »hunderttausend Euro«, »Kandidatur«, »Ultimatum bis Freitag um acht«, »Schreibschrift« und »Rumpelstilzchen«.

»Es tut mir so leid für Sie. Frieda Schmälzle ist mein Name«, hörte Barbara die Frau neben sich sagen.

Schmälzle? Der Name Ernst Schmälze war ihr zuletzt in keinem guten Zusammenhang zu Ohren gekommen, doch nun kam es ihr so vor, als würde eine ihr völlig vertraute Person ihre zitternde Hand aus der Decke herausstrecken, so als würden sie sich ein Schicksal teilen.

»Mein Mann hat den Schulranzen am Strand entdeckt. Und weil er glaubte, Sophie wäre ins Wattenmeer hinausgegangen, ist er ihr mit unserem Hund gefolgt. Währenddessen habe ich den Brief in der Schultasche gefunden, eingerollt im Arm eines Teddys. Ruhig, Gustav, ruhig.«

»Das ist ihr Lieblingsteddy, den würde sie doch niemals freiwillig zurücklassen. Oh Gott, nun ist sie ohne ihr Kuscheltier.« Versetzte sie sich in Sophie hinein, erschien ihr dieser fehlende Trost am schlimmsten. »Für meine Tochter war der Teddy zusammen mit ihrer Puppe wie eine zweite Familie, das weiß ich.«

»Eine Puppe lag aber nicht im Schulranzen.«

»Dann haben sie ihr wenigstens die gelassen«, sagte Barbara, auch wenn das für sie keine Beruhigung war, genauso wenig wie der Umstand, dass sie ihre Tochter nun höchstwahrscheinlich nicht mehr draußen in der Kälte vermuten musste. Der Schmerz, den sie seit der Nachricht verspürte, war so stark, dass sie glaubte, man habe ihr nicht nur ihr Kind genommen, sondern auch das Herz rausgerissen. Bislang hatte sie das für eine pathetische Umschreibung eines Gefühls gehalten, das es so gar nicht gab, doch jetzt wurde sie eines Besseren belehrt.

Und war man von echten Entführungsfällen nicht eigentlich immer weit weg? So etwas gab es in den Nachrichten, aber nicht in unmittelbarer Nähe, schon gleich gar nicht auf Sylt! Barbara wusste nicht, ob dieser Umstand sie hoffen oder verzweifeln lassen sollte. Auf einer Insel, wo praktisch jeder jeden kannte, müsste auch jemand gesehen haben, wie Sophie ihrem Entführer begegnet war. Erst recht müsste es doch aufgefallen sein, wenn sie nicht freiwillig mit ihm mitgegangen war. Hoffentlich konnten neue Zeugenhinweise dazu beitragen, dass die Kripo dem Erpresser auf die Spur kam.

Hannahs Vater, dachte sie, so unvermittelt, dass sie den Namen laut aussprach: »Volker Kirchberger.«

Es war ein Gedanke, bei dem ihr Puls zu rasen begann. So weit hatte sie bislang noch gar nicht gedacht, obwohl es doch so naheliegend war.

»Was haben Sie gesagt?«, fragte Frieda Schmälzle, die die Rettungsaktion unablässig beobachtete und das Klappern ihrer Zähne kaum unter Kontrolle bekam.

»Volker Kirchberger. Zu ihm würde Sophie freiwillig ins Auto einsteigen, er ist der Vater ihrer besten Freundin.«

Die Polizistin, die nur einen Schritt von ihnen entfernt stand, horchte auf. »Wäre ihm eine Entführung zuzutrauen? Gäbe es dafür Gründe oder Anhaltspunkte?«

»Mein Mann hatte erheblichen Streit mit ihm, beruflich. Zusätzlich könnten ihn die finanziellen Probleme der Familie zu einem solchen Schritt verleitet haben. Von langer Hand würde er so etwas sicher nicht planen, das traue ich ihm nicht zu, aber für eine Kurzschlusshandlung ist er impulsiv genug.«

»Augenblick«, sagte die Beamtin, »das gebe ich mal eben an die Kripo weiter. Volker Kirchberger, wohnhaft in?«

»Keitum«, sagte Barbara und schaute der Beamtin hinterher, die zu einem der Einsatzfahrzeuge ging.

»Ich habe ja mehr den Busfahrer in Verdacht«, sagte Frieda und führte mit ihren zitternden Händen mühsam den Becher an ihre Lippen, den Blick nach wie vor auf die Stelle gerichtet, an der ihr Mann ins Wasser gefallen war. »Der hat eiskalt gelogen, als er behauptete, Sophie sei mit meinem Mann mitgegangen, statt in seinen Bus einzusteigen.«

»Nein, den hat die Kripo in der Zwischenzeit einmal von den Füßen auf den Kopf und wieder zurück gestellt. Dabei hat er dann wohl auch zugegeben, dass Ihr Mann meine Tochter sehr wohl in den Bus gesetzt hatte, nur achtete er nicht wie versprochen darauf, dass Sophie in Westerland in den richtigen Bus nach Keitum einsteigt. Er war der Meinung, sie würde schon wissen, wo sie hinmuss. Und dass sie zuvor den falschen Bus genommen und sich verlaufen haben sollte, glaubte er nicht. Er war der Überzeugung, meine Tochter hätte bloß eine kleine Abenteuerfahrt gemacht.«

»Wie furchtbar! Es ist ihm wahrscheinlich nicht in den Sinn gekommen, dass Sophie weglaufen wollte, und schon gar nicht, dass etwas Schlimmeres passieren könnte.«

»So ist es. Als Sophies Verschwinden am nächsten Tag bekannt wurde, hat er spontan eine Falschaussage gemacht, aus Angst, man könnte ihm etwas anlasten.«

Frieda zog die Decke enger um sich, sodass auch von ihrem Hund nur noch die Schnauze herausschaute. Obwohl sie das Geschehen auf dem Eis unablässig beobachtete, schien ihr noch gar nicht in den Sinn gekommen zu sein, dass ihr Mann vielleicht nicht überleben könnte. Oder, viel wahrscheinlicher noch, sie verdrängte diese Tatsache, und das Gespräch half ihr dabei. »Ein Unding, dafür meinen Mann als Schuldigen zu bezichtigen. Was Ängste aus manchen Menschen machen können ... Gustavchen, ruhig, sie werden Herrchen jeden Moment da rausholen. Wissen Sie, meine Tochter war mit meiner Enkelin auch hier, aber sie sind zurück auf den Campingplatz gefahren, damit die Kleine das nicht so mitbekommt. Es hat schon gereicht, dass sie gesehen hat, wie ihr Opa im Eis eingebrochen ist. Nur Gustav war nicht dazu zu bewegen, ins Auto einzusteigen. So hab ich ihn noch nie erlebt.«

»Und nun hat sich Ihr Mann für meine Tochter ganz umsonst in eine solche Gefahr begeben.« Undenkbar, wenn er das vielleicht nicht überlebt, dachte Barbara, sprach es aber nicht aus. Stattdessen fragte sie: »Wie konnte Ihr Hund überhaupt diese falsche Fährte aufnehmen?«

»Wenn ich das wüsste. Ehrlich gesagt war ich ja von Anfang an misstrauisch, er ist ein Dackel und kein Mantrailer, aber mein Mann hat so sehr auf Gustav vertraut, dass er ihm ohne nachzudenken hinaus aufs Eis gefolgt ist. Am meisten wird ihn natürlich die Hoffnung angetrieben haben, Sophie zu finden. Denn insgeheim gibt er sich wohl auch die Schuld, weil er sie nicht bis nach Hause begleitet hat – aber Sophie wollte das ja nicht, und mein Mann hat dem Busfahrer vertraut. Jedenfalls habe ich keine Ahnung, was der Hund letztendlich gerochen hat.«

Vorne am Ufer kam vermehrt Bewegung in die anwesenden Einsatzkräfte. Auf dem Eis tat sich etwas.

Der Retter kippte die Schleifkorbtrage so weit ins Wasserloch, dass sie fast senkrecht stand und er Ernst Schmälzle darin wie auf einer Schaufel herausheben konnte. Wie in Zeitlupe ging er dabei vor, damit keine ruckartige Bewegung auf die Abbruchkante einwirkte. In diesem kritischen Moment schienen alle den Atem anzuhalten.

»Erstversorgung der eingebrochenen Person an Land vorbereiten«, hörte Barbara den Gruppenführer sagen.

Frieda Schmälzle hielt nun nichts mehr an ihrem Platz, sie lief in die vorderste Reihe, und während alle gespannt zusahen, wie Ernst Schmälzle geborgen wurde, vibrierte Barbaras Handy in der Hosentasche. Wahrscheinlich wollte ihre Mutter wissen, wohin sie verschwunden und ob Sophie gefunden worden war.

Als Barbara auf das Display sah, stellte sie fest, dass sie sieben entgangene Anrufe hatte. »Meine Mutter, sie macht sich große Sorgen«, sagte sie zu der Polizistin. »Doch ich habe fast keinen Akku mehr und kann ihr jetzt nicht alles erklären.«

»Ich rufe ein Taxi, damit sie hierherkommt. Es wäre doch ganz gut, wenn Sie jemanden bei sich hätten. Wo wohnt sie denn?«

»Im Hüs Möskit in Keitum, das kennt jeder Taxifahrer – aber andererseits, das ist nicht notwendig. Sie hat ein Auto, und bis das Taxi aus Westerland dort ist …« Barbara entschied sich anders. *Komm zum Munkmarscher Hafen*, schrieb sie, und gerade als sie ihr Handy mit klammen Fingern wieder einstecken wollte, ging eine Nachricht ein, doch es war nicht die Antwort ihrer Mutter.

Ich sehe, du bist online. Wo bist du? Melde dich bei mir. Du sollst etwas wissen. Hans-Boy.

Nein, dachte Barbara reflexartig. Ich will nichts mehr von dir wissen. Jetzt nicht und auch in Zukunft nicht. Und schon gar nicht werde ich nach deiner Pfeife tanzen.

Ernst Schmälzle wurde in der Schleifkorbtrage auf den Sand gezogen und sofort von weiteren Helfern umringt.

Lebte der Mann noch, der ihre Tochter retten wollte? Barbara schickte ein Stoßgebet zum Himmel.

Erschreckend, wie bleich er ist, dachte Barbara, als sie einen Blick auf ihn erhaschen konnte. So weiße Haut hatte sie noch nie gesehen, und wider Erwarten zitterte er nicht. Bedeutete das etwa …

»Ist er … er ist doch nicht tot?«, rief Frieda Schmälzle in diesem Moment.

»Nein. Anscheinend hat Ihr Mann Glück im Unglück gehabt und nur eine mittelschwere Unterkühlung erlitten, die für sich genommen nicht lebensbedrohlich ist«, beruhigte sie der behandelnde Notarzt.

»Für sich genommen, was bedeutet das?«, fragte Frieda, die kaum zurückzuhalten war.

»Er ist so weit ansprechbar, allerdings ein wenig desorientiert«, hörte Barbara den Notarzt sagen. Es sei allerdings wichtig, erklärte er weiter, den Patienten möglichst nicht zu bewegen und schon gar nicht seine Hand zu reiben, da sonst das kalte Blut aus den Extremitäten in den noch warmen Körperkern vordringen und dort schwere Herzrhythmusstörungen verursachen könne. Diesen »Afterdrop« und den damit verbundenen Bergungstod, den jeder Retter fürchtete, galt es unbedingt zu verhindern. »Wir werden Ihren Mann jetzt zur Untersuchung in die Nordseeklinik bringen. Nicht wahr, Herr Schmälzle?«, redete der Notarzt mit überlauter Stimme auf den Patienten ein. »Können Sie mich verstehen?«

Ernst Schmälzle hob leicht seinen Arm, was ihm sofort

verwehrt wurde. »Nicht bewegen. Sprechen Sie bitte mit mir.«

Was hielt er denn da in seiner Hand, fest umklammert wie einen Rettungsanker? Das weiße Ding sah aus wie eine Papiertüte. Jedenfalls war es das Einzige, was an dem Mann noch trocken war.

»Ihr kennad mit mir macha, was ihr wellat. Aber des isch *meine* Budderbretzel! Die hab ich gerettet. Die kriegat ihr ned.«

ACHT

»Ich spreche nicht als stellvertretender Bürgermeister, sondern in meiner Eigenschaft als Hauptausschussvorsitzender zu Ihnen.« Während von Wechlem redete, hätte man die berühmte Stecknadel fallen hören können. »Und ich möchte diese Sitzung zum Anlass nehmen, gewisse Bedenken zu äußern.«

Unbehaglich richtete sich Gernot in seinem Stuhl auf, als nun alle Blicke auf ihm ruhten. Worauf wollte von Wechlem hinaus? Es gab doch nichts, was er sich in vergangener Zeit hatte zuschulden kommen lassen.

»Nach Rücksprache mit unserem Bürgervorsteher und der übrigen Verwaltung sowie unter Berücksichtigung der aktuellen Ereignisse hege ich derzeit erhebliche Zweifel an der Amtsfähigkeit unseres Bürgermeisters.«

»Wie bitte?«, entfuhr es Gernot. »Sei vorsichtig, was du hier an haltlosen Unterstellungen in den Raum wirfst!«

»Keine emotionalen Einlassungen, Herr Bürgermeister, wenn ich bitten darf«, wies ihn Sitzungsleiter Bendixen zurecht.

Gernot verschlug es die Sprache. Die saßen doch alle in einem Boot! Was war das für eine Verschwörung, die da gegen ihn lief? Deshalb also dieses distanzierte Verhalten des Gremiums. Von jeder Partei saß auch einer im Hauptausschuss – die folgten von Wechlem blind in dem, was er ihnen als Wahrheit verkauft hatte.

»Die Gründe, oder besser gesagt die Vorfälle, sehr geehrter Herr Bürgermeister«, setzte von Wechlem bedächtig an, als wollte er den Moment besonders auskosten, »die mich zu dieser Einschätzung gebracht haben, lege ich Ihnen sehr gerne dar.«

»Nun, da darf ich wohl gespannt sein«, gab Gernot äußerlich gelassen zurück und kassierte dafür vom Bürgervorsteher erneut eine Ermahnung. Natürlich erwartete Bendixen nicht, dass er sich wehrlos mit gekreuzten Händen an den Marterpfahl führen ließ, noch dazu vor allen Gemeindevertretern und der anwesenden Presse. Genau deshalb versuchte der Sitzungsleiter, jegliches Aufbegehren bereits im Keim zu ersticken. Sein Job war es schließlich, die Herde friedlich beisammenzuhalten.

»Nun, die Liste ist recht lang, deshalb beschränke ich mich nur auf die wichtigsten Punkte. Zunächst wäre da das soeben abgehandelte Fristversäumnis, bei dem wir die Kuh gerade noch mal vom Eis geholt haben, zum Zweiten hat der Herr Bürgervorsteher heute leider vergeblich auf die wichtige Mail mit Ihren Ausführungen zum Tagesordnungspunkt zehn gewartet …«

»Moment mal, die habe ich doch geschickt!«

»Würden Sie bitte Ihre ständigen Zwischenrufe unterlassen?«, polterte Bendixen. »Wenn Sie etwas sagen möchten, melden Sie es bitte wie alle hier im Saal bei mir an.«

Ungehalten schlug Gernot auf die Taste am Mikrofon, damit sein Redewunsch auf dem Laptop des Sitzungsleiters erschien.

Bendixen reagierte prompt. »Herr Bürgermeister?«, fragte er, als sei zuvor nichts gewesen. »Sie möchten etwas sagen?« Er sagte das so, als würden sie über eine neue Ampelanlage beratschlagen.

Nur mit Mühe beherrschte sich Gernot. »Allerdings! Ich habe Ihnen die Mail geschickt!«

»Bei mir ist leider nichts angekommen.«

Gernot stutzte. Mittels seines Postausgangs ließ sich das leicht entkräften, aber nicht sofort. Bendixen log, um ihn zu demontieren. Dass von Wechlem einen – milde ausgedrückt – ebenso kostspieligen Wahlkampf wie Boysen bestritt, hatte Gernot ja schon länger vermutet. Jetzt glaubte er, den Beleg dafür zu haben. Bendixen knickte in seiner Unterstützung ein, weil der Geldsack so schwer wog.

Wo von Wechlem das ganze Geld hernahm, war Gernot allerdings ein Rätsel. Allein zwanzig- bis dreißigtausend Euro waren doch schon für Agentur, Presse, Flyer und Wahlplakate fällig. Wie viel Unterstützung bekam er denn von seiner

Partei – oder besser gesagt, wie viel Unterstützung floss der Partei zu? Es wäre nicht die erste Spendenaffäre, da gab es genug Vorbilder.

Die hohe Zahl der werbewirksamen Auftritte bei Sylter Unternehmen, Verbänden und potenziellen Sponsoren war jedenfalls recht auffällig und ließ Gernot weniger an wohlwollende Einladungen als vielmehr daran glauben, dass sich von Wechlem für seinen Wahlkampf von der »Rent-a-Rüttgers-Affäre« seines ehemaligen Arbeitgebers und Ministerpräsidenten hatte inspirieren lassen.

Innerlich wappnete sich Gernot zum Gegenschlag, nicht nur gegen die vermeintlichen Gründe, die gegen eine derzeitige Fortführung seiner Amtsgeschäfte sprechen sollten, sondern in erster Linie gegen seinen Kontrahenten.

Was hatte von Wechlem dem Bendixen dafür bezahlt? Und wer waren die Mitläufer?

Ruhe bewahren war nun oberstes Gebot, auch wenn es Gernot schwerfiel. »Ich habe Ihnen die Mail geschickt, es ist zwar etwas später geworden, aber Grund ist nicht meine psychische Verfassung, wie Sie mir ganz offenkundig zu unterstellen versuchen. Sondern dass ich Kaffee über meinen Laptop geschüttet habe und mich zunächst um ein Ersatzgerät kümmern musste.«

Bendixen erging sich in theatralischem Kopfschütteln. »Eine Mail kann man heutzutage auch über das Handy oder Tablet verschicken, wenn man der Sache die ausreichende Gewichtung beimisst.«

»Ich habe die Mail geschickt, das kann ich nachweisen«, schoss Gernot zurück.

»Ihre psychische Verfassung«, holte von Wechlem aus, »Sie haben es gerade selbst erwähnt. Ihre Ausführungen zum Dringlichkeitsantrag waren mehr als dürftig und inhaltlich kaum verständlich. Es hätte leicht zu einer falschen Abstimmung aufgrund mangelnder Information kommen können.«

»Ist es aber nicht.«

»Und natürlich kann jeder verstehen, dass Sie in Ihrer Situation ständig auf Ihr Handy schauen müssen – aber nicht während der Sitzung. Vielleicht sollten Sie sich besser krankschreiben lassen?«

»Und dadurch selbstverständlich auch nicht mehr länger am Wahlkampf teilnehmen?«, echauffierte sich Gernot entgegen seinem Vorsatz. »Das kommt überhaupt nicht in Frage. Und das wissen Sie genau! Haben Sie mir sonst noch irgendwelche Vorhaltungen zu machen, oder können wir jetzt zum nächsten Tagesordnungspunkt kommen?«

Schweigen in der Runde.

Beinahe hätte Gernot aufgelacht. »Wenn das meine einzigen Verfehlungen sind, verstehe ich nicht, warum man die Gemeindevertreter – und die Presse – damit belästigen muss.«

»Amtsenthebungsverfahren gegen einen Sylter Bürgermeister sind schon aus nichtigeren Gründen gestellt worden«, entgegnete von Wechlem gelassen.

»Ich glaube, ich höre nicht richtig!« Gernot hielt es kaum mehr auf seinem Stuhl.

»Dazu braucht es nicht mal eine ausführliche Begründung. Es genügt die Tatsache, dass die Wähler das Vertrauen in ihren Bürgermeister verloren haben. Wenn dementsprechend zweitausendfünfhunderteinundsiebzig Unterschriften bei der Gemeinde eingegangen …«

»Aber doch nicht drei Wochen vor der Wahl – damit kommen Sie allein wegen der zeitlichen Fristen nicht durch, überhaupt ist das doch alles völliger Humbug.«

»Darauf wollen wir ja auch gar nicht hinaus. Wir erwarten etwas anderes von Ihnen.«

»Doch nicht etwa …«

»Ihren freiwilligen Rücktritt, insbesondere von einer weiteren Kandidatur«, sprach von Wechlem aus, was zu diesem Zeitpunkt alle dachten.

Die Forderung wirkte auf Gernot wie ein Stromstoß und ließ eine Sicherung bei ihm durchbrennen. Zu lange hatte er sich im Zaum gehalten. »Weißt du eigentlich«, hob er mit der bewussten Anrede provozierend an, »dass der Verkauf von Gesprächszeiten ein Verstoß gegen das Parteiengesetz ist?«

»Wovon sprichst du bitte?« Von Wechlems gespielte Überraschung glich der Aufführung eines Grundschul-Theaterstücks.

»Vom Beispiel deiner ehemaligen Parteizentrale, dem du nachzueifern versuchst. Damals wurden in Werbebriefen nachweislich sogenannte ›Partnerpakete‹ angeboten. Ein Besuch des Ministerpräsidenten während des Wahlkampfes war für sechstausend Euro zu bekommen, inklusive Fototermin und Einzelgespräch – in Anführungszeichen –, und das Ganze zum Beispiel auf einer Ausstellungsfläche in der Parteitagshalle, die der Unternehmer oder Sponsor mit zwanzigtausend Euro zu bezahlen hatte. Selbstverständlich war auch ein Platz beim Abendessen neben dem Ministerpräsidenten buchbar. Eine Win-win-Situation für beide Seiten, von der Rüttgers bei Bekanntwerden natürlich nichts gewusst haben wollte, woraufhin er die Schuld allein seinen Parteigenossen gab, die diese Werbebriefe ohne sein Wissen verschickt hätten.«

»Überleg dir gut, was du jetzt noch sagst. Sehr gut«, zischte von Wechlem erbost.

»Dass hier versucht wurde, das Parteiengesetz zu umgehen, um der CDU verdeckte und damit illegale Parteispenden zukommen zu lassen, ist wohl kaum ein Geheimnis. Das ist eine strafbare Handlung und sicherlich schwerwiegender zu bewerten als ein Fristversäumnis, der unverschuldete Nichterhalt einer Mail und ein kurzer Blick aufs Handy während einer Sitzung.«

Von Wechlem beugte sich nach vorn wie ein Sprinter vor dem Start. »Wenn du mir vorwerfen willst, dass ich … oder soll ich gleich meinen Anwalt wegen einer Unterlassungsklage anrufen?«

Sie waren in einen offenen Schlagabtausch übergegangen, aus dem sich selbst der Sitzungsleiter heraushielt, weil er offenkundig so perplex war, dass ihm nichts Klügeres einfiel.

»Ich habe nichts behauptet, mich nur auf frühere Tatsachen bezogen. Aber ich habe Augen im Kopf, und auch jeder der hier Anwesenden kennt deine Art, Wahlkampf zu führen. Es ist ja zudem ein offenes Geheimnis, dass du mich aus dem Amt haben willst, damit ich dir bei der Wahl nicht gefährlich werden kann. Alles zusammen … Tja.«

»Gernot, nun muss ich wirklich ernsthaft an deinem Gesundheitszustand zweifeln. Du leidest ja an einer Paranoia.«

Gernot wollte etwas entgegnen, doch unvermittelt riss jemand die Flügeltür zum Saal auf. Eine Frau, vollkommen aufgelöst und außer Atem, stürzte herein.

Auf den ersten Blick hatte Gernot seine Barbara gar nicht erkannt. »Was hast du denn mit deinen Haaren gemacht?«, fragte er perplex. Das war sicherlich nicht die Frage, um die es ging, aber die einzige, die er in seiner Überraschung stellen konnte. Auf keinen Fall wollte er eine andere Frage stellen und schon gar nicht hören, was durch ihr Hereinplatzen unausgesprochen im Raum stand.

»Gernot, unsere Tochter ist entführt worden!«, rief Barbara tränenüberströmt. »Wir werden erpresst! Du sollst deine Kandidatur zurückziehen. Oder bis morgen Abend um zwanzig Uhr hunderttausend Euro Lösegeld bezahlen.«

Das Entsetzen im Raum war förmlich mit Händen zu greifen. Stimmengewirr erhob sich, wurde lauter und lauter. Nur Gernot saß unerwartet ruhig auf seinem Stuhl. Stumm und voller Entschlossenheit.

Mitten im Tumult griff er zu seinem Mikrofon, und seine feste Stimme durchdrang den Raum. »Ich möchte, dass Sie mir jetzt alle genau zuhören: Ich gebe entschieden bekannt, dass ich mich weder den Geldforderungen eines Erpressers beugen noch meine Kandidatur zurückziehen werde.« Sein Blick heftete sich auf Günther von Wechlem wie auf den Mittelpunkt einer Zielscheibe.

Barbara taumelte mit entsetzter Miene zwei Schritte rückwärts, so als hätte sie dem Sensenmann persönlich in die Augen geschaut. »Du setzt das Leben deiner Tochter aufs Spiel?«

***

Als Gernot nach Hause kam, fand er seine Frau im Bett vor, die Daunendecke bis zum Rollkragen ihres dicken schwarzen Pullis hochgezogen. Wie verloren wirkte sie in dem großen Boxspringbett, ihre Haut so weiß wie das teure Laken.

»Frierst du? Soll ich dir eine Suppe oder einen Tee machen?«

Barbara schaute ihn schweigend mit ihren großen blauen Augen an. Sophies Augen, dachte er wehmütig. Aber warum war Barbara so erstaunt? Gut, mit der Zubereitung einer Suppe hatte er sich vielleicht ein wenig weit aus dem Fenster gelehnt, weil es in diesem Haushalt keine Tütenprodukte gab, aber einen Tee würde er wohl zustande bringen.

Barbara schüttelte den Kopf.

Ungewohnt, ihre Haare dabei fliegen zu sehen. Doch Barbara hatte sich nicht nur von ihrem hübschen Pferdeschwanz und den langen Haaren, die er so sehr liebte, radikal getrennt, ohne ihm vorher ein Wort davon zu sagen, der neue Schnitt war auch völlig asymmetrisch, wie gewollt und nicht gekonnt. »Wer hat dir überhaupt die Haare so merkwürdig abgeschnitten?«, fragte er.

»Das fasse ich jetzt nicht.« Barbara stützte sich auf ihren Ellenbogen. »Du kommst hier rein, nach dem, was wir vorhin erfahren haben, und das Einzige, was dich erneut nur interessiert, sind meine Haare?«

»Ich …«, hob er zu seiner Verteidigung an. Aber was sollte er schon vorbringen? Dass es seine Unsicherheit war, seine große Angst um seine Tochter, die ihn an diesen unbedeutenden Dingen festhalten ließ, weil sie den Schmerz umgingen, den er nach außen hin nicht zeigen wollte?

Barbara seufzte, als von ihm keine Antwort kam, und ließ sich ins Kissen zurücksinken, die Bettdecke wie eben bis zum Kinn hochgezogen. »Ungleichmäßig sind sie deshalb, weil die Frisur noch nicht fertig ist. Ich habe sofort alles stehen und liegen lassen, als ich die Nachricht bekam. Ganz im Gegensatz zu dir. Wo bist du so lange gewesen?«

Nun war er völlig verwundert. »Warum so lange? Ich bin doch direkt los.« Wahrscheinlich hatte seine Frau in ihrem emotionalen Ausnahmezustand ihr Zeitgefühl verloren, das war ja auch nicht verwunderlich. Nur dass sie so fror, gefiel ihm nicht. Im Schlafzimmer war es aber auch nicht besonders warm.

»Du musst die Heizung meinetwegen nicht höher stellen, danke«, bemerkte sie zu seinem Unverständnis, als er am Regler drehte, und fuhr sogleich fort: »Ich bin vor eineinhalb Stunden vom Rathaus weggefahren, als der Bürgervorsteher die Sitzung für unterbrochen erklärte, das habe ich doch noch gehört. Ich habe mir schon Sorgen gemacht, dich angerufen, aber dein Handy war aus.«

»Entschuldigung.« Mehr sagte er nicht. Es wäre wenig hilfreich, nun seine Schwiegermutter als Begründung ins Feld zu führen, denn dann würde er sich einen vorwurfsvollen Ton in der Stimme nicht verkneifen können.

»Ich bin davon ausgegangen«, sagte Barbara, »dass nur noch schnell ein neuer Termin anberaumt wird und du dann nach Hause kommst.«

Jetzt begriff er, wo ihr Denkfehler lag. »Unterbrochen, nicht vertagt. Die Geschäftsordnung sieht in Paragraf 16 nur eine Pause von maximal fünfzehn Minuten vor. Vertagt wird eine Sitzung in den allerseltensten Fällen. Selbst wenn die Höchstdauer von drei Stunden überschritten wird, kann noch bis dreiundzwanzig Uhr diskutiert werden, und erst dann werden die übrigen Themen auf den nächsten regulären Sitzungstermin verschoben.«

»Hörst du dich eigentlich selbst reden? Du erzählst mir etwas von Paragrafen und Sitzungsdauer, während unsere Tochter entführt wurde? Ist das dein Ernst?«

Nun seufzte er. Mussten sie sich in ihrer Lage wirklich gegenseitig aufreiben und noch mehr Kraft verbrauchen? Kraft, die ihnen beiden sowieso schon fehlte. »Ich kann schlecht die Gemeindeordnung außer Kraft setzen.«

»Aber du hättest die Sitzung vorzeitig verlassen können. Das hätte ja wohl jeder verstanden.« Ihre Stimme brach beim letzten Wort.

Er zog sich den Stuhl heran, auf dem er sonst seine Kleider

ablegte. »Du verstehst nicht, warum ich mich dazu entschieden habe, keine öffentliche Schwäche zu zeigen.«

An den Tränen in ihren Augen erkannte er, dass sie wirklich nicht begreifen konnte, wie wichtig ihm das schon im ersten Moment gewesen war, auch und gerade vor der Presse. Dabei ging es ihm nur in zweiter Linie um seine Reputation im Wahlkampf, in erster Linie ging es ihm natürlich um das Leben seiner Tochter.

Dem Entführer musste schnell klar werden, dass er mit seinen Forderungen nicht durchkommen würde, damit er Sophie laufen ließ. Schließlich hatten sie es hier nicht mit einer Bande Schwerstkrimineller zu tun, die ihre Drohung nach Ablauf des Ultimatums tatsächlich wahr machen würden, daran glaubte er nicht. Das Ziel des Entführers war nicht der Tod von Sophie und auch nicht der Erhalt des Lösegeldes, sondern seine Vernichtung im Amt, da war er sich sicher. Darauf baute Gernot bei seinem Handeln, was er seiner Frau aber nicht verständlich vermitteln konnte.

Um das entstandene Schweigen zu füllen, fragte er: »Willst du wirklich keinen Tee? Du siehst so blass und verfroren aus.«

»Ich friere nicht wegen der Temperatur, mir ist kalt vor Angst. Du kommst hier rein, und entweder willst oder kannst du mir nicht erklären, warum du das Leben unserer Tochter aufs Spiel setzt.«

»Im Gegenteil. Ich denke, ich kann damit alles retten. Nicht nur unsere Tochter, sondern auch meinen Wahlsieg.«

»Wahlsieg! Verdammter Wahlsieg, ich kann's nicht mehr hören!«, fuhr Barbara auf und schlug auf die Bettdecke.

Gernot beschloss, auf ihren Ausbruch nicht einzugehen, sich ihr aber weiter zu erklären, in der Hoffnung, dass sie seine Beweggründe verstand. Damit sie wieder an einem Strang ziehen konnten. »Ich bin mir inzwischen sicher, dass wir es nicht mit einem skrupellosen Erpresser zu tun haben, sondern mit einem politischen Gegner, der mir schaden will und glaubt, dass ihm das auf diese Weise leicht gelingt. Was sagt denn die Kripo zu dem Erpresserbrief?«

»Was soll sie denn dazu sagen? Sie nimmt ihn ernst. Schließlich ist er zusammen mit dem Schulranzen gefunden worden. Du weißt außerdem noch gar nicht alles. Er ist in Schreibschrift verfasst worden und mit Rumpelstilzchen unterzeichnet.«

»Was sagst du da? Könnte Sophie das geschrieben haben, ganz ohne einen Erpresser? Vielleicht hat sie sich das aus ihrem Versteck heraus ausgedacht, wer weiß, was in ihrem Kopf vorgeht. Sie hat mir ja mit ihrem Weglaufen sehr deutlich gemacht, dass ich zu wenig Zeit für sie habe.«

»Ich habe den Zettel selbst nicht gesehen, aber die Beamtin sagte mir, dass die Schrift sehr reif wirkt, regelmäßig und ohne Fehler ist. Fragt sich nur, welcher Irre eine Lösegeldforderung in Schreibschrift schreibt.«

»Sophie könnte sich Mühe gegeben haben.«

»Das kann nicht sein. Es ist erschreckend, wie wenig du über deine eigene Tochter weißt. Schreibschrift ist heutzutage erst ab der zweiten Klasse dran. Sophie verwendet Druckbuchstaben und kann derzeit nur einen Bruchteil des Alphabets in Schreibschrift. Das wäre dir aufgefallen, wenn du dich seit der Einschulung einmal dafür interessiert hättest, was deine Tochter tut. Du willst dir nur nicht eingestehen, dass die Forderung ernst genommen werden muss.«

Er schwieg, weil er nicht wusste, auf welchen ihrer Vorwürfe er zuerst reagieren sollte. Außerdem arbeitete es nach diesen neuen Informationen so sehr in ihm, dass er sich nur darauf konzentrieren konnte, welcher Verdacht sich in ihm entwickelte.

»War es das jetzt mit unserem Gespräch?«, fragte Barbara provokant.

»Nein, ich nehme die Sache durchaus ernst, sehr ernst sogar, und ich hätte da mal noch eine Frage. Was ist eigentlich mit Hans-Boy Boysen?«

Barbara wich seinem Blick aus. Genau diese Reaktion hatte er erwartet. »Was soll mit ihm sein? Warum fragst du mich das?«

»Immerhin fragst du nicht, wer er ist. Er hat mich heute in meinem Büro besucht. Ich soll dir schöne Grüße von ihm ausrichten.«

»Oh, ach ja, vielen Dank.«

»Ihr kennt euch von früher?«

»Ja, ist lange her.«

»Was genau ist lange her?«

In die Enge getrieben antwortete Barbara: »Wenn du es ganz genau wissen willst: Ich habe Hans-Boy vor zehn Jahren für dich verlassen. Willst du mir daraus jetzt einen Strick drehen?«

»Ich hätte das wissen müssen.«

»Weshalb? Ich habe dich ja nicht mit ihm betrogen. Und er hat die Trennung, sagen wir mal, nicht gleich akzeptieren wollen und seine Grenzen etwas überschritten. Damit wollte ich dich zu Beginn unserer Beziehung nicht belasten. Es war meine Sache, damit klarzukommen, und das habe ich ja auch geschafft.«

»Er hat dich gestalkt?«

Barbara setzte sich halb auf und schlang ihre Arme um die Knie. »Das könnte man so sagen. Wobei ich gar nicht mal glaube, dass es ihm um mich ging, er wollte mich gar nicht unbedingt zurückhaben, er musste sein Ego wiederherstellen. Er war ja der Gehörnte …«

»Allerdings. Das trifft die Sache ziemlich gut, denn er ist immer noch blindwütig wie ein Stier. Und hätte ich gewusst, wo seine Motive liegen, dass er mir nicht nur den politischen Sieg abspenstig machen will, sondern dass auch sein privates Ego angekratzt ist, hätte ich mich ihm gegenüber anders verhalten.«

»Wie meinst du das?« Besorgt zog sie ihre Stirn in Falten. Etwas, das er gar nicht an ihr leiden mochte, weil es ihr hübsches Gesicht sofort um Jahre älter wirken ließ. Ihre Verbissenheit, die immer stärker geworden war, seitdem sie sich kannten, hatte sich leider schon in tiefen Falten neben ihren Mundwinkeln eingekerbt. Ihre Unbekümmertheit, die ihn so an ihr fasziniert hatte, war verschwunden. Doch trug er daran wirklich die Schuld?

»Dein Hans-Boy hat mir eine Allianz gegen Günther von Wechlem angeboten – die ich rundweg abgelehnt habe.«

»Er ist nicht mein Hans-Boy. Und das war doch richtig! Schließlich lässt du dich nicht auf unlautere Methoden im Wahlkampf ein.«

»Das stimmt zwar, aber ich wäre diplomatischer vorgegangen und hätte ihn erst mal hingehalten. Meine direkte Ablehnung wirkte wie ein rotes Tuch auf ihn. Ich habe neben Günther von Wechlem nun einen zweiten Feind.«

»Du hast Volker Kirchberger vergessen.« Barbara dachte nach. »Was, wenn sie alle drei unter einer Decke stecken, um dir den Garaus zu machen?«

»Und genau das werde ich nicht zulassen, ich lasse mich nicht erpressen und werde mich dem Druck nicht beugen – das habe ich bereits öffentlich gesagt. Ganz gleich, mit wie vielen Entführern ich es zu tun habe.«

»Du willst also tatsächlich wahr machen, was du angekündigt hast?«

Gernot erhob sich. »Ganz recht. Ich werde auf keine der Forderungen eingehen, weiter an meiner Kandidatur festhalten, alle erforderlichen Auftritte absolvieren, ganz sicher keine hunderttausend Euro lockermachen und das alles auch noch einmal ausführlich der Presse erläutern.«

Barbara rückte von ihm ab und maß ihn von oben bis unten, als hätte sie einen fremden Menschen vor sich. Sie dachte noch einen Moment lang nach, allerdings nicht über eine Gegenreaktion, ihr fester Blick verriet, dass sie eine Entscheidung bereits getroffen hatte, für die sie nur noch Worte finden musste. »Wenn du das tust … wenn du das wirklich wahr machst, dann werden wir getrennte Wege gehen.«

Hatte sie gerade wirklich ausgesprochen, was er gehört zu haben glaubte? Bestimmt hatte er sie nur falsch verstanden. »Wie meinst du das jetzt? Willst *du* dem Entführer etwa hunderttausend Euro zahlen? Von welchem Geld, wenn ich fragen darf?«

»Ich meinte das in Bezug auf …« Barbara rang sichtlich

mit sich. »Unsere Ehe. Ich kann dir auf deinem Weg nicht mehr folgen. Und ja, ich will das Lösegeld bezahlen, wenn ich dadurch meine Tochter wiederbekomme, es gibt schließlich immer noch das Haus meiner Mutter, das bei der Bank belastet werden kann. Wenn es der Kripo nicht in den nächsten Stunden gelingt, den Entführer zu stellen, wird meine Mutter sicherlich sofort alles Erforderliche tun, um Sophies Leben zu retten.«

Dann geh doch zu ihr, hätte er beinah geschrien, doch das wäre nicht klug gewesen. Er mahnte sich zur Besonnenheit, denn wenn er dem Diktat seiner aufkeimenden Verzweiflung folgte, würde er alles vielleicht noch Verbliebene mit wenigen Worten zerstören. Er musste die Lippen zusammenkneifen und tief durchatmen. Eine Trennung war für ihn undenkbar, sie würde ihm jeglichen Halt im Leben nehmen, denn Barbara war zu seinem Rückgrat geworden. Ohne sie würde er sich in seinem Leben nicht mehr fortbewegen, nicht mal mehr stehen können.

Sein Schweigen ließ Barbara in ihrer Meinung sicherer werden. »Meine Mutter legt mir schon seit geraumer Zeit nahe, dass es besser für mich wäre, mich von dir zu trennen. Ich hab ihr immer widersprochen und zu dir gehalten. Weil ich nie geglaubt hätte, dass du deine Ziele vor unsere Familie, vor das Leben unserer Tochter stellen würdest.«

»Ich tue das für uns. Für Sophie, für dich, für uns als Familie.«

»Das redest du dir nur ein. Die Wahrheit liegt in deiner Machtbesessenheit. Uns als Familie gibt es schon lange nicht mehr, ich wollte es nur nicht sehen. Aber du hast mir die Augen geöffnet, und ich danke dir dafür. Ich kann nur hoffen, dass es für Sophie noch nicht zu spät ist.«

»Aber gar nichts ist zu spät.« Jetzt setzte er sich wieder zu ihr aufs Bett. »Wir müssen nur zusammenhalten, bitte.« Mit einem flehenden Blick wollte er ihre Hand nehmen, doch sie entzog sich ihm blitzschnell und krabbelte auf der anderen Seite aus dem Bett.

»Ich halte es hier nicht mehr aus. Ich werde jetzt meine Sachen packen und zu meiner Mutter gehen, zurück in mein altes Zimmer.«

»Das tust du nicht.« Seine Stimme klang eisiger als gewollt, doch er musste ihr unmissverständlich klarmachen, dass sie im Begriff war, einen Schritt zu tun, der in seinem Lebensplan nicht vorgesehen war.

»Warum nicht?«, fragte sie und funkelte ihn an. Doch die Unsicherheit in ihrer Stimme war deutlich zu hören.

»Weil du mir ein Versprechen gegeben hast. Dein Eheversprechen. In guten wie in schlechten Zeiten. Und ich erwarte von dir, dass du weiterhin zu mir hältst und wir diese schlimme Zeit gemeinsam durchstehen. Auch in der Öffentlichkeit, bei der Podiumsdiskussion. Du weißt, dass ich bei solchen Auftritten nur gut bin, wenn ich in deine Augen schauen kann.«

»Du spinnst.« Barbara wich zurück. »Wie kannst du auch nur glauben, dass ich das jetzt noch tun werde?«

»Weil ich es dir sage. So, wir haben nun lange genug diskutiert. Es ist bereits fast Mitternacht, und ich habe Hunger. Ich bereite mich jetzt noch eine halbe Stunde lang auf die Podiumsdiskussion vor, bis dahin ist das Abendessen fertig, und du hast den Tisch schön für uns gedeckt – wie immer.«

»Es ist aber nichts wie immer«, schrie Barbara, »und wird es auch nie mehr wieder sein.«

***

Der Morgen begann für Frieda mit gleich drei guten Nachrichten. Erstens ging es ihrer Tochter heute offenbar wieder etwas besser, sie hatte gemeinsam mit Mary den Frühstückstisch für sie gedeckt. Die zweite gute Nachricht brachte Karl-Heinz mit den frischen Brezeln vom Bäcker mit, nämlich dass heute eine Ladung Gasflaschen auf der Insel ankommen sollte, und drittens hatte ihr Ernst sie in aller Herrgottsfrühe munter mit seinem Anruf geweckt. Sein Bettnachbar würde furchtbar schnarchen, hatte er sich beschwert. Man habe ihn noch in der Nacht auf die Normalstation verlegt, da das Bett auf der Intensiv anderweitig benötigt wurde, nachdem er mittels angewärmter Infusionen wieder sechsunddreißig Grad Körpertemperatur erreicht hatte, aber der Schnarcher mit dem Beinbruch habe nicht mal mitbekommen, dass jemand zu ihm ins Zimmer gebracht worden war.

Frieda hatte schmunzeln müssen. Ihr Ernst fühlte sich vom Schnarchen eines anderen in seinem Schlaf gestört – das hatte es auch noch nicht gegeben. Zugleich freute sie sich unbändig, dass er schon wieder bruddeln und meckern konnte. Vor allem über die beiden Schwestern, die just in diesem Moment das Krankenzimmer mit Flutlicht gestürmt hatten. Nach einem schwäbischen Fluch erster Güte hatte Frieda noch gehört, wie er forderte, dass man ihn bei der Visite als Ersten auf der Station drannehmen solle, damit er die Nordseeklinik möglichst schnell verlassen könne, dann war das Gespräch unterbrochen worden, höchstwahrscheinlich weil die Schwestern ihren Mann ins Gebet genommen hatten.

Beim morgendlichen Gang zur Gemeinschaftsdusche gehörte Frieda heute trotzdem zu den Letzten, weil sie es vorgezogen hatte, den Wohnwagen wieder ansehnlich herzurichten, bevor sie an ihre eigene Restaurierung dachte.

Morgens nicht unter den Ersten im Waschraum zu sein war wie zu spät ins Klassenzimmer zu kommen. Man wurde von oben bis unten gemustert, und hinter vorgehaltener Hand wurde über verschiedene Gründe gekichert.

Ihr bekommt von mir noch einmal ein warmes Obdach und Maultaschen mit Kartoffelsalat, dachte Frieda entrüstet und warf den Kichererbsen gegenüber einen bösen Blick zu. Die Damen standen an den Waschbecken und tratschten ungerührt weiter, während sie ihre Augenbrauen zupften, sich die Achselhaare rasierten und die dritten Zähne putzten. Nur drei von tausend Gründen, warum Frieda es durchaus schätzte, beim morgendlichen Run ins Waschhaus als Allerletzte ins Ziel zu kommen – so spät, dass das Stadion bereits geräumt war.

Unter der Dusche begleitete Frieda neben dem Wassergeräusch das Stimmengemurmel von nebenan, durchsetzt von vereinzelten hysterischen Lachern. Das brachte sie gedanklich wieder auf das Rumpelstilzchen. Heute Abend, mitten in der Podiumsdiskussion, lief das Ultimatum ab. Während sie ihre kurzen Haare wusch, die beim Friseur sowohl die Schere als auch mal wieder braune Farbe gebrauchen könnten, stellte sie sich vor, wie das Rumpelstilzchen ums Lagerfeuer tanzte und sie alle verhöhnte. Dabei bemerkte sie zunächst gar nicht, wie heiß das Wasser geworden war, erst als der Schmerz auf ihrer Kopfhaut einsetzte, stellte sie reflexartig die Dusche aus.

»Also, wenn ihr mich fragt, dann stimmt es gar nicht, dass der Ernst im Eis eingebrochen ist«, hörte sie die kölsche Quasselstrippe Herta sagen. »Der ist bestimmt wieder verhaftet worden, weil sie ihm das Alibi nicht geglaubt haben. Ich meine, was für ein Zufall, dass ausgerechnet er den Schulranzen in der Munkmarscher Bucht gesehen hat.«

»Wirklich sehr merkwürdig«, sagte eine andere kratzige Stimme. »Aber ich glaube trotzdem, dass er auf dem Eis eingebrochen ist – bei seiner Flucht vor der Polizei, weshalb er vom Krankenhaus direkt in U-Haft kommt.«

So schnell, wie Frieda sich ein Handtuch umgeworfen hatte und wutentbrannt vor den Tratschweibern stand, konnten die ihren Mund gar nicht zubekommen. Sechs überraschte Gesichter schauten ihr entgegen. Von Betretenheit keine Spur.

»Schämt ihr euch nicht?«, rief Frieda außer sich. »Erst wärmt ihr euch in meinem Wohnwagen eure Hintern auf, und zum Dank heizt ihr die Gerüchteküche an. Ihr bewegt euch auf sehr dünnem Eis, so dünn, dass ich euch ein Bad im Eiswasser wünsche, damit euch die Zunge abfriert – und der Hintern gleich mit!«

Ihre Wut hatte noch nicht nachgelassen, als sie, nachdem die Ärzte ihr grünes Licht gegeben hatten, in den T1 stieg und zur Nordseeklinik fuhr, um Ernst abzuholen. Während sie den Wohnwagen in Schuss gebracht hatte, waren Gertrud und Karl-Heinz so nett gewesen, das Auto aus der Werkstatt abzuholen.

Wenn ihr Ernst erfahren würde, dass zwei Frauen sein Heiligsblechle über die verschneiten Sylter Straßen gesteuert hatten, würde er bestimmt einen Herzinfarkt bekommen – nun ja, immerhin noch in der Klinik.

Ernst trug es mit erstaunlicher Fassung – was aber auch an seinem Zimmernachbarn liegen konnte, der ihn in ein Gespräch über Sophie verwickelt hatte, sodass alles andere nebensächlich zu sein schien. Er schien sogar vergessen zu haben, dass er so schnell wie möglich das Krankenhaus verlassen wollte, denn er saß noch im Klinikhemd im Bett. Immerhin jedoch mit einer Gesichtsfarbe, die wieder beruhigend menschlich war.

»Darf ich vorstellen, Frieda, das ist Volker Kirchberger.«

Frieda trat auf den braunhaarigen Mann zu, der in seiner Breite nahezu das gesamte Bett ausfüllte. Aus seinem hochgelagertem Gipsbein schauten die jodbepinselten Zehen heraus. Einen Moment lang arbeitete es in ihr, doch als sie ihm die Hand reichte, wusste sie plötzlich, wen sie da vor sich hatte. »Kommen Sie aus Keitum?«, fragte sie ohne weitere Umschweife.

»Ja, und um Ihren weiteren Fragen zuvorzukommen, denn das habe ich schon ausführlich mit Ihrem Mann geklärt: Meine Frau heißt Evelyn Kirchberger, unsere Tochter ist die beste Freundin von Sophie, und ich fahre nicht nur einen schwarzen SUV, ich war auch derjenige, der mit etwas überhöhter Geschwindigkeit bei der Bushaltestelle um die Kurve wollte. Meinen Gasfuß habe ich leider manchmal nicht so ganz unter Kontrolle, aber hingelegt hat es mich schließlich zu Fuß auf dem Eis.«

Der ist ja auskunftsfreudig, dachte Frieda überrascht und wich nach der Begrüßung intuitiv zurück, zum Besucherstuhl hin. Das war also Hannahs Vater, den Barbara Sörensen für den Verdächtigen hielt, und zugleich der ominöse SUV-Fahrer. Nicht begreifen konnte sie allerdings, weshalb ihr Ernst seelenruhig in seinem Bett saß, den Kopf zum Nachbarn gewandt, und ihm lächelnd zuhörte. War er denn von allen guten Geistern verlassen? Das Eisbad hatte wohl doch gewisse Nachwirkungen. Böse funkelte sie ihren Mann an und hätte ihm dabei am liebsten einen Vogel gezeigt.

Jetzt erst schien ihm aufzugehen, was sie bewegte. »Volker hat mich und Sophie gar nicht gesehen«, erklärte er, als sei damit alles gesagt, »weil er so sehr auf die Straße konzentriert war.«

»So ist es«, warf Volker Kirchberger ein, noch ehe Frieda reagieren konnte. Doch mehr als ein fragendes »Ach ja?« hätte sie ohnehin nicht zustande gebracht. »Ich war bei Remondis, um vor Jahresende noch ein paar Kisten Altpapier aus meinem Büro loszuwerden, und auf dem Rückweg ist mir kurz vor der Kreuzung eingefallen, dass ich ja noch zum Rathaus wollte. Da ist es kürzer, links abzubiegen.«

Das klingt wie auswendig gelernt, dachte Frieda. Und es stieß ihr ungut auf, dass sie eine so ausführliche Erläuterung gar nicht gefordert hatte. Aber vielleicht war er einfach ein redseliger Typ. Ihr Mann schien ihn jedenfalls von seiner Verdachtsliste gestrichen zu haben.

»Wir haben uns seit dem Wecken über so viele Themen unterhalten«, sagte Ernst wie zur Bestätigung. »Volker ist Mitglied im Keitumer Ortsbeirat und hat mir viele interessante Dinge zur Politik auf Sylt erzählt, zum Beispiel auch, wie er den Entführungsfall sieht.«

»Mhm«, machte Frieda. Ihr gefielen die schmalen Augen von Kirchberger nicht. Und noch weniger, dass er so bemüht zu sein schien, von sich abzulenken. »Wie ist denn das mit Ihrem Bein passiert?«, fragte sie, und ein kurzes Zucken in seiner Miene verriet ihr, dass er mit dieser Frage nicht gerechnet hatte, weil er gedanklich einen anderen Gesprächsablauf verfolgte.

»Das sagte ich doch bereits. Ich bin bei Glatteis ausgerutscht. Haben ja genug davon.«

Täuschte es, oder sperrte er sich mit seinen knappen Sätzen

dagegen, dass sie die Gesprächsführung übernahm? War er verunsichert, weil er die Regie nicht mehr in der Hand hatte?

»Ach herrje, das sieht ja noch ziemlich frisch aus«, sagte Frieda und versuchte, ihn über die Mitleidsschiene gesprächig zu halten, »wann ist das denn passiert?«

»Gestern Nachmittag. Kompletter Schienbeinbruch. Musste sofort operiert werden.«

Am Nachmittag, dachte Frieda wie elektrisiert. Das könnte zu der Zeit gewesen sein, als der Schulranzen in der Munkmarscher Bucht abgelegt wurde, denn er war nicht eingeschneit gewesen, als sie ihn gefunden hatten.

»Ach herrje, ein Schienbeinbruch. Wie kommt das denn? Auf dem Eis bricht man sich doch eher den Knöchel?«

Volker Kirchberger lächelte gequält. Wobei Frieda den Eindruck gewann, dass es eher mit ihren Fragen als mit der Erinnerung an das Unfallgeschehen zusammenhing. »Ich bin beim Überqueren der Straße ausgerutscht und mit dem Schienbein gegen die Bordsteinkante geknallt. So einfach geht das, und so schnell liegt man dann hier.«

Frieda behielt ihre mitleidige Miene bei, um ihre dunklen Gedanken nicht nach außen dringen zu lassen. Volker Kirchberger beging gerade einen entscheidenden Fehler: Er unterschätzte sie. Er glaubte, sie sei mit ein paar dahingeworfenen Aussagen genauso leicht abzuspeisen wie ihr Mann. Doch dafür war sie erstens nicht leichtgläubig genug, und zweitens kannte sie die Gegend um den Munkmarscher Hafen von zahlreichen Spaziergängen so genau, dass sie wusste, oberhalb der Bucht gab es eine Stichstraße, die zum Munkmarscher Hafen führte. Die musste man überqueren, wenn man sein Auto dort abgestellt hatte, da sich nur links der Fahrbahn Parkplätze befanden. Und dort gab es auch Bordsteinkanten.

»Da haben Sie aber wirklich Pech gehabt.« Nur mit Mühe konnte Frieda einen gehässigen Unterton unterdrücken. »In den kleinen Sträßchen von Keitum gibt es so wenige Bürgersteige, und sie haben ausgerechnet einen erwischt.«

»Genau, sogar Kopfsteinpflaster plus eine Bordsteinkante

direkt vor meinem Haus«, sagte Kirchberger, nun offenkundig genervt. »Sie fragen mich gar nicht, wen ich für den Entführer halte, stattdessen komme ich mir verdächtig vor, nur weil ich mir ein Bein gebrochen habe. Spielt sich Ihre Frau immer so auf wie Miss Marple in der Ausbildung?«

Die Situation war Ernst sichtlich unangenehm, weshalb er prompt in seinen Dialekt zurückfiel. »Ha no, mei Frau hat bloß amole aufm Bopfinger Polizeiposchten als Putzfrau gschafft, da kriegt mr scho einiges mit. Aber manchmal gangat au die Gäule mit ihr durch.«

Genau auf so einen hätte Frieda ihren Mann jetzt am liebsten gesetzt und in die Prärie geschickt – wobei es schade um den wilden Hengst wäre, den müsste sie besser behalten und Ernst auf einem Esel losschicken.

Ihren Blick hatte Ernst sehr wohl verstanden, doch zwischen zwei Fettnäpfchen passte bei ihm oft nur ein Satz. »Wir haben selbst drei Kinder, meine Frau ist mehr für die emotionalen Dinge zuständig, für politische Seilschaften hat sie keinen Sinn, weil sie mit Politik nicht viel am Hut hat.«

»Mir platzt gleich der Kragen!«, rief Frieda und wandte sich demonstrativ ihrem Mann zu, der sich, unschuldig in seinem Fettnäpfchen stehend, umschaute wie ein kleiner Junge, der in Turnschuhen in eine knöcheltiefe Pfütze gesprungen war und sich nicht erklären konnte, wie er da hineingeraten war.

»Ich meinte damit ja nur, dass ich seit heute Morgen einige Einsichten in politische Zusammenhänge bekommen habe«, versuchte er, den Schaden zu begrenzen.

So wurde schon eher ein Schuh draus. Frieda nickte halb versöhnlich. »Und mit welchem Ergebnis?«

»Dass wir Günther von Wechlem und Hans-Boy Boysen mal einen Besuch abstatten und ihnen ein paar Fragen stellen sollten.«

»Und zwar keine politischen«, warf Volker Kirchberger ein. »Ich habe Ihrem Mann bereits die Adressen der beiden gegeben.«

Natürlich, dachte Frieda, und laut sagte sie: »Ich weiß auch gar nicht, warum wir nicht längst schon los sind. Heute Morgen hattest du's so eilig, hier rauszukommen, jetzt sitzt du noch im Klinikhemd auf dem Bett.«

»Ich warte darauf, dass du mir die Tasche mit meinen neuen Klamotten bringst. Hast du sie im Auto gelassen? Meine Sachen sind noch nicht trocken.«

»Deine Tasche mit …« Frieda stockte. »Mist, so weit habe ich nicht gedacht. Dann fahre ich noch mal schnell zurück zum Campingplatz.«

»Ach, das ist doch nicht notwendig. Ernst kann gerne meine dicke Winterjacke und meine Stiefel haben. Die brauche ich im Moment sowieso nicht. Einen Pullover von mir auch, wird zwar wie ein Sack an ihm aussehen, aber Hauptsache, warm. Nur meine Hose wird ihm leider definitiv nicht passen.«

»Das macht nichts, ich nehme dein Angebot sehr gern an, Volker«, entgegnete Ernst. »*Schnell* ist bei den Straßenverhältnissen nämlich sehr ungünstig.«

Dass Ernst mehr von seiner Angst um sein Heiligsblechle geleitet wurde als vom Gedanken an richtige Kleidung, bewies sich, als sie die Klinik verließen. Ernst in Wollsocken und Stiefeln, die ihm drei Nummern zu groß waren, und einer olivfarbenen Daunenjacke, die ihm bis über den Hintern reichte. Immerhin, denn darunter trug er mit der Selbstverständlichkeit eines Schotten das Klinikhemdchen.

»Ist ein bisschen frisch untenrum«, gab er zu, als sie über den Parkplatz zum Auto gingen, »aber gestern Abend war's schlimmer.«

»Im Wohnwagen kannst du dir gleich was anziehen.«

»Nix da, wir fahren nicht auf den Campingplatz. Wir haben nur noch bis heute Abend Zeit. Wenn wir schon in Westerland sind, will ich sehen, wo diese beiden Bürgermeisterkandidaten wohnen. Vielleicht fällt uns dort etwas auf, was auf Sophie hindeuten könnte. Spuren von Kinderstiefeln im Schnee beispielsweise. Volker hat mir erzählt, dass beide kinderlos sind.«

»Fandest du es nicht sehr offensichtlich«, fragte Frieda, als

Ernst den Motor startete, »wie Kirchberger von sich ablenken wollte? Barbara Sörensen hält es nämlich für möglich, dass er es gewesen sein könnte, der Sophie entführt hat. Die Väter haben Streit, und Sophie hätte ihm gegenüber keine Berührungsängste gehabt.«

»Ganz ehrlich? Ich habe eine Nacht mit ihm im Zimmer verbracht. Wer ein Kind entführt und ein Ultimatum gestellt hat, das bald abläuft, der schläft nicht den Schlaf der Gerechten. Mir dröhnen jetzt noch die Ohren.«

Wenig überzeugt hob Frieda die Schultern. »Es sei denn, er ist sich seiner Sache sehr sicher. Aber das mit den Schuhabdrücken sollten wir in jedem Fall überprüfen, da hast du recht. Wir dürfen nichts unversucht lassen. Wo fahren wir also als Erstes hin?«

»Käpt'n-Christiansen-Straße. Dort wohnt von Wechlem.«

»Oh, dann kommen wir auf der Fahrt ja am Wilhelmine-Brunnen vorbei. Das trifft sich gut. Dort sitzt ein Obdachloser, der auf mich wartet.«

»Wie bitte? Ach, für ihn hast du irgendwelche Klamotten dabei, und mich hast du vergessen? Oder dachtest du, ich würde nicht überleben, und hast ihm schon mal meine Klamotten versprochen, was du jetzt revidieren musst?«

»Guck auf die Straße, Ernst, oder heißt du Gertrud? Keine deiner Vermutungen stimmt. Er ist Maler, und ich habe versprochen, ihm zwei seiner Ölbilder abzukaufen. Von meinem gesparten Geld, das ich ansonsten wie jedes Jahr spenden würde. Nun bekommt er es als Weihnachtsgeschenk. Ich habe ihm versprochen, heute wiederzukommen, also werde ich es auch tun.«

Ernst hielt in der Maybachstraße auf Höhe des Wilhelmine-Brunnens an der Haltestelle des Stadtbusses vor H. B. Jensen. Die moderne Fassade des Kaufhauses ließ nicht vermuten, dass es hier schon seit 1907 stand und seine Geschichte als erster Gemischtwarenladen der Insel bereits 1855 begonnen hatte.

»Ich sehe weit und breit niemanden beim Brunnen sitzen«, sagte Ernst, der sich auf seinem Sitz drehte und streckte, dass das Hemdchen noch höher die behaarten Beine hinaufrutschte.

»Vielleicht hat er sich bei dem Wind in den Durchgang zwischen Bäcker und Edeka verzogen«, sagte Frieda. »Ich sehe mal nach, warte kurz.«

Es dauerte nicht lange, da kehrte Frieda enttäuscht zurück. »Es sieht so aus, als wäre er heute noch gar nicht da gewesen, dabei scheint die Sonne, und er sagt, er braucht das Licht zum Malen. Auf der Bank, auf der er wohl immer sitzt, liegt noch der Schnee von letzter Nacht.«

»Dann ist das eben so«, sagte Ernst leichthin.

»Ich finde das merkwürdig. Er hat gesagt, dass er jeden Tag dort sitzt, und wir waren ja sozusagen zum Verkauf verabredet.«

»Vielleicht ist er krank geworden, das wäre ja kein Wunder bei dem Wetter«, sagte Ernst, als er weiterfuhr und bei der nächsten Kreuzung rechts in die Käpt'n-Christiansen-Straße einbog. Sie hielten vor dem »Haus Anneliese«, wie die blaue Schrift auf weißem Grund verriet, das mit ebenso blauen Fensterumrandungen verziert war. Kein typisches Friesenhaus, auch keine roten Backsteine, mit denen viele Häuser in dieser Straße erbaut waren, die noch vor gut hundert Jahren »Damenbadstraße« geheißen hatte. Denn an ihrem Ende hatte sich der Übergang zu dem Strandabschnitt befunden, an dem die Damen sich weit außer Sichtweite der Herren, auch ihrer eigenen Ehemänner, in hochgeschlossenen Badekostümen dem sündenfreien Schwimmen im Meer hingeben durften – jedoch laut Badereglement nicht länger als acht Minuten pro Tag. »Lass uns aussteigen«, sagte Ernst, »und das mal näher in Augenschein nehmen.«

»Darf ich dich an dein Schottenröckchen erinnern?«, entgegnete Frieda, aber da war ihr Mann schon ausgestiegen. Prompt bekamen zwei jüngere Passanten einen Lachanfall, sie taumelten weiter den Bürgersteig entlang und mussten sich dabei gegenseitig festhalten.

»Des trägt mr heitzudag so, ihr müsstet des mit eure Hosa in de Kniekehla doch wissa!«, rief Ernst ihnen hinterher, während Frieda sich bereits auf den breiten Eingang des Hauses Anneliese konzentrierte. Tatsächlich! Kleine Fußabdrücke, die zu Sophie passen könnten.

Schwindlig vor Glück, endlich auf der richtigen Spur zu sein, fasste Frieda nach der Hand ihres Mannes. »Wir müssen jetzt ganz bedacht vorgehen«, flüsterte sie.

Hinter den dichten weißen Vorhängen war nicht zu erkennen, ob jemand zu Hause war.

»Ich habe eine Idee«, sagte Ernst. »Wir klingeln und sagen, dass wir von der ›Sylter Rundschau‹ kommen und vor der Podiumsdiskussion heute Abend um ein Interview bitten. Das wird von Wechlem uns wohl kaum verwehren.«

»Mir vielleicht nicht, aber dir schon, weil du aussiehst wie gerade aus der Psychiatrie in Bredstedt entflohen. Geh du zurück zum Auto, ich klingle da jetzt. Allein wirkt das sowieso besser. Und als Journalistin mache ich doch einen seriösen Eindruck, oder sehe ich etwa aus wie fünfundsechzig und schon in Rente? Sag jetzt nix Falsches, Ernst.«

Er war klug genug, sich jeglichen Kommentar zu verkneifen. Schließlich hatte er im Verlauf vieler Ehejahre auch gelernt, auf ihre Frage »Weißt du, was mir gar nicht passt?« nicht mit »Größe 44« zu antworten.

Kaum war Ernst im Auto und damit aus ihrem Sichtfeld verschwunden, atmete Frieda tief durch, legte sich ihren Text zurecht und drückte mit zitterndem Finger auf die Klingel.

Schritte.

Ihr Herz klopfte so schnell, dass jedem Kardiologen das EKG-Gerät um die Ohren geflogen wäre.

»Ja bitte?« Eine Frau um die fünfzig mit kurzer Lockenfrisur und Brille in den Haaren öffnete ihr.

»Ich möchte gerne Herrn von Wechlem sprechen.«

»Mein Mann ist im Moment außer Haus bei einem Termin, ich weiß nicht genau, wann er zurück sein wird. Worum geht es denn?«

»Ich komme von der ›Sylter Rundschau‹ und möchte gerne noch vor der Podiumsdiskussion um ein Interview bitten.« Es gelang ihr, an Frau von Wechlem vorbei in den Flur bis ins Wohnzimmer zu schielen, doch ihr fiel nichts Ungewöhnliches auf, auch keine verdächtigen Geräusche.

»Da haben Sie sich in der Redaktion aber schlecht abgesprochen. Von Ihrer Zeitung war heute bereits jemand da.«

Frieda fühlte sich wie am Morgen, als sie plötzlich zu heiß geduscht hatte. »Oh, ja dann entschuldigen Sie bitte die Störung.«

»Keine Ursache«, sagte Frau von Wechlem freundlich und schloss mit sanftem Druck die Tür.

»Verfluchte Scheiße!«, rief Frieda, als sie wieder bei ihrem Mann im Heiligsblechle saß und ihm eine Zusammenfassung dessen gab, was Frau von Wechlem gesagt hatte.

Bei Ernst hatte unterdessen anscheinend die Ernüchterung eingesetzt, denn er zuckte mit den Schultern. »Wir waren ohnehin etwas voreilig mit unserer Euphorie. Die Fußspuren sind frisch, denk mal nach, ich glaube kaum, dass von Wechlem es wagen würde, mit Sophie durch Westerland zu laufen oder sie auch nur aus dem Haus ins Auto zu bringen.«

»Damit könntest du recht haben. Und jetzt?«

»Fahren wir zu Hans-Boy Boysen.«

Nur zwei Querstraßen weiter, im Bundiswung, klingelten sie am Tor vor dem eingewachsenen Grundstück, auf dem das Reetdachhaus hinter hohen Hecken kaum sichtbar war.

»Niemand da.« Frieda ließ die Schultern hängen.

»Lass uns einmal ums Haus herumgehen«, schlug Ernst vor, der nicht so leicht aufgeben wollte.

»Aber wir dürfen doch nicht einfach das Grundstück betreten«, sagte Frieda, für die Gesetz und Ordnung die zweiten Vornamen waren.

»Doch. Ich sehe nämlich derzeit aus wie einer, der das ungestraft machen kann«, gab Ernst zurück, öffnete das Gartentor und spazierte auf das Grundstück.

Nervös ging Frieda vor der blickdichten Buchsbaumhecke

auf und ab. Es dauerte, bis Ernst zurückkehrte, und in dieser Zeit malte sie sich alle möglichen Szenarien aus.

Doch auch ihr Mann kam ohne Ergebnis zurück, nur mit dem Unterschied, dass er etwas blasser um die Nase geworden war und zitterte.

»Erstaunlicherweise kann man recht gut ins Haus hineinsehen, und egal, vor welchem Fenster ich gestanden habe, mir ist nichts aufgefallen, was auf Sophie hindeuten könnte. Boysen selbst scheint auch nicht da zu sein.«

»Vielleicht haben er und von Wechlem eine gemeinsame Veranstaltung, möglicherweise auch eine Vorladung bei der Polizei.«

»Oder eine heimliche Verabredung«, spann Ernst ihren Gedanken weiter.

»Du musst jetzt auf jeden Fall erst mal dringend ins Warme. Mein Gefühl sagt mir, dass heute Abend, sobald das Ultimatum abgelaufen ist, etwas passiert. Ich könnte wetten, dass Sophies Vater von der Podiumsdiskussion weggerufen wird. Ich möchte mir nur nicht den Grund dafür ausmalen.«

Ernst schüttelte den Kopf, während er in den T1 einstieg. »Ich glaube eher, dass *auf* der Podiumsdiskussion etwas passieren wird. Von Wechlem und Boysen sind aus politischer Sicht die Hauptverdächtigen.«

»Und unter diesen Vorzeichen willst du dahin gehen?«

»Allerdings. Ich weiß, wen ich im Blick behalten muss«, sagte Ernst, als er in die Süderstraße einbog und zurück in Richtung Campingplatz fuhr.

»Sollen wir nicht lieber die Polizei verständigen?«

»Die haben die Lösegeldforderung ebenfalls gelesen und werden bei einer Veranstaltung, auf der sechshundert bis siebenhundert Leute erwartet werden, ohnehin Präsenz zeigen. Wir haben doch bisher nichts gegen die beiden in der Hand.«

»Dann hab ich nur noch eine Bitte, Ernst. Zieh dir heute Abend was Ordentliches an.«

NEUN

So viele Leute. Zu viele Leute. Barbara stand im Halbdunkel unterhalb der Empore in der hinteren Ecke des hell beleuchteten modernen Kongresssaales und konnte keinen Schritt weitergehen, obwohl Gernot ihr einen Stuhl in der ersten Reihe hatte reservieren lassen. Ihre Panik ließ es nicht zu.

Sie hatte Glück gehabt, dass einer der zahlreichen Nebeneingänge geöffnet gewesen war und sie das Congress Centrum nicht am oberen Ende der Friedrichstraße hatte betreten müssen, wo die Massen hineinströmten. Menschen, die von ihrem Schicksal wussten und sie angestarrt hätten. Sonst wäre sie gar nicht hier.

So spät wie möglich war sie losgefahren, eigentlich wollte sie nicht, doch ihr verdammtes Pflichtbewusstsein hatte sie dazu gebracht, dem Wunsch ihres Mannes zu entsprechen. Sie hatte es ihm versprechen müssen. Er ahnte noch nicht, dass es das Letzte sein würde, was sie für ihn tun würde.

Wie sie es jetzt aber über den endlos langen Gang, vorbei an den unzähligen Stuhlreihen bis vor zur Bühne schaffen sollte, deren Ausmaße so groß wie die Grundfläche eines Friesenhauses waren, das wusste sie nicht. Noch zehn Minuten blieben ihr, die Erwartung ihres Mannes zu erfüllen.

Was glaubte Gernot eigentlich, wie sein krampfhaftes Festhalten an der Kandidatur angesichts von Sophies Entführung auf die Wähler wirkte? Würden die Leute wirklich weiterhin einen Mann als Bürgermeister haben wollen, der das Leben seiner Tochter aufs Spiel setzte? Würden sie es tatsächlich, wie er glaubte, als Stärke auslegen, dass er sich dem Erpresser nicht beugte? Vielleicht. Wenn denn am Ende alles gut ausging.

Und genau daran glaubte Barbara nicht. Alle zwei Minuten schaute sie auf ihr Handy, weil sie eine furchtbare Ahnung hatte. Der Entführer würde mit seiner Drohung Ernst machen. In einer Stunde war das Ultimatum abgelaufen, und bislang schien Gernot sein Vorhaben durchziehen zu wollen, obwohl sie ihn angefleht und angebettelt hatte, die Forderung noch vor Beginn der Podiumsdiskussion zu erfüllen, damit Sophie endlich freikäme.

Doch vielleicht würde er das ja gleich am Mikrofon tun. Wenn schon ein Rücktritt, dann vor allen Leuten.

Barbara atmete tief durch, setzte einen starren Blick auf, mit dem sie versuchte, rechts und links von ihr alles und jeden auszublenden, und ging den Gang entlang nach vorne.

Ein Eckplatz, immerhin.

Kaum hatte sie sich mit gesenktem Kopf auf den Stuhl gesetzt, sah sie im Augenwinkel, wie ein Anzugträger neben ihr stehen blieb, und schaute auf.

»Hallo, Barbara.«

»Was willst du?«, zischte sie Hans-Boy Boysen mühsam beherrscht an.

»Mit dir reden.«

»Aber ich nicht mit dir. Aus Gründen, die dir bekannt sind. Außerdem hast du meinem Mann eine Allianz gegen Günther von Wechlem angeboten, wie konntest du nur?«

»Leise bitte.« Nervös schaute er sich um. »Es hätte ihm helfen können, aber es ehrt ihn, dass er mit sauberen Mitteln kämpfen will.« Er beugte sich ein wenig zu ihr hinunter. »Was ich dir sagen will, ist wichtig.«

»Das hast du mir bereits mehrmals geschrieben, und ich habe nicht reagiert, weil ich kein Interesse an deinen Nachrichten habe und ganz sicher im Moment auch nicht die Nerven dazu besitze, mich mit dir auseinanderzusetzen.«

»Und wenn ich dir sage, dass es um deine Tochter geht?«

Barbara stockte der Atem. »Was weißt du? Hast du etwas mit der Sache zu tun?«

»Das denkst du von mir? Was du wissen musst, wollte ich dir persönlich sagen, weil du mir sonst kein Wort glauben würdest. Ich kann ja selbst nicht fassen, was ich gesehen habe. Es kann auch wirklich sein, dass ich mich täusche, aber du sollst mir in die Augen schauen, damit du weißt, dass ich es nicht böse meine und schon gar nicht jemanden grundlos verunglimpfen will.«

»Raus mit der Sprache«, fuhr sie ihn an.

Er ging neben ihr in die Hocke. »Ich muss gestehen, ich war gestern Mittag in Keitum unterwegs, um dich zu sehen.« Er hob die Hand, als sie zu einer Entgegnung ansetzte. »Ich wollte einfach nur wissen, wie es dir geht, nachdem ich von Sophies Verschwinden hörte. Zu Hause warst du nicht, also bin ich zu deiner Mutter gefahren. Ich weiß ja noch, wo du damals gewohnt hast. Ich hielt gerade an der Ecke, da sah ich deine Mutter aus dem Haus kommen und ins Auto steigen. Bei sich trug sie einen pinkfarbenen Rucksack, den sie auf die Rückbank warf. Ich weiß ja, dass deine Mutter ein wenig exzentrisch ist, aber …«

Mit einem Mal wurde es Barbara eiskalt. »Meine Mutter hasst Pink.«

»Genau. Ich war mir nicht mehr sicher, es ist schließlich Jahre her, aber nun … In dem Fall könnte der vermeintliche Rucksack doch …«

»… Sophies Schulranzen gewesen sein.«

***

Was für ein erhabenes Gefühl, auf dieser Bühne zu stehen, dachte Gernot, vor rund siebenhundert Menschen. Vor sechs Jahren hatte er schon einmal hier gestanden und seine Position so überzeugend vertreten, dass er drei Wochen später im ersten Wahlgang zum Bürgermeister der Gemeinde Sylt gewählt worden war. Ob er heute mit seiner Rhetorik überzeugen, seine Argumente treffsicher vorbringen und seinen Standpunkt glühend verteidigen konnte oder ob ihn seine Nervosität zu Fall bringen würde, dessen war er sich nicht sicher.

War es tatsächlich die richtige Entscheidung gewesen, sich von dem Erpresserbrief nach außen hin nicht beeindrucken zu lassen? Je näher das Ende des Ultimatums rückte, desto mehr zweifelte er daran.

Bis vor wenigen Stunden war er noch überzeugt gewesen, dass der Entführer aufgeben würde, wenn er Stärke demonstrierte. Doch was, wenn er dessen Skrupellosigkeit unterschätzt hatte? Davor hatte seine Frau ihn gewarnt, ihn angefleht, auf die Forderungen einzugehen.

Noch war es nicht zu spät dazu, bis um acht konnte er es sich noch anders überlegen.

Wartete Barbara darauf? Oder hatte sie verstanden, warum er sich dem Druck nicht beugen wollte? Nach der heftigen Diskussion gestern Abend hatte er nicht mehr damit gerechnet, dass sie sich hier zeigen würde. Aber seine Barbara war tatsächlich gekommen, so wie er es sich gewünscht hatte, sie stand also doch noch hinter ihm. Wenn er in ihre Augen schauen, sich an ihrer Anwesenheit beruhigen konnte, dann würde für ihn bei der Podiumsdiskussion alles gut werden.

Der beliebte Moderator von Radio Schleswig-Holstein, Michael Hahn, war eigens für die Veranstaltung auf die Insel gereist und begrüßte die Anwesenden zum öffentlichen Schlagabtausch unter dem Motto »Quo vadis Sylt«. An drei Stehtischen aufgereiht, sollten sich die Kandidaten im Verlauf des Abends den Fragen des Moderators und der Wähler stellen, aber natürlich auch untereinander diskutieren.

Aus dem Augenwinkel maß Gernot seine Kontrahenten Günther von Wechlem und Hans-Boy Boysen. Hinter der Bühne hatten sie es vermieden, ihm zu begegnen, Hans-Boy war sogar erst in letzter Minute angerannt gekommen.

Täuschte er sich, oder hielt sich Hans-Boy mit seinem Blick ebenfalls an Barbara fest? Sie war gerade mit ihrer Handtasche beschäftigt, in der sie wohl ein Taschentuch suchte. Nein, er täuschte sich nicht. Hans-Boy fixierte Barbara regelrecht. Was war da im Gange?

Der Moderator begann mit einer kurzen Vorstellungsrunde. Zwischen den ganzen biografischen Eckdaten hätte Gernot fast den Aufruf seines eigenen Namens verpasst, so sehr war er in Gedanken. Er musste sich besser konzentrieren. Eilig trat er einen Schritt hinter seinem Stehtisch hervor und verbeugte sich.

Verhaltener Beifall. Als nur Sekunden später die Namen seiner Mitbewerber fielen, bebte der Saal unter dem Applaus, erklangen johlende Rufe der frenetischen Unterstützer, die beide Gegner in ihren Reihen zu haben schienen.

Das fängt ja gut an. Aber es ist noch lange kein Grund zu verzweifeln, dachte Gernot. Die Leute wissen im Moment einfach nicht, wie sie mir gegenüber reagieren sollen, aber ihr Wohlwollen ist mir bestimmt noch gewiss.

»Günther von Wechlem, von Ihnen möchten wir alle gern wissen, wofür Sie sich als zukünftiger Bürgermeister besonders einsetzen werden, wofür stehen Sie?«

Auf dieses Stichwort hatte von Wechlem gewartet. Wieder waren es seine hünenhafte Erscheinung und sein scheinbar felsenfester Stand, die beeindruckten, bevor er überhaupt ein Wort gesagt hatte.

»Als parlamentarischer Staatssekretär unter Ministerpräsident Rüttgers, langjähriges CDU-Führungsmitglied und derzeit stellvertretender Bürgermeister verfüge ich über große politische Erfahrung und die Kompetenz, die Probleme auf der Insel anzugehen, um Sylt wieder auf den richtigen Kurs zu bringen.«

Hatte von Wechlem ihm gerade subtil unterstellt, auf dem falschen Kurs zu sein? Na, der sollte sich gleich mal warm anziehen.

»Ich werde mich für die Schaffung eines medizinischen Bereitschaftsdienstes von Kinderärzten in der Nordseeklinik einsetzen, damit auch die kleinen Patienten jederzeit adäquat versorgt werden können und nicht ausgeflogen werden müssen.« Beifall ließ ihn pausieren. »Zudem werde ich mich für den Bau eines neuen Altenheimes starkmachen und zum Schutz unserer unvergleichlichen Inselnatur für ein Plastiktütenverbot stimmen.«

In der vordersten Reihe klatschte Annemie von Wechlem mit halb erhobenen Armen, als würde sie einen Marathonläufer an der Strecke anfeuern, und Barbara – was machte sie denn da? Wieso holte sie ihr Handy aus der Tasche? Hatte sie einen Anruf bekommen? Nein, sie selbst wollte telefonieren. Aber doch nicht jetzt, was war denn bloß in sie gefahren?

Der Moderator rief Hans-Boy dazu auf, seine Wahlprogrammpunkte vorzustellen. Als Insulaner hatte der Einundvierzigjährige deutlichen Heimvorteil. Seinem selbstsicheren Lächeln nach zu urteilen, war ihm das auch bewusst, er fühlte sich wohl wie auf dem Laufsteg. So, als käme er direkt von dort, wirkte auch sein Styling. Vor allem bei der Damenwelt dürfte Hans-Boy mit seiner charismatischen Erscheinung punkten – und prompt zielte er auf die Familienpolitik ab.

Seine angenehme Stimme füllte den Raum. »Als Bürgermeister werde ich mit großer Leidenschaft und Sachkompetenz in baurechtlichen Fragen den Neubau eines Jugendzentrums mit angegliederter Funsport-Halle angehen. Für die Jugendlichen der Insel müssen dringend mehr Angebote geschaffen werden, andernfalls wird die vorhandene Drogenproblematik Ausmaße annehmen, die sich nicht mehr unter den Teppich kehren lassen, meine Damen und Herren.«

Das sagt der Richtige, dachte Gernot und hätte fast den Kopf geschüttelt, während Hans-Boy mit wohlwollendem Beifall bedacht wurde. Ausgerechnet der, der zumindest früher selbst Koks genommen hatte, und zwar mit der unerschütterlichen Überzeugung eines Wanderpredigers. Womöglich war er ja mittlerweile geläutert. Viel wahrscheinlicher war jedoch, dass er zwischenzeitlich gelernt hatte, Wasser zu predigen und nicht nur Wein zu trinken.

»Außerdem werde ich mit dem Engagement eines gebürtigen Insulaners den Ausbau der Ganztagsschule mit entsprechend attraktiven Nachmittagsprogrammen forcieren und mich um die Förderung des Ehrenamtes kümmern. Als parteiloser Kandidat stehe ich zu meinem Wort, das ist mein Versprechen an Sie, meine Damen und Herren. Ich muss mich nicht dem Willen einer Partei beugen, deren Grundsätze mittlerweile so verschwommen sind wie das Wattenmeer bei Seenebel. Kandidaten von Volksparteien sind ja heutzutage kaum mehr mit gutem Gewissen wählbar.«

Oha, ein deutlicher Seitenhieb gegen von Wechlem. Die beiden waren sich also doch nicht so grün, wie er befürchtet hatte. Nach einer Allianz roch das nicht.

Doch was waren das für Blicke, die Barbara und Hans-Boy schon wieder miteinander wechselten? Die beiden schienen etwas zu verbergen, es wirkte fast so, als gäbe es ein Geheimnis zwischen ihnen. Hatte sich seine Frau etwa bei ihrem Ex-Freund ausgeweint, als er nicht greifbar gewesen war? Wusste Hans-Boy von der Ehekrise? Und hatte er sie getröstet? Bestimmt. Gernot wollte sich gar nicht ausmalen, wie, und doch tat er es angesichts der vertrauten Blicke.

Das Gerede, dass sie Hans-Boy abgeschworen hatte, alles nur eine Farce. Wenn er könnte, würde er jetzt am liebsten von der Bühne gehen und sie zur Rede stellen. Und fragen, wen sie die ganze Zeit zu erreichen versuchte. Durfte das denn wahr sein? Wenn seine Frau nicht gleich das Handy weglegte … Er hatte sie um ihre Anwesenheit gebeten, damit sie ihm den Rücken stärkte, nicht ihn durcheinanderbrachte.

»Herr Bürgermeister?« Ein Fünkchen Ungeduld lag in der Stimme des Moderators.

Gernot zuckte zusammen. Hatte er etwas nicht mitbekommen?

»Ah, nun habe ich Ihre Aufmerksamkeit. Liebe Anwesende hier im Saal, Sie wissen ja sicher alle um die psychische Ausnahmesituation, in der sich unser amtierender Bürgermeister derzeit befindet, und haben Verständnis. Ich hatte gefragt, was Ihre Ziele für die kommende Amtszeit sind, die Sie dazu antreiben, trotz dieser … nennen wir es mal schlimmen Umstände weiter an Ihrer Kandidatur und damit an einer möglichen Wiederwahl festzuhalten.«

»Ja, ich … ähm …« Verdammt, er hatte sich doch vorbereitet, warum war sein Kopf auf einmal so leer? Jeden Satz hatte er sich zurechtgelegt, fein geschliffen und poliert.

Das Publikum wurde schon unruhig. Wenn Barbara nur endlich zu ihm herüberschauen würde, dann wäre sein Blackout bestimmt vorbei. Doch sie war so mit ihrem Handy beschäftigt, dass sie nichts mitbekam. Mittlerweile wirkte sie sichtlich verzweifelt. Offenkundig versuchte sie, jemanden zu erreichen.

»Ja also, die Menschen ...«, begann er, ohne zu wissen, wie er den Satz beenden sollte. »Die Menschen ... sie sind meine Motivation. Ich möchte ... also, Sylt soll wieder für alle lebenswert werden, und ich möchte die Insel erhalten. Jawohl, so ist das. Das ist neben diversen Sachgründen meine Motivation, wieder zu kandidieren.« Langsam gewann er ein wenig von seiner Sicherheit zurück. »Wir sind hier leider nicht bei einem Wunschkonzert, niemand bedauert das mehr als ich, aber dennoch können wir viel erreichen, wenn wir es Schritt für Schritt und mit aller Konsequenz angehen. Ich stehe für realistische Pläne und Ziele. Dazu gehören die weitere Verbesserung der Verwaltungsstruktur, eine transparente Bürgerinformation und Sprechstunden in allen Ortsteilen.«

Am liebsten hätte Gernot tief ausgeatmet, so erleichtert war er. Da hatte er gerade noch halbwegs die Kurve gekriegt.

»Nun, nach einem Wahlprogramm klingt das aber nicht unbedingt.«

Wie fies, warum musste nun ausgerechnet der Moderator nachbohren, das hätte er den Gegenkandidaten überlassen können, die allerdings gar keine Anstalten gemacht hatten – wahrscheinlich bauten sie darauf, dass er sich selbst demontierte und sie ihn nicht vorzuführen brauchten.

Warum erhob sich Barbara denn jetzt? Ohne Blickkontakt zu ihm aufzunehmen. Fassungslos beobachtete er, wie sie auf den Ausgang zuging, vorbei an sämtlichen Leuten, die sich mit erstaunten Gesichtern nach ihr umdrehten. Ein älteres Ehepaar steckte tuschelnd die Köpfe zusammen.

Mit einem verhaltenen Räuspern machte Michael Hahn am Mikrofon auf sich aufmerksam.

Nun galt es, Stärke zu zeigen, während er seiner Frau noch hinterherschaute. Was war nur in sie gefahren, dass sie die für ihn wichtigste Wahlkampfveranstaltung einfach so verließ?

Stattdessen hätte sie besser daran getan, gar nicht erst zu erscheinen.

Gernot räusperte sich, damit seine Stimme einen festen Klang erhielt: »Wahlprogramme spielen heutzutage doch keine Rolle mehr, daran glauben die Leute sowieso nicht. Viel wichtiger ist, authentisch zu sein, sympathisch und durchsetzungsstark. Damit überzeugt man die Rentner hier in der Kongresshalle.«

Große Güte, was hatte er da gerade gesagt?

Lacher brandeten im Saal auf. Ungläubiges Gemurmel ertönte.

Wähler, er hatte Wähler sagen wollen. Nur hatte er in dem Moment die älteren Herrschaften im Blick gehabt, an denen Barbara vorbeigegangen war. Wie sollte er das glaubhaft wieder zurechtbiegen?

Gar nicht, sagte die Schadenfreude in den Gesichtern seiner Kontrahenten.

***

Weglaufen.

Nur wie? Die Fenstergriffe ließen sich nicht bewegen, da sie abschließbar waren, und der Schlüssel dazu war irgendwo versteckt.

Zum Schutz gegen Einbrecher, hatte Oma gesagt.

Anrufen konnte sie auch niemanden, da das Telefonkabel durchgeschnitten war.

Damit du nicht mehr am Telefon rumspielst, hatte Oma gesagt.

»Was soll ich nur machen, Anna?«, fragte Sophie und presste ihre Puppe fest an sich. Mit angewinkelten Knien saß sie auf dem Schreibtisch, der ihrer Mutter gehört hatte, und schaute aus dem Fenster in die Dunkelheit hinaus. Bei ihrer Oma durfte sie auf Möbeln hocken, aber was nutzte ihr das, wenn sie hier eingesperrt war?

Tränen stiegen in ihr auf. Nur verschwommen sah sie im Lichtschein des Vollmondes den glitzernden Schnee auf dem

Reetdachhaus jenseits des Gartens, in dem die Apfelbäume silberne Prinzessinnenkronen trugen. Ringsum gab es keine Nachbarn, denen sie sich hätte bemerkbar machen können. Die schicken Friesenhäuser wurden alle nur während der Saison vermietet, und bis Weihnachten würde dort niemand anreisen.

Seit sie aus dem Fenster schaute, war noch nicht ein einziges Auto vorbeigefahren, und bei dem Glatteis ging niemand mehr freiwillig zu Fuß.

Weihnachten, wie lange war das eigentlich noch hin?

Bis dahin würde alles gut sein, kleine Krabbe, hatte Oma gesagt.

Daran glaubte Sophie nicht mehr. Sie wollte nach Hause, jetzt sofort. Ihre Abwesenheit musste sie nutzen, um zu entkommen. Irgendwie.

Vor zehn Minuten war Oma mit einem großen Blumenstrauß nach Westerland gefahren.

Der ist für deinen Vater, hatte sie gesagt.

Selbst ihn vermisste Sophie. Vorgestern, als sie weggelaufen war, hatte sie sich richtig erwachsen gefühlt. Gut, zuerst war sie einfach in den Bus nach Hörnum eingestiegen, ohne genau zu wissen, wo sie eigentlich hinwollte. Mitten auf der Fahrt hatte sie der Mut verlassen, und sie war ausgestiegen und in den kleinen Wald hineingegangen, um dort vielleicht einen Unterschlupf zu finden. Dabei hatte sie dann der nette Mann mit dem Hund entdeckt, aber sie hatte ihm nicht die Wahrheit verraten wollen.

Auf der Fahrt zurück nach Westerland war ihr die Idee gekommen, endlich all das zu tun, was sie sonst nicht durfte. Allein durch die Stadt laufen zum Beispiel und sich von ihrem Taschengeld etwas kaufen.

Wie stolz war sie gewesen, als sie sich bei Marco ihren Lieblingscrêpe geholt und jeden süßen Bissen davon genossen hatte. Nur war es eiskalt auf der Promenade gewesen, tausend Nadelstiche in ihrem Gesicht, die so wehtaten, dass ihr die Tränen kamen – und mit ihnen die nächsten Zweifel.

Doch aufgeben wollte sie nicht. Dafür hatte sie sich zu gut gefühlt, endlich konnte sie das tun, was sie wollte, und sie war wild entschlossen gewesen, ihren Eltern einen Denkzettel zu verpassen.

Im Café Wien war sie von wohliger Wärme empfangen worden, und in dem kleinen Verkaufsraum mit den bis unter die Decke reichenden Regalen voller Schokoladentafeln, eingepackt in rot glänzende Alufolie, war ihr Vorhaben aus dem Ruder gelaufen. Sie hatte geschaut, gestaunt – und gekauft. Von ihrem ganzen Geld hatte sie danach nur noch achtzig Cent übrig gehabt. Das hatte sie zuerst gar nicht so schlimm gefunden, sie hatte schließlich dafür die Schokolade als Proviant.

Nach List wollte sie als Nächstes fahren, mit ihrer Schülerkarte kam sie überallhin. Möglichst viel sehen und entdecken wollte sie, doch schon auf dem kurzen Weg zum Bahnhof hatte sie zwei Tafeln der Schokolade aufgegessen und während sie auf den Bus wartete, noch eine halbe. Daraufhin hatte sie solche Bauchschmerzen bekommen, dass ihr angst und bange geworden war.

Aufgeben wollte sie aber immer noch nicht. Wenn sie nach Hause gefahren wäre, hätte ihre Mutter ihr vermutlich geglaubt, dass sie in den falschen Bus eingestiegen war, und das nicht weiter hinterfragt. Ihr ganzes Taschengeld wäre jedoch weg gewesen, das hätte ihre Mutter irgendwann gemerkt, und außer noch mehr Ärger hätte die ganze Sache nichts gebracht.

Hilfe brauchte sie trotzdem, und Sophie hatte nicht lange überlegen müssen, wer die Einzige war, die ihr jetzt helfen würde, ohne zu schimpfen: Oma Inken. Sie war zum öffentlichen Telefon vor dem Bahnhof gegangen, hatte mit ihrem letzten Geld ihre Oma angerufen und weinend erklärt, was vorgefallen war.

Oma Inken hatte nicht groß nachgefragt, sie wollte gar nicht viel wissen, sagte nur, dass sie sich nicht von der Stelle rühren solle, sie wäre gleich da.

Zehn Minuten später hatte Sophie in Omas Auto gesessen, sich in eine Tüte übergeben und sich nach Hause fahren lassen.

Nach Hause zu Oma Inken ins Puppenhaus.

Zuerst war alles gut gewesen, sie hatte ihre Eltern überhaupt nicht vermisst. Nicht mal ihre Mama. Und ihr Zimmer sowieso nicht. Bei Oma war es viel schöner. Zusammen waren sie auf dem Dachboden auf Abenteuer-Erkundungstour gegangen, sie hatten alte Truhen geöffnet, Schätze gefunden und schließlich drei Kisten mit Spielsachen und eine mit Kleidung die steile Leiter heruntergeschafft. Kein einziges der Kleidungsstücke war rosafarben, Sophie hätte Luftsprünge machen können.

Sie hatten Spiele gespielt, Oma hatte ihr stundenlang aus einem alten Märchenbuch vorgelesen, das sie auch auf dem Dachboden gefunden hatten, und sie hatten Lesen und Schreiben geübt. Schreibschrift konnte Oma Inken besonders gut, weil sie über viele Winter hinweg mit den Kindern ihrer Gäste Brieffreundschaften geführt hatte, um ihnen in Erinnerung zu bleiben. Damit die Eltern für den Sommer wieder bei ihr buchten.

Die Nacht hatte sie in Mamas altem Bett verbracht, und gestern war es richtig spannend geworden. Es war das eingetreten, was Oma Inken ihr vorhergesagt hatte, ein Szenario, das sie hundertmal durchgespielt hatten.

Wenn es an der Haustür klingelte, musste Sophie in Windeseile alle Spielsachen in die Kartons werfen, dann unter das Bett krabbeln und die Unterbettbox wieder vorschieben. Erst dann schloss Oma Inken die Haustür auf.

Sophie durfte so lange keinen Mucks machen, bis der Besuch wieder weg war, und sogar als ihre Mutter mitten im Zimmer gestanden hatte, war alles gut gegangen, obwohl Sophie ständig Angst gehabt hatte, niesen oder husten zu müssen. Auch als die beiden danach ins Bad gegangen waren, hatte sie sich nicht gerührt, obwohl sie so dringend zur Toilette musste. Und nicht nur das. Ihr Herz schmerzte, seit sie mit angehört hatte, wie sehr ihre Mutter litt. Es war kaum auszuhalten gewesen, am liebsten wäre sie zu ihrer Mutter hingerannt, doch sie hatte sich gezwungen, still liegen zu bleiben.

Egal, was passiert, du darfst unser Spiel nicht kaputt machen, hatte Oma gesagt.

Zur Belohnung hatte Oma Inken ihr heute Morgen ihren größten Wunsch erfüllt: Sie bekam einen neuen Haarschnitt. Kinnlang und richtig schick. Die alten Zöpfe lagen geflochten auf dem Boden, und Sophie erkannte sich selbst nicht wieder. Ein fremdes Mädchen schaute ihr aus dem Spiegel entgegen.

Das war der Moment gewesen, in dem das Heimweh sie mit voller Wucht gepackt hatte. Während sie sich eben noch mit einem strahlenden Lächeln über die neue Frisur gefreut hatte, liefen ihr in der nächsten Sekunde plötzlich haltlos die Tränen über die Wangen, und sie konnte ihrer Oma erst gar nicht erklären, was mit ihr los war. Das hing aber damit zusammen, dass sie vor Schluchzen nicht reden konnte, denn sie hatte ganz genau gewusst, was in ihr vorging.

Sie wollte nach Hause. Zu ihrer Mutter. Sie wollte nicht, dass ihre Mama noch länger traurig war.

Dir geht es doch gut bei mir, das Heimweh ist nur Einbildung, hatte Oma gesagt.

Doch Sophie wusste, dass sie sich gar nichts einbildete. Gestern Mittag hatte Oma Inken ihren Schulranzen aus dem Zimmer geholt und gesagt, dass sie einen neuen bekommen würde. Darüber hatte sich Sophie zuerst gefreut und sich einen blauen gewünscht, der ihr auch versprochen wurde. Den neuen Ranzen hatte sie heute aber gar nicht mehr haben wollen, als sie merkte, dass Oma Teddy Alfons ebenfalls mitgenommen hatte.

Das hätte Oma nicht tun dürfen. Das war zu viel gewesen. Entsetzt hatte Sophie nach dem Warum gefragt.

Er hat jetzt eine wichtige Aufgabe, hatte Oma gesagt.

Wie könnte sie nur aus diesem Haus entkommen? Sie musste es schaffen, bevor ihre Oma zurückkehrte. Alle Türen und Fenster waren abgeschlossen, das hatte sie bereits zweimal nachgeprüft. Einen Keller gab es nicht – aber einen Dachboden, fiel Sophie ein. Und die Fensterluke dort war mit einem einfachen Hebel versehen.

Kurz entschlossen nahm sie die dunkelgrüne Jacke ihrer Mutter aus der Kiste, zog den von Oma Inken selbst gestrickten orangefarbenen Schal und die dazu passenden Handschuhe an und setzte die weiße Mütze auf. Die Stiefel waren ihr etwas zu groß, aber mit einem zweiten Paar Wollsocken passten sie.

Und jetzt los. Wie man mit dem Stab nach dem Ring an der Decke angelte, um die Luke zu öffnen, hatte sie sich gemerkt, es dauerte dennoch eine Weile, bis sie es schaffte.

Das Ausklappen der Leiter war das nächste Problem, in ihrer dicken Kleidung begann sie zu schwitzen. Die Mütze juckte an ihrer Stirn, und der Schal kratzte furchtbar am Hals, aber sie ließ sich durch nichts ablenken. Es galt, keine Zeit zu verlieren, und endlich gelang es ihr, nachdem sie sich beim vierten Versuch die Finger eingeklemmt hatte.

Mit zusammengebissenen Zähnen ertrug sie auch das. Nicht mal ein Schmerzenslaut entfuhr ihr. Es gab für Sophie im Moment nichts Schlimmeres, als noch länger in diesem Haus eingesperrt zu sein.

Mit Anna im Arm kletterte sie die Leiter nach oben. Auf dem Dachboden gab es Licht, und dennoch musste man auf Schritt und Tritt aufpassen, um nicht irgendwo gegenzustoßen oder hängen zu bleiben.

Alles war vollgestellt, und wie in einem Labyrinth bahnte sie sich auf einem der schmalen Pfade den Weg bis zum Dachfenster. Das Öffnen ging leicht, indem sie sich auf die darunter gelagerte Truhe stellte. Ihr Deckel war flach und wie geschaffen für ihr Vorhaben. Ein kleiner Vorsprung am Reetdach hatte dafür gesorgt, dass das Fenster schneefrei geblieben war.

Ein kalter Wind wehte ihr um die Nase, als sie den Kopf hinausstreckte, und sie bekam prompt eine Schneewehe vom Dach ins Gesicht. Aber vielleicht war es auch Feenstaub gewesen, und sie durfte sich jetzt etwas wünschen?

Fliegen müsste sie können.

Dazu musste sie jedoch erst einmal aufs Dach hinausgelangen, und dazu fehlte ihr noch etwas, worauf sie sich stellen konnte.

Sophie fand eine Kartoffelkiste, in der nur ein paar verstaubte Bilder mit Motiven aus Keitum lagen, die ihr Opa gemalt hatte. Behutsam legte sie diese beiseite, stellte die Kiste umgekehrt auf die Truhe und erklomm den selbst gebauten Leiterturm. Etwas wackelig, aber nun reichte sie bis zur Hüfte aus dem Fenster heraus.

»Du hast keine Angst, Anna, oder? Das ist gut, ich auch nicht, du bist ja bei mir«, sagte sie und schob ihre Puppe in die Jacke hinein. Sie gab ihr einen Kuss auf die Stirn und kletterte vorsichtig auf den unteren Fensterrand.

Eine kleine Schneelawine löste sich dort, wo sie ihre Füße aufsetzte. Der Schnee rutschte so schnell das Dach hinunter und fiel in den Garten, dass Sophie kaum hinterherschauen konnte.

Das war hoch, sehr hoch.

Sophie klammerte sich an der Umrahmung fest. Wenn sie das schneebedeckte Reetdach möglichst langsam hinunterrutschte, könnte der Schnee im Garten den Aufprall vielleicht so weit abfangen, dass ihr nichts passierte. Vielleicht.

Weglaufen.

Loslassen.

Sie musste nur den Mut dazu haben.

***

Der Bürgermeister ist doch völlig verrückt, dachte Ernst. Oder machtbesessen. Oder schlichtweg beides. Schwitzend rang er seit einer knappen Stunde auf der Bühne nach Worten, so als hätte er noch nie vor großem Publikum gestanden, geschweige denn über Politik gesprochen. Wieso machte er dieser Farce kein Ende?

Das Ultimatum lief in zehn Minuten ab, und Gernot Sörensen konnte sich auf nichts anderes mehr konzentrieren als auf das Ziffernblatt seiner Armbanduhr, auf das er unentwegt schaute. Die beiden Gegenkandidaten ließen unterdessen keine Gelegenheit aus, sich auf seine Kosten zu profilieren.

Je länger Ernst diesem Schauspiel beiwohnte, desto zwiegespaltener wurde er, ob er den Vater von Sophie nicht doch bedauern sollte. Obwohl er sich geschworen hatte, kein Mitleid mit so einem knallhart egoistischen Typen zu haben. Doch davon war jetzt nichts mehr zu spüren.

Nüchtern betrachtet, konnte er sich sowohl Günther von Wechlem als auch Hans-Boy Boysen als Täter vorstellen. Von Äußerlichkeiten leiten lassen durfte er sich nicht, und doch waren ihm weder der Hüne noch dieses Männermodel sympathisch. Gab es Anzeichen im Verhalten der beiden, dass einer von ihnen oder beide mit Ablauf des Ultimatums etwas planten? Was bedeuteten die Blicke, die die beiden tauschten? Machten sie gemeinsame Sache? War es vielleicht doch gefährlich gewesen, heute Abend herzukommen? Wilde Theorien, wozu die beiden Männer fähig sein könnten, kamen ihm in den Sinn.

Seine Frau hatte für solche Situationen oft das bessere Gespür, doch Frieda war im Wohnwagen bei Kathrin und Mary geblieben. Sie wollte die beiden nicht allein lassen und sich vor allem um Mary kümmern, weil Kathrin dazu gerade nicht wirklich in der Lage war.

Da es immer noch keine Nachricht von Alfie gab, konnte seine Tochter sich auf nichts konzentrieren und war ständig den Tränen nah, weil sie nicht fassen konnte, dass er kommentarlos verschwunden war. Nur mit den Sachen, die er am Leib trug. Da er neben seinem Handy allerdings auch sein Portemonnaie mitgenommen hatte, hatte er wohl niemals vorgehabt, nur zur Toilette zu gehen. Sie erklärte sich sein Verhalten damit, dass er vor der Hochzeit fliehen wollte, machte dafür jedoch nicht ihren wankelmütigen Verlobten verantwortlich, sondern natürlich ihren Vater.

Darum war es für ihn besser gewesen, auf die Podiumsdiskussion zu gehen. Nicht für sein Nervenkostüm, aber für seine Überlebenschancen, da allein schon die Blicke seiner Tochter töten konnten. Dabei hatte er doch nur aus einem evolutionären Reflex heraus gehandelt und einen rothaarigen

Außerirdischen aus seiner Höhle vertrieben – das musste seine Tochter doch verstehen.

Zwischenzeitlich war man bei der Diskussion vom Nahverkehr auf die Pendler gekommen, die unter den ständigen Zugausfällen zu leiden hätten, sodass sie nicht nur morgens vom Festland zu spät auf die Insel zur Arbeit kämen, sondern auch zur Feierabendzeit mit japanischen Zuständen in der Bahn zu kämpfen hätten. Was man vonseiten der Politik hier unternehmen wolle und wann endlich mal richtig Druck bei den Verantwortlichen im Verkehrsministerium des Landes gemacht werden würde, erkundigte sich der Moderator.

An der Sache sei man dran, war die lapidare Auskunft von Gernot Sörensen, was vereinzelte Lacher provozierte.

Dem Bürgermeister musste jedwede Bühnenpräsenz abgesprochen werden, er wirkte ängstlich und verloren wie ein Zeitreisender, der an diesen Ort gebeamt worden war, und so wie er sich umschaute, fragte er sich gerade, wie eigentlich sein eigener Name lautete.

Natürlich nutzte Hans-Boy Boysen die Gelegenheit, die juristische Seite des Problems zu erörtern und mit einem Lösungsvorschlag zu glänzen, nach dem das Land Schleswig-Holstein mit Schadenersatzforderungen der insularen Unternehmer recht erfolgversprechend unter Druck zu setzen wäre.

Kaum hatte er ausgesprochen, fügte von Wechlem an, dass er als ehemaliger parlamentarischer Staatssekretär unter Rüttgers solche Probleme ganz sicher nicht fürchten würde und die unhaltbaren Zustände mit der Geschwindigkeit eines ICEs wieder aufs richtige Gleis bringen werde, was ihm Applaus einbrachte.

Prompt ging die nächste Frage aus dem Publikum einmal mehr an Gernot Sörensen. Die nahmen den armen Mann so in die Mangel, dass in dessen Adern noch nicht mal mehr Blut fließen konnte. Die Genugtuung der beiden Gegenkandidaten darüber, dass die Wähler den amtierenden Bürgermeister weiterhin auf Herz und Nieren prüften, obwohl sie es mittlerweile ganz offenkundig mit einem Scheintoten zu tun hatten, war so widerwärtig, dass Ernst das Gefühl hatte, bald nicht mehr den Arm still halten zu können, und ebenfalls zum Mikrofon greifen wollte.

Da die Zustände beim Autozug ja nicht besser seien, wollte man von Gernot Sörensen wissen, ob er sich nicht endlich für eine eigene Autozugspur für Insulaner aussprechen wolle – ein heißes Thema, das schon lange in der Diskussion stand und die Gemüter spaltete. Gerade in der Hochsaison fuhr ein Sylter sehr selten zum Vergnügen aufs Festland, sondern nur, um dort wichtige Termine wahrzunehmen wie beispielsweise ärztliche Untersuchungen, die auf der Insel nicht möglich waren. In so einem Fall rechtzeitig am Zielort anzukommen war bei drei bis vier Stunden Wartezeit keine Frage der Geduld, sondern ein Ding der Unmöglichkeit. Wenn Gernot Sörensen sich für eine solche Spur starkmachen würde, könnte er wieder ordentlich Punkte bei den Einheimischen sammeln.

»Warum sollte ein Insulaner beim Autozug anders behandelt werden als die Touristen?«, fragte Sörensen knapp. Die ersten Buh-Rufe wurden laut, auf die er nicht reagierte. »Sie alle sind Kunden der Deutschen Bahn oder des RDC, und durch den günstigeren Insulanertarif werden sie doch schon bevorzugt. Was soll also der ganze Terz? Ich glaube, es gibt weit wichtigere Dinge im Leben. Überhaupt ist schließlich nur derjenige ein echter Sylter, der seinen Stammbaum über die Jahrhunderte weg bis Pidder Lüng zurückverfolgen kann.«

Einen Atemzug lang war es noch still im Saal, dann setzte Gemurmel ein.

»Wie kann man als Sylter Bürgermeister die Einwohner nur so verhöhnen?«, fragte Hans-Boy Boysen provozierend.

»Ich glaube, einige hier im Saal sind sich gerade nicht mehr sicher, ob Sie auf dem richtigen Posten sitzen«, schoss von Wechlem hinterher.

Ha no, dachte Ernst genervt, man kann es auch übertreiben. Das mit Pidder Lüng ist in der alten Frage, ab wann sich ein neu Zugezogener als Insulaner bezeichnen darf, doch längst zu einem geflügelten Wort geworden. Und diesen Streit hatte nicht der Bürgermeister vom Zaun gebrochen, sondern die alteingesessenen Einwohner selbst, die glaubten, dass auf der Insel nur diejenigen wirklich etwas zu sagen hätten, in deren Stammbaum in goldenen Lettern dieser Name stand. Was für eine billige Masche der beiden Kontrahenten, ihr Opfer diesbezüglich noch mehr in die Enge zu treiben. So etwas konnte Ernst leiden wie die Schwiegermutter zu Weihnachten. Sein Arm ruckte nach oben. Zwei gegen einen war noch nie fair gewesen, und ihn überkam das dringende Bedürfnis, mit diesen beiden aufgeblasenen Möchtegern-Bürgermeistern einmal Tacheles zu reden.

Kaum war das Mikro zu ihm durchgereicht worden, polterte er los: »Ernst Schmälzle isch mein Name, ond I will zu denne boide Herausforderer ebbes saga. Des isch onder äller Sau, was ihr dohanda machet. Ihr senn doch älle boide rächde Bräschdlengsheiflr. Saget hald endlich gix oddr gax.«

»Ähm ja, vielen Dank für Ihre Frage, Herr Schwätzle, aber vielleicht könnten Sie das für uns Norddeutsche noch einmal verständlich wiederholen?«

Vor lauter Zorn vergaß er, ins Mikro zu sprechen, aber eine technische Stimmverstärkung war bei einem Pfeifkessel, der auf höchster Stufe auf der Herdplatte stand, ohnehin überflüssig. »Schmälzle hoiß i, Ernscht Schmälzle. Ond mir Schwoba könnad älles – außer Hochdeitsch. Drom schwätz i, wie mir 's Maul gwachsa isch, bsonders wenn i mi uffrega muss! Wenn nämlich oiner von dene Kandidada do vorna moint, über mi lacha zom missa, dann kriegt er vo mir oins uff sei Kabbadach, dass er aus seine Ribben guggt wie an Aff em Käfig. Des moin i ernscht!«

Wenn das seine hätte Frieda miterleben können, wie er den aufgeblasenen Möchtegern-Bürgermeistern gerade mal gezeigt hatte, wo der Hammer hing – sie wäre wohl am liebsten vor Scham im Boden versunken.

Auch der Moderator wusste augenscheinlich nicht mehr, wohin mit sich. Ihm war das Zepter entglitten, denn nicht nur vorne auf der Bühne wurde nun diskutiert, auch im Saal war ein Lärmpegel entstanden, der Fußballstadioncharakter hatte – und zwar St. Pauli gegen den VfB Stuttgart. Buhrufe und Pfiffe wurden laut, wie man es bei einer solchen Veranstaltung nicht erwartet hätte.

Nur einer stand reglos da und starrte auf seine Uhr: Gernot Sörensen. In dieser Minute war das Ultimatum abgelaufen.

»Meine Damen und Herren, es ist nun Zeit für eine kurze Pause. Kleine Erfrischungen finden Sie im Foyer. Wir sehen uns in zwanzig Minuten wieder, dann haben sich die Gemüter bestimmt wieder beruhigt.«

Da hatte der Moderator aber gerade noch mal elegant die Kurve gekriegt. Was für eine glückliche Fügung, dass nach einer Stunde ohnehin eine Pause vorgesehen war. Oder war das vielleicht der Grund, warum das Ende des Ultimatums auf diese Uhrzeit fiel?

Auf der Bühne schienen die beiden Gegenkandidaten irgendetwas miteinander zu bereden. Ernst spürte, wie sein Puls sich beschleunigte. Nun trat von Wechlem nahe an den Moderator heran, und die beiden wechselten ein paar kurze Sätze miteinander.

Mit versteinerter Miene gab Michael Hahn der Technik einen Wink, ihn noch einmal auf Ton zu schalten. »Meine Damen und Herren, Herr von Wechlem hat mich gerade gebeten, Sie auf etwas aufmerksam zu machen, was eigentlich eine Selbstverständlichkeit ist: Die Kandidaten stehen Ihnen natürlich auch während der Pause zum Gespräch zur Verfügung. Vielen Dank.«

Darauf zielten die beiden also ab, nicht einen Augenblick lang sollte sich Gernot Sörensen erholen können. Oder worauf sonst?

Kaum waren Boysen und von Wechlem hinter der Bühne hervorgekommen, bildeten sich Menschentrauben um sie, in denen sie sich langsam in Richtung Foyer bewegten.

Ernst war nicht nach einem Getränk zumute, das kostete ohnehin nur Geld. Während die Leute an ihm vorbeiströmten, blieb er allein in seiner Reihe sitzen, die sich bereits geleert hatte.

Gernot Sörensen kam erst jetzt hinter der Bühne vor, langsam, als wäre jeder Schritt eine Qual, den Blick auf den Boden gerichtet. Keiner der aus dem Saal strömenden Zuhörer schien sich für ihn zu interessieren, nur eine sichtlich ältere Dame mit weißer Lockenfrisur und Bleistiftröckchen ging gegen den Strom mit einem üppigen Blumenstrauß auf den Bürgermeister zu. Ausgerechnet eine Rentnerin wollte ihn aufmuntern.

»Herzlichen Glückwunsch zu Ihrem gelungenen Auftritt«, hörte Ernst die Frau sagen. So ganz zurechnungsfähig kann die aber auch nicht sein, dachte er verwundert. Wie verblendet musste man sein, wenn man nach dem eben erlebten Fiasko so ein Lob aussprach? Auch Sörensen schien sich zu wundern.

»Womit habe ich denn das verdient? Kennen wir uns von irgendwoher? Sie kommen mir so bekannt vor.«

»Dieser Blumenstrauß soll eine ewige Erinnerung daran sein, dass Sie weder von Ihrer Kandidatur zurückgetreten sind noch das Lösegeld bezahlt haben.«

Eine steile Falte erschien auf Sörensens Stirn. »Wie meinen Sie das?«

Die Frau verzog den Mund zu einem schiefen Lächeln. »Lieber Gernot, du hattest die Wahl. Es lag allein bei dir, wie die Geschichte ausgeht. Das habe ich dir geschrieben. Und du kannst nicht behaupten, ich hätte dir nicht genug Zeit zum Nachdenken gegeben.«

»Ich … Du?« Er wollte noch etwas entgegnen, doch stattdessen entfuhr ihm ein Schmerzenslaut. So furchterregend hatte Ernst noch nie einen Menschen zugleich stöhnen und schreien gehört. Dann sank Gernot Sörensen in die Knie.

Ernst brauchte einen Moment, um zu realisieren, was passiert war. Blut lief am Hals des Bürgermeisters hinunter und tränkte den weißen Hemdkragen. Die Frau hatte mit einem langen Küchenmesser, das zwischen den Blumen verborgen gewesen sein musste, zugestochen.

»Ach, wie gut, dass niemand weiß …«, begann sie wie eine Irre zu singen und ließ den Blumenstrauß einer Grabbeigabe gleich auf ihr Opfer hinunterfallen, dann rannte sie mit dem Messer in der Hand in Richtung Nebenausgang.

»Inken?«, stöhnte Sörensen, doch ihm fehlte schon die Kraft, noch einmal den Kopf zu heben. Ohne einen weiteren Laut von sich zu geben, brach er zusammen.

Alles war innerhalb von Sekunden passiert. Ernst stieß einen lang gezogenen Hilfeschrei aus. Danach brauchte er nur noch einen Wimpernschlag, um sich zu entscheiden, der Attentäterin trotz der Waffe in deren Hand zu folgen.

***

Geschafft.

Sophie zog den Reißverschluss ihrer Jacke auf. »Bist du unverletzt, Anna? Das ist gut, ich auch.«

Überglücklich klopfte sie sich den Schnee aus den Kleidern, doch dabei fuhr ihr ein ungeahnter Schmerz durchs linke Handgelenk, dass ihr fast schwarz vor Augen wurde. Was war mit ihrem Arm los? Sie war auf den Füßen aufgekommen, dann aber durch die Wucht des Aufpralls nach vorne gefallen und hatte sich reflexartig mit den Händen abgestützt, um nicht mit dem Gesicht im Schnee zu landen. Wahrscheinlich gebrochen, dachte Sophie, aber sie hatte es ja nicht weit bis nach Hause.

Allerdings schien mit ihrem linken Bein auch etwas nicht in Ordnung zu sein. Jeder Schritt, den sie auf die Gartenpforte zustapfte, schmerzte.

Sie biss die Zähne zusammen. Nicht aufgeben, dafür war sie zu nah am Ziel. Die Freude auf zu Hause ließ sie alle Energie aufbringen, die in ihr steckte.

Langsam humpelte Sophie die Dorfstraße entlang und musste alle paar Meter innehalten. Gab es überhaupt kein Haus, in dem Licht brannte? Der Ort wirkte noch verlassener als sonst. Wenn nicht die Straßenlaternen geleuchtet hätten, hätte man glauben können, in einer Geisterstadt zu sein.

Oh nein, auch in ihrem Zuhause brannte kein Licht. Das durfte doch nicht wahr sein … und was nun? Sophie ließ sich gegen den Friesenwall sinken. Damit hatte sie nicht gerechnet. Tränen kullerten ihr über die Wangen. Wenigstens ihre Mutter war doch abends immer da, sie ging nie irgendwohin.

Hier warten? Aber wie lange würde es dauern, bis sie zurückkommen würde? Über Stunden hinweg konnte sie hier nicht stehen. Zumal Oma Inken nach ihr suchen würde. Glaubte ihre Mutter vielleicht schon gar nicht mehr daran, dass sie zurückkehren würde?

Eine Möglichkeit gab es noch. Hannah. Ob sie die Strecke bis zum Haus ihrer Freundin bewältigen könnte? Sie musste. Und eigentlich war es ja auch gar nicht weit.

Jeder Meter war eine Qual, sie hangelte sich von Straßenlaterne zu Straßenlaterne bis zur nächsten Kreuzung, an der Hannah wohnte. Unfassbar, dass heute wirklich niemand auf den Straßen unterwegs war.

Noch schlimmer, dass auch bei den Kirchbergers kein Licht brannte, niemand auf ihr Klingeln reagierte. Zunächst versuchte sie es zaghaft, dann in wilder Verzweiflung.

»Was soll ich denn jetzt machen, Anna? Du meinst, ich soll weitergehen, sonst erfriere ich? Ich kann aber nicht mehr, mein Bein …«

Dort drüben, bei einem der Nachbarn, brannte Licht. Das war ihr Rettungsanker. Andererseits durfte sie nicht bei fremden Leuten klingeln. Aber das war doch jetzt eine Ausnahme, oder?

Hinter sich hörte sie ein Auto. Die Kirchbergers kamen zurück! Erleichtert drehte sie sich um. Doch das war nicht das Auto von Hannahs Eltern, es war ein Porsche, der langsamer wurde und schließlich neben ihr hielt. Er trug das Kennzeichen für Hamburg, das hatte sie schon gelernt, weil es so viele davon auf Sylt gab.

Der Fahrer ließ die Scheibe herunter. »Hallo, kleines Mädchen, was machst du denn hier so allein?«

***

War es wirklich eine gute Idee gewesen, Ernst zur Podiumsdiskussion gehen zu lassen, ohne mich, überlegte Frieda und wusch gedankenverloren in einem der vier großen Edelstahlbecken das Geschirr ab. Hinter ihr im Abwaschraum standen Kathrin und Mary, um beim Abtrocknen zu helfen. Neben ihr hatten Klaus und Klaus die Arbeitsposten ebenfalls aufgeteilt.

Es hatte schon etwas Groteskes, die beiden Altrocker mit Spülbürste und, ausgerechnet, rosa kariertem Geschirrtuch bewaffnet zu sehen. Doch sie waren schneller als die Putzfrau Elli und das Ehepaar von Stellplatz Nummer 24 an Spülbecken drei und vier zusammen.

Damit war der heilige Spüli-Ort mit Pilgern ausgefüllt. Wer jetzt noch dazukam, überbrückte die Zeit meist im doppelten Wortsinn mit dem Waschen schmutziger Wäsche, indem er eine der Münzmaschinen an der gegenüberliegenden Wandseite befüllte und einen ebenso großen Berg an Neuigkeiten bei seinen Mitcampern ablud.

Frieda war es wichtig gewesen, bei ihrer Tochter zu sein, solange sie wegen Alfie in einer so schlechten Verfassung war. Denn Kathrins Vorwurf, sie würde sich mehr für das Schicksal von Sophie interessieren, hatte sie schwer getroffen. Allerdings, Ernst allein auf der Podiumsdiskussion zu wissen war, wie einen Pfeifenkessel auf den Herd zu stellen und dann das Haus zu verlassen. Es fiel ihr nicht schwer, sich auszumalen, wie er wegen etwaigen Ungerechtigkeiten bei der Diskussion in Rage geriet. Noch mehr Sorge bereitete ihr jedoch die Uhrzeit. Das Ultimatum war verstrichen, und Ernst hatte sich nicht wie abgemacht bei ihr gemeldet.

Sobald alles Geschirr vom Abendessen in der blauen Tragewanne verstaut war und sie St. Spülihausen verlassen hatten, würde sie ihren Mann anrufen, um ihr mulmiges Gefühl loszuwerden.

»Heute muss man aber wieder sauber abtrocknen«, bemerkte Kathrin und gab ihr den Teller zurück, an dem noch Essensreste klebten.

»Seit wann verwendest du denn Papas Sprüche?«, gab Frieda erstaunt zurück.

Kathrin biss sich auf die Lippe. »Dass ich über seinen Humor lachen kann, bedeutet nicht, dass ich sein Alter Ego Ekel Alfred gut finde. Und Papa hat sich echt völlig daneben…« Ihr Handy piepte, und sie fischte es hektisch aus der Hosentasche. »Oh Gott, Mama, eine Nachricht von Alfie … endlich hat er sich gemeldet.«

Das Geschirrgeklapper war augenblicklich verstummt, alle Köpfe waren jetzt Kathrin zugewandt, die, zwischen Heulen und Lachen schwankend, die Nachricht zu lesen versuchte. Wer auf den Campingplatz fuhr, musste damit einverstanden sein, seine Privatsphäre an der Schranke abzugeben. Dieser Umstand erschloss sich jedem Neuling spätestens angesichts der Toilettenwände aus Pressspan.

Was Alfie geschrieben hatte, ließ sich an Kathrins Gesicht ablesen, noch bevor sie unter Tränen sowieso kaum mehr zu verstehen war. »Dieser Mistkerl. Er ist zurück in England. Wir würden nicht zusammenpassen – das fällt ihm aber früh ein.«

»Rechtzeitig, würde ich sagen«, bemerkte Klaus, »auch wenn du das jetzt nicht hören willst.«

»Der Typ ist nämlich in erster Linie ein Feigling«, fügte der andere Klaus hinzu, »weil er sich einfach davongeschlichen hat. So was macht man nicht als echter Kerl.«

»Und wer dich wirklich liebt«, ergänzte Frieda und nahm ihre Tochter in den Arm, »für den ist dein Vater nichts weiter als ein grummeliger Igel, von dem man sich nicht verscheuchen lässt. Vor allen Dingen, weil er auch sehr süß sein kann, wenn man ihn besser kennt.«

Kathrins Mund zuckte unter einem kaum sichtbaren Lächeln. Genug für Frieda, um zu erkennen, dass es zwar noch eine Zeit dauern würde, bis sich ihre Tochter vollends von der Enttäuschung erholt hatte, doch der Tag würde kommen, da sie froh war, vor einer Ehe mit diesem Außerirdischen bewahrt worden zu sein, und spätestens dann würde sie auch wieder mit ihrem Vater Frieden schließen.

Mary griff nach Kathrins Hand, als sie in der Dunkelheit zurück zum Wohnwagen gingen. »Sei nicht traurig, Mum, ich habe den Alfie nie so richtig gemocht, und ich glaube, er mich auch nicht. You know, ich meine, so richtig tief aus dem Herzen, so wie ich dich lieb habe. Wir finden schon noch den richtigen Papa für mich.«

Eilig wischte sich Kathrin mit dem Jackenärmel die Tränen aus dem Gesicht und machte sich daran, das Geschirr aufzuräumen, kaum dass sie den Wohnwagen betreten hatten. »Es wird Zeit fürs Bett, Sweetheart«, sagte sie mit erstickter Stimme über ihre Schulter hinweg.

»Aber nur, wenn Oma mir noch was vorliest. – Oma, hast du gehört?«

Nachdenklich ließ Frieda ihr Handy sinken. Ihr Mann ging nicht ans Telefon. Diese Mobilfunktechnik war doch wirklich Fluch und Segen zugleich. Es machte sie verrückt, nicht zu wissen, welche Konsequenzen der Entführer gezogen hatte, wie es um Sophies Leben stand und warum Ernst sich nicht meldete. Da war etwas vorgefallen. »Was hast du gesagt, meine kleine Maus?«

Mary hatte es sich bereits auf dem Doppelbett bequem gemacht. »Ich habe gefragt, ob du mir weiter aus dem Märchenbuch vorliest?«

»Ach ja, du meinst Rumpelstilzchen.«

»Rumpel… what? Nein, Rapunzel lesen wir doch gerade.«

»Oh Gott, ich bin ganz durcheinander.« Frieda legte ihr Handy beiseite und griff nach dem Buch.

»Wegen dem Mädchen, das weggelaufen ist, stimmt's? Also, wenn ich meine Eltern nicht mehr lieb hätte, würde ich ja zu dir ziehen.«

»Zu …« Frieda stockte der Atem. »Natürlich, da hast du recht. Vollkommen recht, meine kleine Maus. Durch dich ist mir gerade ein zündender Gedanke gekommen. Es tut mir leid, aber deine Oma muss noch mal los, ganz schnell.«

»Jetzt?«, fragte Mary entgeistert.

»Wohin denn?«, wollte Kathrin wissen.

»Zu einer anderen Oma, nach Keitum«, sagte Frieda, und Kathrin schien verstanden zu haben.

»Du hast kein Auto, damit ist Papa unterwegs, und Karl-Heinz ist auch in Westerland. Du könntest den Platzwart fragen, ob ...

Mit dem Handy am Ohr sagte Frieda: »Ich rufe mir ein Taxi, das geht am schnellsten. Hüs Möskit, ich erinnere mich.«

»Willst du, dass Papa die Scheidung einreicht?«

»Im Gegenteil, er wird mich noch mal heiraten wollen.«

***

Ihre eigene Mutter? Alles deutete darauf hin, und doch konnte Barbara es nicht glauben, erst recht nicht, als sie jetzt atemlos vor ihrem Elternhaus stand, in dem überall Licht brannte. Zunächst hatte sie im Foyer des Congress Centrums gestanden und mehrfach vergeblich versucht, ihre Mutter zu erreichen, die einfach nicht ans Handy ging, während das Ende des Ultimatums unerbittlich näher rückte. Dann hatte sie es nicht mehr ausgehalten und war losgefahren. Sie würde auf keinen Fall bis zwanzig Uhr warten, sondern selbst nachsehen, ob Inken etwas mit dem Verschwinden von Sophie zu tun hatte.

Ihren Wagen hatte sie einer Eingebung folgend um die Ecke geparkt. Allerdings war der VW Beetle ihrer Mutter nicht auf seinem Parkplatz, aber vielleicht hatte sie ihn auch woanders abgestellt. Ihre Mutter würde niemals diese Festbeleuchtung anlassen, wenn sie zur Tür hinausging. Es sei denn, sie hätte es sehr eilig gehabt. Also musste sie zu Hause sein.

Sollte sie klingeln? Normalerweise tat Barbara das, obwohl sie immer noch einen Schlüssel besaß. Doch vermutlich war es besser, sich nicht anzukündigen. Seit sie mit dem Gedanken umgehen musste, dass ihre eigene Mutter Sophie entführt haben könnte, konnte sie überhaupt nicht mehr einschätzen, wozu Inken am Ende vielleicht noch fähig war.

Ihre Hand zitterte, und es gelang ihr erst nach mehreren Versuchen, die Tür aufzuschließen.

Stille empfing sie.

»Mutter?«, rief sie zaghaft. Leise setzte sie einen Fuß vor den anderen, hinein in eine Umgebung, die ihr vertraut und doch plötzlich so fremd war. Sie hatte das Gefühl, hinter jeder Ecke könnte ihr jemand auflauern. Ein Komplize oder gar ihre Mutter selbst.

Wie war es möglich, dass sie sich gestern hier aufgehalten hatte, ohne ihre Tochter zu bemerken? Und noch unbegreiflicher: Wie brachte ihre Mutter es fertig, sich so zu verstellen, dass ihr nichts aufgefallen war?

Die Kisten in meinem alten Zimmer hätten mir zu denken geben müssen, dachte Barbara, und mit einem Mal wurde das, woran sie bis eben noch einen letzten kleinen Zweifel gehabt hatte, unfassbare Realität.

Wenn ihr Vater wüsste, was sich hier abspielte, dann ... Ja, was dann? Sicher hätte er dasselbe, was er sonst mit einem liebevollen Augenzwinkern über seine Frau zum Besten gab, mit Tränen in den Augen gesagt: »Bei deiner Mutter musst du immer mit allem rechnen.«

Und das stimmte. Aber doch nicht mit Erpressung und Lösegeldforderungen!

Es gab nur eine Erklärung. Sie hatte geglaubt, das Richtige zu tun.

Merkwürdige Kälte schlug Barbara entgegen, als sie die engen Stufen ins obere Stockwerk hinaufging, und kaum dass sie dort angelangt war, sah sie den Grund. Die Luke zum Dachboden stand offen.

Was war da oben?

Und warum war das Dachfenster geöffnet? Hatte ihre Mutter etwa die Ausweglosigkeit ihrer Lage erkannt und versucht ...

Wozu dann aber die Kiste auf dem Tisch?

Barbara wurde es siedend heiß. Sie stürzte zum Fenster und wollte nicht glauben, was die Abdrücke im Schnee verrieten.

»Sophie!«, schrie sie panisch.

Ihre Beine wollten sie auf ihrem Rückweg die Leiter hinunter kaum tragen. Was, wenn ihre Tochter irgendwo dort unten im Garten lag, verletzt, umgekommen bei dem Versuch, vor ihrer Oma zu fliehen – aus den Fängen einer Kriminellen? Hoffentlich war ihre Kleine unversehrt. Von oben hatte es immerhin so ausgesehen, als ob von der Aufprallstelle Fußspuren zur Gartenpforte führten. War ihre Mutter mit der verletzten Sophie weggefahren, oder war ihre Kleine nach Hause gelaufen – und hatte dort niemanden angetroffen?

Wenn diese Suche doch nur endlich ein Ende nähme – ein gutes Ende.

Ein Geräusch. Barbara verharrte. Die Haustür. Der Schlüssel. Ihre Mutter kehrte zurück.

Sollte sie sich verstecken? In welchem Zimmer? Jeder Tritt würde sie verraten, doch sie hatte nichts zu verlieren. Nichts außer ihrer Tochter.

»Sophie, mein Herz, wo bist du? Warum brennt denn überall Licht?«

Mit angehaltenem Atem wartete Barbara, bis ihre Mutter im oberen Stockwerk angekommen war. Mit jedem Schritt, den sie sich näherte, entfernte sich Barbara innerlich weiter von ihr. Und trotzdem wollte sie ihrer Mutter ins Gesicht sehen – in die Augen der Frau, der sie die qualvollen Ängste der vergangenen Tage zu verdanken hatte.

»Sophie ist geflohen«, sagte sie und trat ihrer Mutter, die in ihrem merkwürdigen Kostüm erschreckend wirkte, dennoch in den Weg, kaum dass diese die letzte Stufe erreicht hatte. »Ich bin's.«

»Barbara.« Vor Überraschung keuchte Inken den Namen mehr, als dass sie ihn aussprach. »Ich … ich kann dir alles erklären.«

»Kein einziges Wort will ich mehr von dir hören, in meinem ganzen Leben nicht. Mit dir wird sich jetzt nur noch die Kripo befassen. Wenn du Glück hast, vielleicht noch ein wohlwollender Psychiater. Für mich bist du gestorben.«

Die Augen ihrer Mutter weiteten sich. »Du musst mir verzeihen, bitte. Ich flehe dich an. Ich bin doch kein böser

Mensch. Ich konnte nur nicht mehr mit ansehen, wie du Gernot hörig warst und wie Sophie gelitten hat. Ich wollte dir ein neues Leben ermöglichen, und ich … du wirst mir tatsächlich nicht verzeihen. Ich sehe es in deinen Augen.«

Barbara blieb stumm, rührte sich nicht.

Nach unendlich langen Sekunden nickte ihre Mutter. Sie schien verstanden zu haben, doch zugleich wirkte es so, als sei ein Entschluss in ihr gereift. Ihre Stimme war leise, als sie sagte: »Ich habe dich immer geliebt, Barbara, aber aus Liebe kann man auch die falschen Dinge tun. Genau das ist mir passiert, und es lässt sich nicht mehr rückgängig machen. Da hast du recht. Lebe wohl, meine geliebte Tochter.«

Mit einem Seufzen schloss sie die Augen und ließ sich nach hinten fallen.

***

»Des liadriche Weib hot gmoint, se kend mi abschüttla«, wetterte Ernst. »Aber ned mit mir ond meim Heiligsblechle. Wenn i die glei vrwisch, dann ramm i die oagschpitzt in dr Boden nei, sodass die dr Herrgott mit dr Beißzang rausziega muss!«

Während Frieda bei ihrer Ankunft gezögert hatte, Sophies Oma ins Hüs Möskit hinein zu folgen, obwohl sie fast zeitgleich mit ihr angekommen war, da der Taxifahrer ein halsbrecherisches Tempo draufgehabt hatte, lief Ernst zielstrebig an ihr vorbei auf die offene Haustür zu.

Dort holte Frieda ihren Mann wieder ein. »Ich glaube, das hat sie schon selbst erledigt«, sagte sie leise bei dem Anblick, der sich ihnen bot.

Neben der Toten kniete Barbara und schaute zu ihnen auf. Ihr Blick war tränenverschleiert. »Sie hat ihre Entscheidungen immer im Alleingang getroffen, bis zuletzt. Aber es tröstet mich sehr, Sie wohlauf zu sehen, Herr Schmälzle.«

Ernst schüttelte den Kopf. »Nicht wichtig, wie geht es Sophie?«

»Mein Mädchen ist leider immer noch verschwunden. Ich

mache mir Sorgen, dass sie verletzt sein könnte. Sie muss über das Dach aus dem Haus geflohen sein, als meine Mutter unterwegs war, wo auch immer sie gewesen sein mag.«

»Das kann ich Ihnen sagen. Ihre Mutter hat sich nicht nur der Entführung und Erpressung schuldig gemacht, sondern auch des versuchten Mordes. Sofern Ihr Mann das Messerattentat überlebt, heißt das.«

Barbara erhob sich aus der Hocke und taumelte dabei rückwärts, erst an der Wand fand sie Halt. Frieda ging auf sie zu, um sie zu stützen, obwohl ihre eigenen Knie sie kaum tragen wollten. Unter dem Klingeln ihres Handys zuckte sie zusammen. Es war Kathrin. Hoffentlich war jetzt nicht auch noch was auf dem Campingplatz passiert.

»Mama? Hier ist gerade ein Mädchen angekommen.«

»Sophie?«, rief Frieda ungläubig, und Barbara richtete sich ruckartig auf. Doch die Enttäuschung folgte in dem Moment, als Kathrin weitersprach.

»Nein, das Mädchen hat kurze Haare und keine rosafarbene Kleidung an. Ein Mann in einem Porsche hat sie hierhergefahren. Sie hat aber nach euch gefragt und ob das der Platz Nummer 62 ist.«

Frieda runzelte die Stirn. »Wie heißt sie denn?«

»Sie will mir ihren Namen partout nicht verraten. Aber sie weiß, wie euer Hund heißt, und Gustav kennt sie, so wie er sie begrüßt und abgeschleckt hat. So freut er sich ja nicht mal, wenn Papa zur Tür reinkommt.«

Frieda schenkte ihrem Mann und Barbara Sörensen ein glückliches Lächeln. »Sophie ist wieder da!«

Vier Wochen später

»Hast du schon mal so einen schönen Heiligabend verbracht?«, fragte Ernst seine Frau, zog sie näher zu sich heran und schaute dabei in das Lagerfeuer, über dem sie vorhin Würstchen am Stock gegrillt hatten. Dazu gab es Senf und Kartoffelsalat, was brauchte das Schwabenherz mehr?

Zur Feier des Tages hatte er seine Frieda in ein Restaurant einladen wollen, doch es war ihr Vorschlag gewesen, stattdessen lieber schon am Nachmittag, solange es noch ein bisschen hell war, zum Grillplatz bei der »Oase zur Sonne« zu fahren, um dort wenige Schritte vom Meer entfernt, mit dem Rauschen der Wellen im Ohr, ein unkonventionelles Weihnachtsfest zu feiern.

Frieda legte ihren Kopf an seine Schulter. »Es ist wundervoll – nur die Kinder fehlen.«

»Das stimmt. Aber sie haben nun mal ihre eigenen Familien, und Kathrin muss nach ihrem Umzug nach Dänemark ja auch erst mal im neuen Job ankommen und die Wohnung fertig einrichten. Dafür haben wir sehr nette Freunde um uns.«

Das meinte er tatsächlich so. Klaus und Klaus hatten sofort zugesagt, auch Karl-Heinz und Gertrud waren gern gekommen, und sogar Volker Kirchberger – wieder in seiner eigenen Jacke – hatte es sich trotz Gipsfuß und Krücken nicht nehmen lassen, mit seiner Frau Evelyn und Hannah vorbeizuschauen. Am meisten jedoch freute es Ernst, dass auch Barbara und Sophie sich von der Idee, ganz schlicht zu feiern, begeistert gezeigt hatten.

»Meinst du, Sophie vermisst ihren Vater und ihre Oma?«, fragte er.

Frieda hob die Schultern und schaute dem Mädchen hinterher, das durch den Schnee lief, sich neben Hannah fallen ließ und mit Armen und Beinen rudernd kichernd einen Engel formte.

Gernot Sörensen war noch auf dem Weg ins Krankenhaus seiner Verletzung erlegen. Bei der Wahl hatte keiner der beiden verbliebenen Kandidaten die absolute Mehrheit erreicht, und somit würde es am 14. Januar eine Stichwahl zwischen Günther von Wechlem und Hans-Boy Boysen geben. Die Sylter Medien waren voll vom anhaltenden Machtkampf und Schlagabtausch zwischen den beiden Kontrahenten. Ernst konnte darüber nur noch den Kopf schütteln und die Zeitung weglegen.

Nach der Beerdigung ihres Vaters hatte Sophie gesagt, dass es ihm im Himmel bestimmt gut gehen würde, weil er dort weniger Arbeit hätte, und deshalb könne er von dort oben viel besser auf sie aufpassen. Auch auf Oma, damit sie nicht mehr die Treppe runterfiel. Zu deren Beisetzung hatte Sophie nicht mitkommen wollen, was ihre Mutter auch sofort verstanden hatte, hatte sie doch selbst einem ersten Impuls folgend überlegt, ihrer Mutter das letzte Geleit zu verweigern.

»Auf mich macht sie den Eindruck, als würde sie das ganz gut verkraften. Sie hat ja nicht alles mitbekommen und wird erst später verstehen, was eigentlich vorgefallen ist«, sagte Frieda.

»Vor allen Dingen hat sie ja ihren kleinen neuen Freund«, fügte Ernst lächelnd hinzu.

Gegenseitige Geschenke hatten sie abgelehnt, doch Sophie sollte natürlich etwas bekommen. In Absprache mit ihrer Mutter hatte Ernst ihr den größten Herzenswunsch erfüllt: einen Hund. Den Dackel hatte er aus dem Sylter Tierheim geholt, und auch Gustav hatte sichtlich Spaß mit seinem neuen Gefährten.

Die Mädchen spielten jetzt mit den Hunden Schneeballfangen, bis beide Dackel ganz weiße Schnauzen hatten, und beim anschließenden Stöckchenholen überboten sich die Vierbeiner gegenseitig. Ernst konnte sich nicht erinnern, wann Gustav zuletzt so viel gerannt war – das Schneefeld rund um den Grillplatz im Dünental war von den hängenden Hundebäuchen innerhalb kürzester Zeit wie ein Acker durchpflügt.

»Die Sonne geht bald unter«, sagte Frieda. »Wollen wir beide einen Spaziergang zum Meer machen? Ich glaube, für eine Schneeballschlacht sind wir zu alt.«

Klaus und Klaus hatten damit angefangen, und jetzt flogen die weißen Bälle wild zwischen den Erwachsenen hin und her, die alle wieder zu Kindern geworden waren, sodass Hannah und Sophie nur staunen konnten.

»Zu alt?«, fragte Ernst in gespielter Bestürzung. Er bückte sich, nahm eine Handvoll Schnee auf und stopfte sie Frieda so schnell in den Kragen, dass sie kreischte und lachend davonlief. Er holte sie beim Holzsteg ein, half ihr, den Kragen zu säubern, und sie gingen nebeneinanderher bis hinauf auf die Düne.

Der Strandhafer und der Sand leuchteten im letzten Licht des Tages, und der Himmel färbte sich am Horizont glutrot, als die Sonne das Meer berührte.

Beim Blick auf die ruhige Nordsee und die sanft am Flutsaum ausrollenden Wellen nahm Ernst die Hand seiner Frieda. Auch nach fünfundvierzig Jahren fühlte er dabei immer noch ein Kribbeln. »Weißt du«, begann er nachdenklich und ließ das Meer dabei nicht aus den Augen, »vor ein paar Wochen habe ich genau hier gestanden, mit Gustav in der Jacke, und ehrlich gesagt wollte ich zu diesem Zeitpunkt das Wintercamping-Abenteuer aufgeben und nach Hause fahren. Ich habe mich nur nicht getraut, den Mund aufzumachen, weil ich dachte, ich würde dich enttäuschen.« Jetzt schaute er seine Frieda an, und zu seiner Überraschung lächelte sie.

»Wenn du die Wahrheit wissen willst, habe ich nur darauf gewartet, dass du etwas sagst. Zum Glück hast du das aber nicht getan, denn ich hätte dir nicht viel entgegenzusetzen gehabt.«

»Und was würdest du mir sagen, wenn ich dich jetzt frage, ob wir nach den Weihnachtsfeiertagen unsere Siebensachen einsammeln und das neue Jahr in unserem alten Zuhause beginnen?«

»Na ja«, druckste Frieda herum, »der Winterbeginn war

schon ziemlich hart, und wer weiß, was uns außer leeren Gasflaschen noch erwartet. Andererseits haben wir bisher alles gut überstanden, und unsere jüngste Tochter wird wohl wenig begeistert sein, wenn wir auf einmal wieder in unserem Haus einfallen, das wir ihr und ihrer Familie überlassen haben.«

»Uns steht dort immer ein Zimmer zur Verfügung, das haben wir genau aus den Gründen so abgemacht, die nun eingetreten sind. Alles Weitere wird sich dann schon finden. Das Haus ist uns sowieso zu groß geworden, und schöne Wohnungen gibt es in Bopfingen genug.«

Frieda nickte und richtete ihren Blick gedankenverloren wieder aufs Meer hinaus. Eine ganze Weile blieb sie stumm, dann sagte sie: »Gustav wird ganz schön geknickt sein, gerade jetzt, wo er sogar noch einen Kumpel gefunden hat. Ach, diese Insel macht es einem einfach nicht leicht, verdammter Mist.« Tränen sammelten sich in ihren Augen. »Ich will unseren gemeinsamen Lebenstraum eigentlich nicht aufgeben, aber ich kann doch nicht auf Sylt bleiben, während du ins Schwabenland zurückziehst.«

»Nein, das geht wirklich nicht. Und noch weniger kann ich mich sämtlicher Gründe berauben, den lieben langen Tag fluchen und bruddeln zu müssen.«

Erst stutzte Frieda, dann lachte sie. »Stimmt, das brauchst du wie die Luft zum Atmen.«

»Genau, was macht es da schon aus, wenn einem angesichts der steifen Brise das Lächeln um den Mund gefriert? Ich bin da, wo ich immer sein wollte.« Sanft zog er Frieda in seine Arme.

»Und das sagst du wirklich nicht mir zuliebe?«

»Nein, das muss ich mir nicht einreden. Sylt ist meine Herzensheimat, auch wenn sich das Leben auf der Insel manchmal schwierig gestaltet. Aber das ist doch wie in einer guten Ehe, oder?«

»Na, ich weiß nicht, ob man das vergleichen kann.«

»Du vielleicht nicht, aber mir kommt die Insel schon manchmal vor wie eine Frau, spröde und anschmiegsam zugleich, mit weichen Formen und scharfen Kanten, stürmisch und sanft, und man darf sich ihrer nie sicher sein, und doch wäre sie dem, der sie liebte, ein Leben lang treu.«

Frieda gab ihm einen Kuss. »Ernst, du wirst ja noch zum Poeten. Aber genau das liebe ich an dir, es gibt immer wieder neue Seiten an dir zu entdecken.«

Er atmete die salzige Luft ein und war glücklich. Mehr als jemals zuvor in seinem Leben.

»Nur lass uns zum Sommer hin wieder auf einen Campingplatz ziehen, der direkt am Meer liegt, was hältst du davon?«, fragte Frieda.

»Sehr viel. Aber wohin? Man sollte nicht meinen, dass es auf einer Luxusinsel so viele Campingplätze gibt. Was soll es sein, Wenningstedt, Westerland, Rantum oder Hörnum?«

»Hörnum«, rief Frieda begeistert. »Lass uns in den Inselsüden ziehen.«

»Das ist eine sehr gute Idee.«

Frieda hielt in ihrer Begeisterung inne. »Aber du weißt, dass das ein Dünencampingplatz ist? Kein Grasboden. Bei Sturm haben wir anstelle von Schnee Sandberge vor dem Vorzelt.«

»Das ist doch herrlich. Ich bin bestens gewappnet und habe dann sicher als Einziger unter den Warmduscher-Campern dort eine Schneeschaufel parat. Ich werde einen kleinen Shop mit Campingbedarf aufbauen, so wie ich es zum Ende der Saison geplant hatte, und ansonsten werden wir nichts als Sommer, Sonne und unser Rentnerdasein genießen.«

»Das glaubst du doch nicht im Ernst, Ernst? Wo wir auftauchen, ist immer was los.«

»Und selbst wenn … Wir könnten uns fest vornehmen, uns in nichts einzumischen.«

»Das wäre natürlich ein guter Plan. Andererseits …«

»Frieda«, sagte Ernst gedehnt. »Denk nicht mal dran.«

Nachdem die Sonne untergegangen war, wurde es empfindlich kalt, und Frieda beschloss, die ganze Gruppe zu ihnen in den

Wohnwagen einzuladen, damit sie dort gemütlich weiterfeiern konnten.

Innerlich seufzend, weil seine Frau sich nur dann wohlfühlte, wenn das Haus – oder in dem Fall eben leider der Wohnwagen – mit Leuten voll war, fügte sich Ernst seinem Schicksal und befand es für dringend an der Zeit, eine Runde Binokel zu spielen. Mit Gertrud hatte er sowieso noch eine Rechnung offen.

»Wir haben doch gesagt, dass wir uns nichts schenken«, protestierte Frieda, als sie das Vorzelt betraten.

»Das ist nicht von mir«, entgegnete Ernst angesichts der beiden großformatigen, flachen Pakete, die in Zeitungspapier eingepackt am Wohnwagen lehnten. Die Schleifen aus dünnem Geschenkband wirkten fast verloren.

»Da ist ein Kärtchen dran«, sagte Frieda und nahm den Umschlag ab. *»Frohe Weihnachten für Frieda und Ernst.«* Mit fragendem Blick klappte sie die Karte auf. *»Liebe Frieda, es tut mir leid, dass ich nicht wie verabredet an meinem Platz war. Aber Sie haben mir ja zum Glück gesagt, wo Sie wohnen, und der Platzwart hat mir nach meiner Beschreibung Ihre Namen verraten und mir den Wohnwagen gezeigt, damit ich mein Geschenk für Sie dort ablegen konnte. Ich bin aufs Festland gefahren, denn ich bin Heiligabend bei meiner Tochter in Klanxbüll eingeladen. Sie hat nach mir gesucht, sie dachte, ich würde gar nicht mehr leben. Werde dort mein neues Leben starten. PS: Das Geschenk ist dafür, dass Sie mir Mut gemacht haben, über meinen Schatten zu springen.«*

»Sind das etwa die Bilder von dem Obdachlosen, die du ihm abkaufen wolltest?«

»Ich hatte erwähnt, dass wir hier auf dem Campingplatz wohnen. Das ist aber wirklich eine sehr nette Geste von ihm, wo er doch jeden Cent brauchen kann. Ich würde mich so gerne bei ihm bedanken, aber ich weiß nicht mal seinen Namen. Weißt du was, ich werde am zweiten Weihnachtsfeiertag Maultaschen für die Sylter Tafel machen, die Bedürftigen werden sich freuen, und es wäre bestimmt im Sinne des Malers.«

»Und jetzt?«, fragte Ernst. »Ich kann doch nicht am Feiertag die Bilder an die Wand nageln?«

Frieda lachte auf. »Denk noch mal genau darüber nach, was du da gerade gesagt hast. Hast du etwa vergessen, dass wir gar keine Mauerwände haben?«

»Scheint so, dass ich mich tatsächlich dran gewöhnt habe«, gab er schmunzelnd zurück. »Dann lass uns mal in den Wohnwagen reingehen. Die anderen kommen sicher auch gleich, und ich muss noch die Binokelkarten suchen.«

»Überraschung!«, tönte es vielstimmig aus allen Ecken, kaum dass sie die Tür aufgemacht hatten. Im nächsten Moment kamen ihre drei Töchter samt Anhang auf sie zugestürmt.

Frieda wusste gar nicht mehr, wie ihr geschah, und auch Ernst war einem Herzinfarkt nah. »Wie kommt ihr denn hierher?«

»Ich hatte noch den Zweitschlüssel«, verkündete Kathrin strahlend. »Alles heimlich geplant, und ihr habt nichts gemerkt. Schön, dich zu sehen, Papa«, fügte sie hinzu und gab ihm einen Kuss.

»Jetzt ist wirklich Weihnachten«, seufzte Frieda.

Sina Beerwald
MÖWENALARM
Broschur, 192 Seiten
ISBN 978-3-95451-499-1

»Beerwald gelingt es, die Vogelwelt augenzwinkernd mit der menschlichen Welt gleichzusetzen. Die Besonderheiten der Insel werden wie nebenbei in den Plot eingeflochten und schaffen ein ebenso liebenswertes wie witziges Nordsee-Panorama.«
Sylter Rundschau

Sina Beerwald
KRÄHERWALD
Broschur, 336 Seiten
ISBN 978-3-95451-982-8

Es ist einer der heißesten Tage des Jahres, als die Stuttgarter Journalistin Tessa Steinwart eine Leiche am Ufer des Neckars findet. Ein junges Mädchen, nackt in ein weißes Bettlaken gehüllt, mit Rosenblättern bedeckt und mit Zeichen eines jahrelangen Martyriums. Niemand kennt sie, niemand vermisst sie. Kurz darauf geraten Tessa und ihr kleiner Sohn ins Visier des Mörders. Er scheint alles über sie zu wissen – und es ist nur eine Frage der Zeit, bis er wieder zuschlagen wird ...

SINA BEERWALD
111
ORTE AUF
SYLT
DIE MAN
GESEHEN
HABEN
MUSS

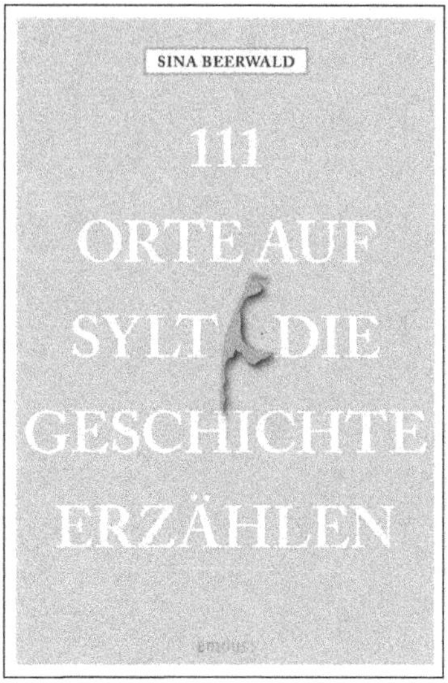
SINA BEERWALD
111
ORTE AUF
SYLT DIE
GESCHICHTE
ERZÄHLEN

Sina Beerwald

22 TOUREN AUF SYLT,
DIE MAN GEMACHT HABEN MUSS

Broschur, 240 Seiten

ISBN 978-3-7408-0350-6

Rund eine Million Gäste reisen jährlich nach Sylt, und viele lieben es, Touren zu Fuß oder mit dem Fahrrad zu unternehmen. Doch haben Sie wirklich schon alles entdeckt? Wo findet man Klein-Afrika auf Sylt? Und was hat es mit der Lügenbrücke auf sich? Wussten Sie, dass die Insel auch als Troja des Nordens gilt? Wo gibt es handgemachte Souvenirs, regionale Köstlichkeiten und versteckte Sehenswürdigkeiten? Entdecken Sie auf 22 Touren geheimnisvolle und vergessene, spektakuläre und wunderschöne Wege und Orte auf Sylt.